AF349318

La wedding planner

Danielle STEEL

La wedding planner

Traducción de
Raúl Sastre Letona

PLAZA JANÉS

Papel certificado por el Forest Stewardship Council®

Título original: *The Wedding Planner*

Primera edición: julio de 2025

© 2023, Danielle Steel
© 2025, Penguin Random House Grupo Editorial, S. A. U.
Travessera de Gràcia, 47-49. 08021 Barcelona
© 2025, Raúl Sastre Letona, por la traducción

Printed in Spain – Impreso en España

ISBN: 978-84-01-03642-2
Depósito legal: B-8855-2025

Compuesto en Comptex&Ass., S. L.

Impreso en Liberdúplex
Sant Llorenç d'Hortons (Barcelona)

L 0 3 6 4 2 2

A mis extraordinarios y queridísimos hijos:
Beatie, Trevor, Todd, Nick,
Samantha, Victoria, Vanessa
Maxx y Zara.

«La vida es lo que pasa mientras haces planes…
La vida siempre te sorprende»,
esto resume cómo funciona la vida.

Que tengáis buenas sorpresas
y vuestras vidas sean dichosas, fructíferas,
felices, seguras y pacíficas.

¡Que en vuestras vidas haya mucho amor y alegría!
Con todo mi corazón y amor,

Mamá/D. S.

1

La alarma sonó a las cinco y media, como todas las mañanas. Faith Ferguson abrió un ojo, vio la hora, apagó la alarma con delicadeza y, un minuto después, se levantó de la cama, dispuesta a iniciar sus rituales diarios. Era una persona tremendamente disciplinada. A los cuarenta y dos años, tenía el cuerpo de una veinteañera. Gracias a los ejercicios de ballet que hacía seis días a la semana por la mañana, se mantenía en forma. Ya en pie, se cepilló los dientes, se peinó la melena rubia, que le llegaba a la altura del hombro, y se la recogió en un moño apretado. En cuanto se puso un maillot negro y unas zapatillas de ballet rosas, pareció una bailarina. Para cuando llamó a su profesora de ballet por el ordenador, ya estaba muy despierta. Se sonrieron, se saludaron con un «buenos días» e iniciaron la misma rutina de ejercicios que hacían todos los días. Faith llevaba una vida muy disciplinada. Mientras realizaban esa serie de ejercicios tan familiares, ni la profesora ni la alumna cruzaron una palabra.

Tras concluir la sesión puntualmente a las siete de la mañana, se dieron de nuevo los «buenos días». Faith colgó la videollamada y se dirigió a la ducha. Era una mañana gris y ventosa de enero, y tenía un día ajetreado por delante. Enero era uno de los meses del año en que tenía más trabajo. Era una de las organizadoras de bodas más solicitadas de Nueva

York. La gente solía acudir a ella para organizar sus bodas justo después de las vacaciones navideñas.

Esta semana había quedado con tres clientes nuevos; todos ellos venían por recomendación de antiguos clientes que habían quedado satisfechos. Algunos habían visto las entrevistas que le habían hecho o habían leído sus libros. Había publicado tres libros de gran éxito. Para cualquiera que estuviera a punto de casarse, eran como la Biblia. El primero era un tomo de lujo, que contaba con un gran número de fotografías de las bodas más bonitas que había organizado y daba muchísimos consejos útiles sobre cómo lograr lo mismo que se veía en las fotos. Salvo que, claro, eso era imposible sin su ayuda y experiencia. El segundo libro explicaba cómo organizar una boda y en él se detallaba cómo se podía tener todo encarrilado durante los meses anteriores al enlace. Era el libro que todo el mundo regalaba a una mujer recién prometida. El tercer libro estaba repleto de información sobre todas las tradiciones relacionadas con las bodas; la etiqueta; las cosas que tenías que saber para organizar una boda, desde la disposición de los asientos hasta los títulos protocolarios; lo que era apropiado y lo que no. Su libro rivalizó con el de Amy Vanderbilt y el de Emily Post. Tenía un estilo claro, cercano y accesible, al mismo tiempo que señalaba con precisión cuáles eran las normas de etiqueta correcta y cuáles no. Otra obra imprescindible para cualquier novia.

Faith nunca se había casado, aunque había estado a punto de hacerlo dos veces. La primera vez cuando era joven, y había sido una experiencia traumática. En aquella época, trabajaba como editora júnior en *Vogue*, donde realizaba una amplia gama de tareas, desde escribir artículos para la sección de belleza hasta redactar noticias sobre fiestas que cubría la revista. Como había sido criada en la ciudad de Nueva York en un hogar refinado por unos padres aristocráticos muy bien educados, era la más adecuada para ayudar a los editores con los que trabajaba a la hora de informar sobre las fiestas y eventos de la alta sociedad, e incluso de vez en cuando sobre bodas. Sus abuelos por ambas partes tenían sangre azul y unos orígenes igual de distinguidos.

En una sesión de fotos en la que había estado, centrada en una novia joven muy importante, había conocido a Patrick Brock, un joven fotógrafo muy guapo. Por aquel entonces, Faith tenía veinticinco años, Patrick era un año mayor que ella y hubo química entre ellos al instante. Cuando ya llevaban saliendo casi un año, él le propuso matrimonio. Su compromiso había sido una montaña rusa de emociones. Faith, su hermana melliza Hope y su madre Marianne habían organizado la boda. Habían comprado un hermoso vestido de encaje francés bordado con delicadeza en la sección de novias de Bergdorf. Se sintió como una princesa, y aún más cuando se probó el velo, confeccionado con un delicado tul francés que flotaba como la niebla sobre su rostro. Todo estaba listo para celebrar la boda en el Metropolitan Club. Sus padres se habían divorciado cuando ella tenía diez años, y su padre venía de Europa con su esposa alemana, una baronesa, para asistir a la boda y entregarla en el altar. Sus padres seguían manteniendo una relación cordial. Su hermana iba a ser la madrina, y seis amigas de la universidad de Georgetown, en Washington, D. C., iban a ser las damas de honor. Por aquel entonces, Hope, que era una modelo de gran éxito, había hecho algunas sesiones de fotos con Patrick y le caía bien. Los padres y los abuelos de Faith aprobaron su matrimonio. Patrick procedía de una familia respetable de Boston y era un chico con talento y buenos modales. Faith estaba locamente enamorada de él.

Todo había ido según lo previsto hasta que, una semana antes de la boda, su prometido se presentó en el piso que Faith compartía con su melliza y se echó a llorar como un niño en sus brazos en cuanto cruzó la puerta. Tardó una hora en explicar que había tenido algunos «escarceos» anteriores con el único fin de experimentar, pero que la cosa había ido a más. Le explicó que se acababa de dar cuenta de que era gay y que se había enamorado de un bailarín ruso. Nunca nadie había dudado de la orientación sexual de Patrick. Le dijo que no podía casarse con ella. La amaba como a una amiga, pero sospechaba cada vez más que sería incapaz de cumplir con sus obligaciones matrimoniales y necesitaba que lo liberara de su compromiso para profundizar en su relación con el bailarín ruso, de quien admitió estar profundamente enamorado. La familia de Patrick se quedó atónita cuando este se lo contó, al igual que la de Faith.

Lo que vino después fue un periodo confuso dominado por las lágrimas, la desesperación y la sensación de humillación. Las notificaciones formales de que se había cancelado la boda se imprimieron y enviaron por carta rápidamente. Se había ausentado dos semanas del trabajo para esconderse, y todavía estaba muy hundida cuando volvió. Su melliza, Hope, la había cuidado como si se estuviera recuperando de un accidente o una enfermedad. El disgusto había dejado destrozada a Faith.

Nunca había vuelto a ver a Patrick. Este se había ido de Nueva York para mudarse a Londres con el bailarín. Había oído que habían tenido una relación apasionada, pero que no había durado mucho; no obstante, para entonces, ya tenía clara su orientación sexual. Al final, había vuelto a Nueva York, y gracias a Dios sus caminos jamás se habían cruzado.

Por ironías de la vida, seis meses después de la cancelación de la boda, le habían asignado la tarea de informar únicamente sobre bodas en la revista porque era algo que hacía muy bien. Había tardado años en superar el duro golpe de que casi la dejaran plantada en el altar. Su padre no podía entender por qué estaba tan disgustada. En su opinión, era mejor que lo hubiera descubierto antes de casarse y no años después. Su madre y su hermana entendían perfectamente que estuviera tan traumatizada y eran conscientes de que informar sobre bodas para *Vogue* era una especie de terapia de aversión para ella, o una forma de inmunizarse. Algo se endureció en el corazón de Faith, mientras iba de boda en boda y redactaba unos artículos muy exagerados, después de ordenar al fotógrafo que sacara todas las fotos que necesitaban para la revista. Durante un año, sufrió una desconexión emocional total. Su madre le había guardado el vestido de novia. Todo aquello fue un tema muy sensible durante mucho tiempo del que era mejor no hablar.

Casi diez años después, se planteó la posibilidad de volverlo a intentar. William Tyler era un hombre fuerte e interesante, que trabajaba como arquitecto. Faith admiraba su trabajo. Por aquel entonces, ya había dejado la revista y había montado su negocio de organizadora de bodas. Después de informar sobre decenas o cientos de bodas para *Vogue*, dominaba ese tema mejor que ningún otro, ya que había aprendido mucho al respecto.

Al principio, William parecía ser la pareja perfecta. Era tan disciplinado y preciso en su trabajo como lo era ella con el suyo propio. Entonces su relación se fue enturbiando poco a poco, puesto que empezó a decirle qué debía hacer y qué debía ponerse, incluso de qué debía hablar y de qué no. William vivía en un piso de Chelsea que él mismo había diseñado. Por aquel entonces, Faith y Hope vivían cada una en un piso distinto. Faith estaba viviendo en el SoHo, y Hope se había mudado al Uptown. A William no le caían bien los amigos de Faith, y él no tenía ninguno. Le describió con total precisión cómo quería que fuera su boda y dónde se iba a celebrar. Tenía muy claro qué le gustaba en el plano estético, y las únicas opiniones que respetaba eran las suyas.

Tras dos meses de compromiso, Faith se sintió como si William la estuviera asfixiando, como si estuviera tratando de arrebatarle su identidad para rediseñarla según sus propias especificaciones, como si fuera un edificio que estaba comprando para remodelar. Sintió como si la hubiera dejado totalmente vacía por dentro. Le estaba minando la moral. Le devolvió el anillo y huyó. Se preguntó cómo podía haber cometido un error tan grave otra vez a pesar de ser más madura y sabia. En cuanto se alejó de él, sintió que había recuperado su libertad y se había quitado un gran peso de encima.

Esta vez no se arrepintió de que su compromiso se hubiera roto. William nunca entendió por qué su relación no había funcionado. Había controlado todo lo que hacía Faith y quería controlar incluso sus pensamientos. Esta vez, se recuperó más rápidamente, ya que ella era la que había cortado. Su experiencia con William la convenció por completo de que nunca iba a casarse. Las bodas eran su trabajo, incluso podía labrarse una larga carrera profesional en ese campo, pero ya no soñaba con contraer matrimonio. Podría organizarle una boda exquisita a cualquiera que acudiera a ella en busca de ayuda, pero la idea de casarse le daba pavor. Por culpa de William, jamás querría ser ella la novia.

Seis meses después, Hope, su hermana melliza, había anunciado que se iba a casar, y lo único que Faith pudo sentir fue lástima por ella. Hope, que había llevado una vida intensa y sin ataduras como modelo, insistió en que Angus Stewart era su alma gemela.

Hope y Faith no se parecían físicamente en nada y tenían un carácter totalmente distinto. Faith era más pequeña y más delicada, rubia y de ojos verdes. Hope era casi tan alta como su padre, morena y de ojos marrones. Había trabajado como modelo en Nueva York durante doce años y se lo había pasado muy bien. Había conocido a gente fascinante, había viajado por todo el mundo y estaba dispuesta a renunciar a todo eso por un hombre cuyos pasatiempos favoritos eran hacer senderismo y pescar, esquiar y escalar montañas. Angus pronto huyó a Connecticut con su hermana. Era escritor, y habían tenido tres hijos en siete años. Aunque Hope afirmaba que era enormemente feliz, a Faith le costaba creerse que eso fuera verdad, ya que su hermana vivía en las afueras, en un entorno rural, rodeada de ruido, caos y desorden. Los niños eran adorables, pero inquietos e incontrolables, aunque daba la sensación de que a Hope le encantaba que fueran así. Solo se portaban bien cuando la niñera estaba cerca. Daba la impresión de que Hope era incapaz de lograr que se quedaran quietos, cosa que no parecía molestarla. Tenían tres niños muy movidos: Seamus, de seis años; Henry, de tres; y el bebé, Oliver, que tenía un año.

De niñas, a Faith y Hope les había encantado ser mellizas, sobre todo porque físicamente no se parecían en nada y tenían un carácter muy distinto. Hope era más despreocupada y se tomaba la vida con calma. Faith siempre había sido más disciplinada y quería que todo fuera perfecto. Por eso, le convenía más vivir sola. La casa que había comprado en la ciudad, desde donde dirigía su negocio, era tan impecablemente elegante y ordenada como la propia Faith y las bodas que organizaba. Nada estaba fuera de su sitio jamás. Se fijaba en cada detalle. Una boda organizada por Faith Ferguson era tan perfecta como la propia Faith y la casa en que vivía. Hope era más anárquica. En su casa reinaba el desbarajuste permanente; ahí había zapatos y revistas y libros y cosas para hacer deporte tirados por todos lados. A Faith le encantaba visitar a su hermana, pero siempre se alegraba de poder volver a gozar del orden silencioso y la paz que imperaban en su propia casa. Si Faith hubiera tenido tres niños, estos habrían acabado con ella. Quería a sus sobrinos, pero quería aún más a su hermana melliza, más que a nadie en el mundo. No se arrepentía de no haber tenido hijos, ya que eso formaba parte de un conjunto de cosas que había decidido que no eran para ella. Ayudaba a otros a alcanzar esa meta, que no era la suya.

Después de ducharse y vestirse, se preparó una taza de té verde y se sentó para llamar a su hermana, como hacía todas las mañanas antes de comenzar su jornada. Era el ritual vital que más adoraba. La llamó a las ocho en punto, cuando su cuñado, Angus, como buen escocés, se acababa de llevar a los dos críos mayores a la escuela, y la niñera ya había llegado y se había llevado al bebé para vestirlo. De este modo, Hope y ella podían conversar tranquilamente sobre lo que se les ocurriera, o lo que estuvieran haciendo, o cualquier cotilleo interesante que les había llegado sobre sus viejos amigos. Al igual que Faith, Hope tampoco aparentaba su edad. Poseía una impresionante belleza natural desprovista de todo artificio. Siempre daba la sensación de que se le había olvidado peinarse su larga melena. A pesar de que rara vez se maquillaba y parecía que acababa de levantarse de la cama, era sensual sin ser consciente de ello. Por lo general, vestía vaqueros y calzaba unas botas de montar o unas de lluvia. Le gustaba cabalgar todos los días en una hípica cercana. Prefería llevar jerséis gruesos y solía ponerse los anoraks y las chamarras de su esposo, que le quedaban bien.

—¿Qué vas a hacer esta semana? —preguntó Hope, mientras le daba un sorbo a un café con leche. Era el segundo que se había preparado. Su hijo Seamus había derramado el primero sobre la mesa del comedor durante el desayuno; nada fuera de lo habitual en una mañana cualquiera.

—Voy a reunirme con tres clientes nuevos —contestó Faith.

Hope siempre se alegraba de los éxitos de su hermana. Después de doce años trabajando como modelo, había abandonado su carrera profesional y se había quedado en casa, donde era muy feliz; sobre todo desde que Angus se encerraba a escribir en una habitación acogedora situada sobre el garaje que él mismo había acondicionado para trabajar. Era estupendo tenerlo cerca. Como su hermana no echaba de menos Nueva

York para nada, Faith tenía que rogarle que fuera a la ciudad para hacer algunas compras y almorzar.

Hope odiaba ir de compras y juraba que no volvería a probarse más ropa en toda su vida. Había pensado igual cuando trabajaba como modelo, aunque se la veía fabulosa en la pasarela en los desfiles de moda. Durante gran parte de su carrera, había sido una modelo muy solicitada, pero ahora solo quería quedarse en casa y cumplir con su papel de esposa y madre. Faith se habría aburrido si llevara esa clase de vida, pero Hope se sentía feliz y realizada. Angus era un gran tipo, que siempre se alegraba de ver a Faith y la animaba a visitarlos más a menudo. Pero Faith siempre estaba muy atareada en Nueva York. Las mellizas solían llamarse dos o tres veces al día, solo para saber cómo iba todo, o para hablar sobre algo que habían hecho o habían visto.

—Los tres vienen por recomendación de otros clientes —comentó Faith—. En esta época del año, siempre hay mucho trabajo.

Hope ya lo sabía y admiraba a su hermana por su talento y su exitosa carrera. Las bodas que organizaba para sus clientes eran fabulosas. Faith también se había encargado de la boda de Hope, en la que todos los hombres invitados llevaron faldas escocesas con los colores de su clan.

Las mellizas lo sabían todo la una de la otra, y compartían sus pensamientos más íntimos, como siempre habían hecho. Tenían una relación estrecha con su madre, pero el vínculo entre ambas hermanas era todavía más estrecho. De crías, ellas mismas habían sido sus mejores amigas, hasta el punto de no tener otros amigos gran parte del tiempo. Su relación era muy profunda y especial. Se habían querido cuando otras chicas de su edad, en la adolescencia, se pegaban con sus hermanas. Pero en el caso de las mellizas, era distinto. De niñas, rara vez habían discutido; de adultas, nunca. Su madre, una mujer buena, sensata e inteligente, había aceptado que sus hijas disfrutaban de una relación donde apenas quedaba hueco para cualquier otra persona, ni siquiera para ella.

—¿Has hablado con mamá últimamente? —preguntó Hope, y Faith tuvo la sensación de que le había hecho esa pregunta con un leve tono de reproche.

—No, ¿por qué? ¿Algo va mal? Hablé con ella hace una semana. ¿Se ha quejado de que no la telefoneo?

—No, ya sabe que estás liada. No quiere molestarte. Creo que a veces se siente sola.

Su madre se había casado tres veces; la primera vez con su padre, Arthur Ferguson. Su matrimonio había durado doce años. Su divorció pilló por sorpresa a las niñas. Siempre había dado la impresión de que se llevaban muy bien y se trataban con mucho respeto. Las mellizas tenían diez años cuando se divorciaron. Su padre nunca había estado muy presente en sus vidas, ni siquiera mientras sus padres estuvieron casados. Viajaba mucho y no mostraba mucho interés por su esposa e hijos.

Su padre se había casado con Beata, su segunda esposa, muy poco después del divorcio. Su madre, Marianne, había tardado más en conocer al amor de su vida; un dramaturgo brillante y famoso, que se decía que era un genio, pero que también era depresivo y alcohólico. El matrimonio había durado cinco años, que fueron muy turbulentos. Las mellizas, que ya estaban en la universidad cuando se casaron, procuraban mantener las distancias con su errático y volátil padrastro y sentían pena por su madre por estar casada con él. No era mala persona, pero resultaba imposible llevarse bien con él. Cuando se divorciaron, no les cogió de sorpresa. Su madre se casó en terceras nupcias con un conde italiano, a quien las mellizas no hicieron mucho caso. Por aquel entonces, vivían juntas en su propio piso y apenas lo conocían. Él tampoco hizo ningún esfuerzo por intentar conocerlas y dejó a su madre dos años después para irse en busca de pastos más verdes y una esposa más rica, tal y como había hecho el padre de las mellizas anteriormente. Marianne se llevó una decepción, pero entraba dentro de lo previsible.

Ella vivía de lo que había heredado de su familia y nunca había trabajado. No tenía una gran fortuna, pero sí el dinero suficiente como para vivir con holgura. Hacía algunos viajes al año para visitar a sus amigos, principalmente a Palm Beach o Newport en verano. Gracias a un fideicomiso que tenía, había podido enviar a sus hijas a escuelas privadas de Manhattan cuando eran pequeñas y había alquilado una casa en los Hamptons en verano. Habían tenido todo lo que necesitaban, aunque no habían vivido de manera ostentosa ni con grandes lujos. Marianne vivía con cierta estabilidad financiera, sin preocupaciones. Tenía suficiente dinero como para atraer a algunos cazafortunas, como el padre de las mellizas y el conde italiano.

Marianne se sentía orgullosa del éxito que tenía Faith con su negocio y de la carrera como modelo de Hope. Habían tenido una vida fácil y feliz cuando eran niñas, con una madre devota y un padre que rara vez estaba presente. Su progenitor había tenido un trabajo como empleado de banca poco importante mientras estaba casado con su madre y quería una esposa que no le exigiera trabajar y lo mantuviera. Al final, había encontrado lo que buscaba al conocer a Beata.

Su madre todavía vivía en el piso de Park Avenue, donde habían crecido y se habían quedado después de que su padre se fuera. Marianne había cumplido ahora sesenta y siete años y administraba con mucho cuidado su dinero. Saber que tenía suficiente para vivir y que podía ser independiente era todo un alivio, pero no iba a dejar una gran herencia a sus hijas cuando falleciera. Como tampoco esperaban heredar nada y les había ido bien profesionalmente, las mellizas habían invertido sus ganancias de un modo inteligente. Además, Angus era un escritor de éxito y su familia era de posibles. A veces Hope se sentía fatal porque sabía que su madre estaba sola. Faith siempre decía que eso era preferible a que estuviera casada con un impresentable que se estuviera fundiendo su dinero o haciéndole la vida imposible, y de hecho ella misma se aplicaba el cuento. Hope le recordó que no todo el mundo era tan autosuficiente como ella, ni prefería estar solo. Su madre prefería tener compañía, pero lo había intentado tres veces y no había encontrado al hombre adecuado.

—¿Por qué mamá iba a querer casarse ahora? Tiene cuanto necesita. Un hombre lo fastidiaría todo a estas alturas. Está mejor como está ahora —dijo Faith con franqueza.

No estaban de acuerdo en eso. Hope siempre había sospechado que su madre habría preferido tener un hombre en su vida en lugar de estar sola, pero hacía mucho tiempo que no salía con nadie. Se había centrado en sus hijas cuando eran niñas. Con su presencia, siempre había llenado ampliamente el hueco que dejaban las largas ausencias del padre de las mellizas, quien visitaba Nueva York con Beata una o dos veces al año para ver a algunos amigos. A las chicas nunca les había gustado ir a Alemania a visitarlo en verano. Siempre tenían la sensación de que allí sobraban y no pintaban nada. Beata las trataba con respeto, pero no era una persona afectuosa y no tenía hijos. Siempre habían tenido claro que su padre se había casado con ella para gozar de un determinado estilo de vida que para él era preferible a trabajar, pero no estaba locamente enamorado de ella. Como interpretaba bien su papel de esposo devoto, habían permanecido casados durante casi treinta años. Era un tipo de relación consensuada que, en su caso, parecía funcionar. Beata tenía un esposo guapo y distinguido, y él viajaba mucho por su cuenta. Su familia se había quedado sin dinero cuando él era joven. Y en las segundas nupcias había conseguido un matrimonio ventajoso. No había trabajado desde que se había casado con Beata. Y su familia era conocida en la sociedad neoyorquina desde hacía varias generaciones. Para las mellizas, era un buen ejemplo de lo que no querían hacer. Hope se había casado con Angus por amor y era feliz. Y Faith era perfectamente feliz estando soltera, aunque tenía alguna relación ocasional, que nunca duraba mucho. Ella no quería tener un esposo que le dijera qué debía hacer, en qué debía gastar su dinero o que le dirigiera la vida.

Las mellizas conversaron media hora, y luego Faith se dirigió a su oficina. Su escritorio estaba organizado de una manera impecable, tal y como lo dejaba todas las noches. Había tenido que preparar dos grandes bodas justo antes de las vacaciones navideñas, pero después de esas fechas siempre reinaba la calma. Por lo visto, nadie se casaba en enero. Pero como la gente empezaba a planificar bodas veraniegas justo después de las Navidades, sabía que enseguida iba a estar atareada; sobre todo si aceptaba los encargos de los tres clientes nuevos que tenía previsto ver esta semana. Faith podía elegir qué bodas organizaría. Era la mejor de la ciudad. Si se trataba de algo demasiado ostentoso y vulgar, o de muy mal gusto, siempre rechazaba el encargo con elegancia, explicando al cliente que tenía la agenda llena y que no iba a poder hacer un buen trabajo. Tenía la sensación de que el primer cliente al que iba a ver quería celebrar una gran boda. El cliente que le había recomendado que acudiera a ella se había gastado, el año anterior, casi dos millones de dólares en la boda de su hija en su finca de Long Island. Había sido una boda espectacular de seiscientos invitados, con la que Faith había ganado un dineral. Bodas como esa siempre traían clientes nuevos. Ya la había recomendado a otras dos personas por su excelente labor.

Las únicas bodas que odiaba eran las que se celebraban en sitios exóticos. Era muy difícil organizarlas bien, ya que, dependiendo de la ubicación, tenía que tratar con proveedores locales que no conocía. Solía evitarlas si era posible. Le encantaban las bodas que se celebraban en hogares, siempre que las casas fueran lo bastante grandes. Había organizado muchas en algunas fincas magníficas. También había organizado bodas más sencillas, si le caía bien el cliente y el presupuesto resultaba viable. Le apasionaba hacer realidad los sueños de los demás. Su labor consistía en comprender lo que la gente quería y obrar su magia para convertir sus ilusiones en realidad.

Siempre le encantaba ver, cuando la novia avanzaba por el pasillo, qué cara ponía al verla por primera vez el novio, el cual solía tener lágrimas en los ojos. Era como si se abriera la puerta de su futuro, donde todo lo que esperaban que ocurriera iba a ocurrir. Era un día muy especial, y adoraba formar parte de él. Aunque ya no soñaba con casarse ni quería hacerlo, le entusiasmaba ayudar a otros que todavía creían en ese sueño. Ella había optado por renunciar a ese sueño libremente, así que no se sentía decepcionada por no casarse. Para organizar una boda con éxito, también se necesitaba una dosis de imaginación y contar con una buena logística, así como tener a los mejores proveedores del mundo, que nunca la decepcionaban.

Mientras se hacía otra taza de té, oyó entrar a Violet, su asistente. A Faith no le gustaba tener muchos empleados, porque al final molestaban y no aportaban nada, y le bastaba con tener una limpiadora, que venía a diario, y una ayudante en la oficina. El resto lo hacía todo ella misma. Estaba sentada ante su escritorio cuando Violet entró en la habitación. Era una joven brillante y sonriente que adoraba su trabajo y que, de alguna manera, siempre lograba alegrarle el día a Faith. Tenía veintinueve años y llevaba tres trabajando para ella. Trabajaban bien juntas, y Violet sabía tratar de una forma maravillosa a las novias y lidiar con las madres con discreción y paciencia cada vez que reinaba la tensión en el ambiente, lo cual sucedía a menudo entre madres e hijas mientras planeaban el Gran Día. Los padres rara vez se preocupaban por los detalles, solo por las facturas. Pero acudir a Faith para organizar una boda nunca salía barato. Su reputación la precedía. Iban a tener una boda inolvidable por la que pagarían una suma considerable. Pero valdría mucho la pena.

Para la reunión, Faith había optado por un traje pantalón negro muy sencillo y unos zapatos de tacón alto. Siempre vestía de una manera adecuada cuando iba a reunirse con unos clientes. No importaba quiénes fueran. Violet, que vestía una falda negra y un sencillo suéter blanco de cachemira, también calzaba unos zapatos de tacón alto. Podía ponerse unos vaqueros cuando trabajaba en otro sitio, pero nunca en la oficina. Violet jamás decepcionaba a Faith.

—¿Qué sabemos sobre los Albert? —le preguntó a Faith mientras se llevaba la taza de té ya vacía.

Faith sonrió.

—No mucho. Es un gran promotor inmobiliario. Los Ferdinand les recomendaron contratarnos, así que tengo la sensación de que será un gran evento. Lo sabremos en unos minutos.

Debían llegar en cinco minutos, y Faith esperaba que los clientes fueran puntuales.

Media hora más tarde, todavía estaban esperando a los Albert. No habían llamado para decir que llegarían tarde. Faith volvió a mirar su reloj. El timbre sonó cuarenta minutos después de la hora prevista, y Violet fue a abrirles la puerta.

Los condujo a la sala de estar de la planta principal donde Faith solía recibir a los clientes durante la jornada laboral. Esta metió varias carpetas y un bloc en un portafolio de cuero para tomar notas durante la reunión. Entró justo cuando se sentaban, y Violet se marchó para colgar sus abrigos. El de la señora Albert era de visón y de un color rojo intenso.

En cuanto los vio, Faith pudo adivinar qué tamaño iba a tener la boda y de qué estilo iba a ser. Jack Albert, el padre de la novia, era un hombre fornido que vestía un traje caro y llevaba un gran reloj de oro de pulsera. Su esposa, Miriam, vestía un traje rojo de Chanel, llevaba un gran anillo de diamantes y demasiadas joyas y perfume encima para ser una hora tan temprana. En contraste, su hija, que se suponía que era la novia, llevaba unas mallas, unas botas militares y un viejo suéter gris agujereado. Tenía tatuada una llamativa rosa en la muñeca izquierda y llevaba recogida su enmarañada melena rubia con una horquilla. Parecía que no le importaba su aspecto y daba la impresión de que se sentía incómoda. Era una chica atractiva, y no se la veía precisamente contenta de estar ahí con sus padres. Faith supuso que tenía unos veintitantos años, treinta como máximo; era, más o menos, de la misma edad que su ayudante. Jack hizo hincapié en que Annabelle no trabajaba. Aunque había ido a la universidad, nunca había buscado empleo. Y afirmó que no le hacía falta. También comentó que Jeremy, el novio, trabajaba en el negocio de su padre a veces, cuando le apetecía. Jack se mostró muy generoso a la hora de compartir información.

Faith le entregó una carpeta a cada uno de ellos; contenía algunas fotografías de muestra, unas cuantas ideas y una lista de los materiales básicos que solía utilizar, para que pudieran irse a casa con la sensación de que sabían qué tipo de bodas organizaba. Las fotografías mostraban una amplia gama de bodas, tanto las que se habían celebrado en la ciudad como en el campo, así como algunas de las más famosas que había organizado para ciertas celebridades. Ella pudo deducir, al mirar a los Albert, que una de sus prioridades iba a ser mantener la boda dentro de los límites del buen gusto. Esa solía ser una de sus labores más importantes, así como la de mediar entre la novia y sus padres si tenían puntos de vista distintos. Se preguntó a quién se le había ocurrido la idea de acudir a ella.

Sospechaba que, en este caso, a los padres y no a la novia. Supo que había acertado en cuanto Jack Albert explicó que su hija mayor, Eloise, se había casado en secreto cinco años antes. Dijo que esta vez iban a organizar una boda como estaba mandado. Sin duda, su intención era que esta compensara la que no habían podido celebrar.

—Se divorció un año después —añadió, con una mirada de desaprobación.

Annabelle, la novia, puso cara de hartazgo. Había oído eso mil veces. Su padre estaba sugiriendo que ese matrimonio había estado condenado al fracaso porque su hermana no había celebrado una gran boda con la que sus padres le hubieran dado el visto bueno. Jack también hizo un comentario extraño sobre el prometido de Annabelle, algo acerca de que había habido que «persuadirlo para que asumiera su responsabilidad». Faith se preguntó qué significaba eso. A lo mejor Jack le había dado dinero, o regalado un Ferrari u ofrecido sus contactos para conseguir un trabajo mejor, o a lo mejor lo había amenazado. Asimismo, se preguntó si el novio era un cazafortunas o simplemente no estaba preparado para casarse. En cualquier caso, lo habían convencido, al parecer, ya que, si no, no estarían ahí.

Faith ya podía intuir que querían celebrar esta boda para lucirse y presumir ante sus amigos, y tal vez incluso ante sus socios comerciales. Jack Albert era un promotor inmobiliario de gran éxito que había construido varios rascacielos en la ciudad. Dijeron que querían celebrar la boda en su finca de East Hampton.

—Quieren invitar a setecientas personas —dijo Annabelle con cara de enfado.

Faith sonrió a los tres, mientras que Miriam Albert contemplaba los cuadros de las paredes. La casa de Faith era sencilla, moderna y estaba decorada con mucho gusto. Se había ocupado de todo ella misma, y los cuadros eran de unos artistas muy conocidos.

—Tal vez podamos dejarlo en trescientas o cuatrocientas. ¿Qué te parece? —le preguntó a la novia, como si estuvieran solas en la habitación, y Annabelle sonrió por primera vez.

—Sí, eso sería mejor. Yo quería una boda íntima. Por eso mi hermana se casó en secreto. No quería montar un circo, y yo tampoco.

—La boda va a ser el 4 de julio —dijo Miriam Albert, hablando así por fin—. Y nos gustaría que hubiera fuegos artificiales.

No le preguntó a su hija si le parecía bien. Era una decisión que había tomado ella. Annabelle no dijo nada, pero volvió a poner cara de hartazgo.

—Todo es posible. —Faith sonrió de forma cordial—. Simplemente no queremos que haya demasiadas cosas que nos distraigan de la feliz pareja.

Pudo ver que Annabelle se relajaba. Faith tenía que ganarse su confianza antes de empezar a organizar la boda. Gracias a su eficiencia y serenidad, y a que no se dejaba influenciar por los padres de Annabelle, estaba consiguiendo que la novia se fiara de ella.

—Y queremos una carpa de cristal con unas lámparas de araña —continuó diciendo la madre de la novia—. Y dos grupos de música.

—Me gustaría hacer una visita al lugar, si eso les parece bien; así les podré ofrecer luego algunas sugerencias. Es difícil hacerlo sin ver dónde se va a celebrar la boda.

Jack asintió al oír eso, y Annabelle también. Era lógico. Aparte de tener talento, Faith era pragmática y quería que todo fuera como la seda; sus bodas siempre se celebraban sin contratiempos. También era famosa por eso.

Tomó algunas notas sobre lo que habían comentado: sobre los fuegos artificiales, la carpa, las lámparas de araña. Estuvo una hora intentando hacerse una idea de lo que cada uno de ellos quería. Jack y Miriam claramente querían presumir.

Annabelle quería algo más profundo y significativo y no tan agobiante como sus padres tenían en mente. El trabajo de Faith consistía en equilibrar ambos puntos de vista para organizar una boda que a Annabelle le encantaría y que haría que sus padres tuvieran la sensación de que habían invertido bien su dinero.

—Si lanzamos los fuegos artificiales al final de la boda, no serán una distracción, sino una forma bonita de despedirse de la pareja justo cuando inicia una nueva vida —sugirió. Podía ver que ya había convencido a los padres y ahora tenía que encontrar la manera de persuadir a Annabelle—. ¿Ya has buscado un vestido?

Annabelle negó con la cabeza.

—Estamos pensando en un vestido de alta costura de Dior —contestó Miriam.

Annabelle no dijo nada. Sin lugar a dudas, aún no tenía claro qué quería. Solo estaba segura de una cosa: de lo que no quería, y casi todo lo que no quería ocupaba un lugar destacado en la lista de requisitos de sus padres.

—Con una cola larga y un velo bordado —añadió Miriam—. Dentro de tres semanas, iremos a París para ver los desfiles de alta costura.

—Y a algunos otros diseñadores —dijo Annabelle.

Faith se preguntó cuántos tatuajes más se había hecho. Le daba la sensación de que tenía más, lo que podría dictar qué tipo de vestido iba a llevar, a menos que quisiera mostrarlos, opción que algunas novias escogían.

—Tenemos mucho trabajo que hacer —afirmó Faith, sonriendo.

Cuando se fueron, le dio a cada uno un ejemplar de sus tres libros. Habían acordado una fecha para que Faith visitara su finca de Long Island, y ella los animó a llamarla si tenían alguna duda; estaba convencida de que la tendrían. Jack había dejado caer que el dinero no era un problema, lo cual normalmente indicaba que se iba a enfrentar a su mal gusto. Pero estaba preparada para eso, ya que lo que mejor se le daba era llevar las riendas de la boda de tal modo que se impusiera el buen gusto, por muy lujosa que fuera. Sus bodas nunca eran vulgares. No iba a permitir que las cosas se desmadraran.

Cuando ya se iban, empezó a nevar. Los acompañó hasta la puerta y reparó en que un conductor los esperaba en la calle en un Mercedes Maybach. Se había imaginado que sería algo así, o un Rolls.

A pesar de que ya se habían marchado, todavía podía oler el perfume de Miriam.

—¿Cómo ha ido todo? —le preguntó Violet a su jefa cuando esta entró en la oficina.

Faith sonrió y suspiró.

—Ha sido interesante. Los padres quieren que sea muy espectacular, que haya setecientos invitados y que se lancen unos fuegos artificiales el 4 de julio. La novia quiere una boda más íntima, pero no va a salirse con la suya. Creo que podremos rebajar un poco las pretensiones de sus padres. La semana que viene iré a ver su finca. Ellos están pensando en el Caesars Palace; y yo, en Versalles —respondió.

Violet se rio. Estiró el brazo para coger la libreta encuadernada en cuero de su jefa, y Faith se dio cuenta inmediatamente de que algo brillaba en su mano izquierda.

—¿Qué es eso? ¿Algo nuevo? —preguntó una sorprendida Faith.

Violet se sonrojó.

—Pasó, sin más. Jordan me propuso matrimonio en Nochevieja. Pero no te preocupes, no podemos permitirnos una luna de miel, así que solo estaré una semana de vacaciones.

Al instante, puso cara de preocupación; no quería que su jefa se enfadara.

—¿Y cuándo se supone que os casaréis? —le preguntó

Faith—. Esperemos que no sea en temporada alta; en junio, julio o agosto.

—Estamos pensando en mayo. Sé lo ocupada que estás en junio. Te iba a preguntar sobre el tema hoy mismo.

—Me parece perfecto. —Faith sonrió, pues se alegraba por ella. Además, en mayo seguía haciendo demasiado frío en Nueva York como para que se celebraran muchas bodas—. ¿Tienes ya un sitio donde celebrarla?

—Hay un restaurante italiano cerca de casa de mis padres que mi padre ha pensado que estaría bien.

—Veamos si se nos ocurren algunas otras ideas que le gusten y que podrían ser más de tu estilo. Me lo pensaré.

A Faith le encantaban los retos, y Violet sonrió. No podía darse el lujo de pagar una boda organizada por Faith Ferguson, pero tal vez su jefa podría hacerle algunas buenas sugerencias que no se le fueran del presupuesto. Le encantaba trabajar para ella. Era alguien con quien Violet sabía que podía contar, y el trabajo era divertido y emocionante. Había aprendido mucho de Faith.

—Te deseo lo mejor, Violet —dijo de un modo adecuado, ya que «felicitar» a la novia no era lo correcto, tal y como contaba en su libro—. Espero que ambos seáis muy felices.

Había visto al novio una vez y le había parecido que era un buen chico. Había estudiado para ser contable, y trabajaba para una startup; hoy por hoy, es difícil saber quién acabará triunfando algún día. Algunas empresas que ahora triunfan comenzaron siendo muy pequeñas.

Habían estado saliendo durante más de un año. Faith anotó mentalmente que debía buscar algunos lugares donde celebrar la boda, ya que sabía que no podían gastar mucho dinero en el evento; tal vez podría ayudarles, e incluso obtener algún descuento para Violet, al menos para el vestido.

Después, se sentó tras su escritorio para tomar unas notas preliminares sobre la boda de los Albert del 4 de julio. Tenía mucho en que pensar e iba a ganar mucho dinero con ella, pero era la boda de Violet la que la hacía sonreír y llenaba de alegría. No era tan dura y cínica como la gente pensaba. Violet iba a tener una boda que encarnase el verdadero sentido que debería tener una boda, en la que se celebraba un día muy especial para dos personas enamoradas, cuya futura vida en común brillaba como una estrella reluciente. Faith sería quien la guiaría y ayudaría a tener una boda que sería un recuerdo precioso para siempre. A Faith le encantaba su trabajo y le daba igual que las bodas que organizaba tuvieran millones de dólares de presupuesto o que fueran mucho más modestas como la de su ayudante; siempre obraba su magia con las novias, mientras no tuviera que ser una de ellas.

2

Faith se reunió con la segunda pareja después de almorzar. El novio había concertado la cita. Eran una pareja atractiva. Douglas Kirk tenía unos cuarenta y pocos años, era alto y atlético, resuelto y de sonrisa fácil. Tenía el pelo moreno, los ojos azules y unos rasgos cincelados. Phoebe Smith, la futura novia, era una rubia muy guapa con una gran figura que tenía treinta y dos años. Él, que era un cirujano plástico de mucho éxito, le recalcó a Faith que Phoebe trabajaba para él y era enfermera de quirófano. Ella era amable al trato y, cuando se sentaron, permitió que fuera Doug quien hablara por ambos. El novio también dejó muy claro que iba a ser él quien pagaría la boda, lo cual significaba que también quería tomar todas las decisiones.

Deseaba celebrar la boda en su club, lo cual Faith sabía que reduciría en parte los gastos, y pensaba invitar a entre ciento cincuenta y doscientas personas, así que iba a ser una boda bastante grande. Se había criado en Grosse Pointe, Míchigan, y había estudiado en la Facultad de Medicina de Harvard.

—¿Tú de dónde eres, Phoebe? —le preguntó Faith con delicadeza, tratando así de tirarle de la lengua. Douglas no le había dejado decir ni una palabra durante los primeros veinte minutos de la reunión.

—De San Diego —contestó con una sonrisa. No parecía importarle que Doug fuera el centro de atención. Como empleada suya que era, estaba acostumbrada a obedecer sus órdenes, sobre todo cuando se trataba de cirugía. Su novio le sonreía mucho y le daba palmaditas en la mano—. Doug tiene las ideas mucho más claras que yo sobre cómo va a ser la boda —le explicó—. Yo solo llevo un año en Nueva York, así que no conozco a mucha gente en la ciudad. Empezamos a salir en cuanto llegué.

—Al fin conocí al amor de mi vida, a la mujer de mis sueños —confirmó Doug.

«A la mujer que deja que solo hables tú», pensó Faith. Le parecía que Doug era un poco insoportable, pero Phoebe tenía un algo que la hacía muy interesante; por eso, quería ayudarla a encontrar su propia voz y a tener la boda que ella deseaba, y no únicamente la que Doug tenía previsto. Cuando Faith les preguntó por el número de invitados, Phoebe respondió que quería que su hermana fuera la madrina, pero que no sabía si podría asistir. Como su madre tenía esclerosis múltiple y ahora estaba postrada en cama, le costaba mucho separarse de ella. Por tanto, su madre no podría asistir. También comentó que su padre había fallecido cuando ella iba a la universidad. Aunque su hermana vivía con su madre en San Diego, las dos la habían apoyado cuando había decidido mudarse a Nueva York y se alegraron mucho por ella cuando empezó a trabajar para Doug. Llevaba un anillo de compromiso sencillo y muy hermoso, y era obvio que al casarse con Doug iba a dar un gran paso hacia una vida mejor. Doug comentó que su socio, médico también, iba a ser su padrino.

Había traído algunas páginas de la revista *Town & Country* para mostrarle a Faith lo que le gustaría. Querían celebrar la boda en junio, y él ya había reservado la fecha en su club. Se veía que era una persona eficiente y organizada; además, no quería una boda muy complicada. Mencionó cuál era su floristería favorita; una de las mejores de Nueva York. Faith había trabajado con ellos muchas veces en algunas bodas que se habían celebrado en la ciudad. No eran baratos, pero hacían un gran trabajo. Doug quería que hubiera orquídeas blancas, y Phoebe comentó que le parecía estupendo.

—¿Ya has pensado en el vestido? —le preguntó Faith.

Doug respondió por ella y dijo que había pensado en un Oscar de la Renta o un Carolina Herrera, ya que encajarían a la perfección con la boda que tenía en mente. Faith estaba de acuerdo, pero le incomodaba que estuviera llevando las riendas de todo y apenas dejara un resquicio para que Phoebe tomara alguna decisión, incluso sobre el vestido; además, él quería que la boda fuera de etiqueta.

El novio no tenía una opinión clara sobre la ceremonia religiosa. Phoebe dijo con cautela que le gustaría casarse en una iglesia y que había una iglesia episcopal cerca del club de Doug. Este no hizo ningún comentario en ningún sentido.

—Será un placer ir a ver vestidos contigo —dijo Faith, ya que su madre y su hermana estaban muy lejos y no podrían acompañarla—, a menos que quieras ir con una amiga.

Mientras miraba a Phoebe, se dio cuenta de que se parecía a Grace Kelly de joven, cuando esta se casó con el príncipe Rainiero. Iba a ser una novia muy hermosa.

Faith estuvo dos horas con ellos. Todo fue muy fácil, ya que Doug sabía perfectamente lo que quería, pero después de que se fueran, se sintió intranquila. Se sentó en su oficina y repasó mentalmente la reunión. Frunció el ceño cuando Violet entró para preguntar cómo había ido todo.

—Son una pareja muy mona, eso seguro —comentó Violet, lo cual era una obviedad.

Faith asintió.

—Él es un poco agobiante. Toma todas las decisiones. Sabe perfectamente lo que quiere. Y es quien va a pagar la boda. Ella trabaja para él, y me ha costado mucho tirarle de la lengua. Está dispuesta a dejar que haga lo que le dé la gana. Él es tremendamente controlador, y ella se queda de brazos cruzados mientras consiente que se encargue de todo.

—Si a ellos les va bien así... —dijo Violet con un tono sereno.

En los tres años que llevaba trabajando para ella, habían visto pasar por la oficina de Faith a todo tipo de parejas. Había algunas que uno creía que no durarían y al final ahí seguían. Al menos, los nombres de ambos continuaban apareciendo en la misma tarjeta navideña unos años después.

—¿Crees que a ella le molesta que él tome todas las decisiones? —preguntó Violet.

—No, a ella no. Pero a mí sí. Cada vez que le hacía una pregunta, él respondía por su novia y ya había tomado una decisión.

Le recordaba a William, el prometido con quien no se había casado.

—Quizá sea un alivio para su futura no tener que lidiar con todo eso. Así, solo debe presentarse el día de la boda, vestirse y lucir hermosa. A mí tampoco me importaría que tomaran algunas decisiones por mí. Pero lo llevo claro si espero que Jordan me vaya a echar una mano para organizar la boda. Lo único que hace es responder: «Lo que tú quieras». Y, al instante, vuelve a centrarse en la tele para ver el fútbol o el hockey... ¿Van a celebrar una gran boda?

—Una de ciento cincuenta a doscientos invitados, en el club del novio. —Faith mencionó la floristería que Doug quería contratar, y Violet asintió, ya que eran unos grandes profesionales—. Él quiere orquídeas, que suene música de cámara durante los cócteles y que toque un grupito de músicos durante la cena y también después para que la gente baile. Ella quiere casarse por la iglesia, y él no hizo ningún comentario al respecto. No tengo claro que esté de acuerdo. No nos costará tenerlo todo listo. El chef de ese club es bueno. Será en junio, y el club ya está reservado. En realidad, no me necesitan, pero él quiere que todo salga perfecto. Hay que buscarles un buen fotógrafo. Por ahora, nuestro gran evento del verano, si acaban firmando con nosotros, será la boda de los Albert, en la que habrá que tener mil cosas en cuenta. Esta será fácil, y se celebrará tres semanas antes que la de los Albert, lo cual nos viene de perlas. Me he ofrecido a ir a ver vestidos con ella. Podrás acompañarme si quieres. Le vendrá bien que alguien más joven que yo le dé su opinión, aunque todo le quedará genial. De todas formas, antes de hacer nada, tengo que prepararle un presupuesto al novio, pero no parece que el dinero vaya a ser un problema.

Gran parte de las personas que acudían a ella para organizar su boda sabían que iban a pagar un precio elevado, ya que su reputación la precedía. Las personas que tenían un presupuesto ajustado no esperaban que Faith Ferguson fuera a ser su wedding planner.

—Me encantará acompañaros —dijo Violet—, además tengo que empezar a buscar mi vestido de novia. Solo quiero algo muy sencillo y no demasiado caro. Para un convite en un restaurante de barrio, no necesito llevar un vestido elegante.

Se la veía un poco decepcionada. Pero no querían pasarse otro año ahorrando para poder celebrar una boda más grande. Cuatro meses eran más que suficientes y estaba feliz por casarse con quien se casaba, que era lo más importante para ella.

Tenían previsto celebrar la boda por la mañana, porque era más barato reservar el restaurante para comer que para cenar, tal y como su padre le había señalado. El restaurante era lo bastante grande como para que un par de músicos pudieran tocar y los invitados pudieran bailar. Comparada con la mayoría de las bodas que Faith había organizado y en las que Violet había trabajado, era algo ridículo. Pero ella vivía en un mundo completamente diferente. No esperaba tener una gran boda; además, una vez casados, Jordan y ella tendrían que apretarse el cinturón. Aunque ambos tenían un sueldo decente, vivir en Nueva York era caro. Residían en la parte más antigua de Brooklyn, y los alquileres también estaban subiendo allí. Tenían un piso diminuto. Su plan a largo plazo consistía en esperar a que los dos cumplieran treinta y cinco años para tener un bebé; es decir, dentro de seis años. Así, habría tiempo de sobra para ahorrar y estar en una situación económica mejor. Los aguardaba un futuro brillante. Ambos eran muy trabajadores e inteligentes y se amaban.

Después de que Violet se marchara esa noche, Faith cenó una ensalada. Después, regresó a la oficina para elaborar los presupuestos de las dos bodas que tal vez acabaría organizando; la de Kirk y Smith y la espectacular celebración de los Albert. Preparar el segundo llevaría mucho más tiempo. Entonces, llamó a Hope.

—¿Qué tal ha ido todo hoy? —le preguntó Hope, quien pudo deducir por su tono de voz que Faith estaba cansada. Cada una de ellas siempre era capaz de intuir el estado de ánimo de la otra y cómo le había ido el día.

—Bastante bien. Ha sido un poco raro, pero estas cosas pasan en este negocio. Los clientes de esta mañana eran como los personajes de una parodia; una novia un tanto indecisa; unos padres que son unos nuevos ricos ostentosos que quieren presumir ante seiscientos o setecientos de sus amigos con una celebración que incluirá un espectáculo de fuegos artificiales, ya que la boda es el 4 de julio. Luego he visto a una enfermera y a un médico. Él es tan controlador que me da escalofríos, pero ella es muy dulce y realmente quiero ayudarla. Se la ve agobiada y, cada vez que abre la boca, él la interrumpe de forma brusca. Además, Violet se casa en mayo, y quiero ver qué puedo hacer por ella. La pobre no tiene dinero para celebrar una boda decente, y su padre quiere que se case en una pizzería o algo así.

—Deberías decirle a la enfermera que no se case con ese tipo —señaló Hope con seriedad, mientras pensaba también en William.

—Quería decírselo porque él me recordaba a William. Ella

es una chica muy dulce de California, cuya hermana cuida de su madre inválida. La pobre se ha enamorado de su jefe. Creo que a él le encanta que sea tan dócil y no le plante cara.

—Con esa actitud, no le espera nada bueno. Eso solo funciona en los cuentos de hadas o en las películas románticas —dijo Hope.

Faith estaba de acuerdo con ella, aunque no eran los primeros clientes que tenían una relación de este tipo, y en muchos casos las cosas al final habían salido bien; había sido como si esas chicas hubieran hallado a su príncipe azul y su sueño se hubiera hecho realidad. Pero en el caso de Phoebe y Doug, podía imaginarse fácilmente que ella iba a ser muy infeliz tras casarse con él si nunca se le permitía tener una opinión propia. Por mucho que fuera a mejorar su vida, no valdría la pena.

Como a Angus le iba bien en su carrera como escritor y Hope había invertido gran parte del dinero que había ganado como modelo, vivían exactamente la vida que querían vivir y tenían más que suficiente para mantener a sus hijos, así como para tener una empleada doméstica y una niñera. Seguramente, Doug y Phoebe también vivirían bien. Él era dueño de una clínica privada en auge, pero también tomaba todas las decisiones, algo que Faith había odiado que hiciera su segundo novio cuando estaban prometidos. Hope y Angus tenían una relación donde ninguno estaba por encima del otro. Faith no podía imaginarse viviendo con un hombre que la controlara tanto como Doug parecía controlar a Phoebe. Se preguntaba si Phoebe era consciente de ello.

—Muchas veces, las mujeres piensan que las controlan porque las aman. Yo no lo veo así —afirmó Hope.

—Yo tampoco —admitió Faith—. Voy a pasar el resto de la semana preparando los presupuestos para las dos bodas. La lujosa va a ser cara de narices, pero creo que al padre de la novia le da igual. Cuanto más cueste, más le gustará. Y a su esposa también le gusta mucho llamar la atención. Llegó a las diez de la mañana vestida con un abrigo de visón rojo.

Aunque las dos se rieron de la descripción que acababa de hacer de ellos, a Faith no le caían mal. Ya se había topado antes con esta clase de personas, con gente que tenía una cantidad de dinero colosal pero carecía de buen gusto. Y si les daba lo que querían, sería muy fácil que se gastaran un millón de dólares en la boda, o más. Aunque iba a llevarse un buen dinero por ello, nunca animaba a sus clientes a derrochar. Le pagaban muy generosamente, pero se ganaba cada céntimo y no era codiciosa.

Siguieron charlando un rato. Después Faith volvió a trabajar, y Hope se fue a ver la televisión con su marido. Llevaban una vida casera y tranquila, con la que estaban a gusto los dos, y cuando querían dar a su existencia un toque de glamour, iban a pasar una noche en la ciudad y a cenar fuera. Pero estaban tan a gusto en casa que no habían salido a cenar desde antes del nacimiento de su último bebé, que acababa de cumplir un año unas semanas antes. Hope había vivido la vida loca cuando era joven y trabajaba de modelo. Se había casado cuando ya estaba lista para sentar la cabeza, y no antes. Con treinta y cinco años ya cumplidos, se había casado con Angus y había tenido a su primer bebé un año más tarde.

Faith tuvo su última reunión con un cliente nuevo el viernes. Fue entonces cuando conoció a la tercera pareja, que había concertado la cita con ella antes de Navidad. Al igual que en el caso de los Albert, un cliente anterior les había recomendado que la contrataran.

Como era viernes, se vistió de un modo más informal para recibirlos. Llevaba un jersey de cuello alto de cachemira negro, unos vaqueros negros y unos zapatos de tacón alto; una ligera variante de su uniforme habitual. Como la noche anterior ya casi había terminado de elaborar los presupuestos de las otras dos bodas, estaba de buen humor. Lo único que le faltaba por hacer era darles los últimos toques y rematar algunos detalles. Esperaba poder ir en coche a Connecticut al día siguiente para ver a Hope, Angus y los niños, si el tiempo lo permitía.

Echaba de menos a su melliza. Siempre la añoraba, y le gustaba ir a verla para pasar el día con ella y luego volver a casa, a su tranquilo hogar, esa misma noche. Despertarse al día siguiente en un hogar donde vivían tres niños pequeños era demasiado para ella, aunque pasaba algún fin de semana allí de vez en cuando. Angus no ponía ninguna pega a que las hermanas tuvieran una relación tan estrecha. Al principio de su matrimonio, se había dado cuenta de que las mellizas eran básicamente inseparables y no podían vivir la una sin la otra. Por suerte, había llegado a querer a Faith casi como a una hermana y la hacía partícipe de sus planes siempre que era posible. A veces incluso se iba de vacaciones con ellos.

La tercera pareja que fue a ver a Faith llegó puntualmente el viernes por la tarde. Se llamaban Morgan Phillips y Alex Bates; con esos nombres, no tenía claro quién era la novia y quién, el novio. Entró en la sala de estar donde la esperaban y vio a dos hombres sorprendentemente apuestos; uno tenía el pelo moreno, y el otro, plateado. Daba la impresión de que Morgan era un poco más joven, debía de tener unos treinta y cinco años, y parecía que a Alex le habían salido canas prematuramente. Estaban muy sexis y guapos con suéteres y vaqueros negros, e iban de camino a su casa de campo en los Hamptons para pasar el fin de semana. Intentó disimular que se había sorprendido al ver que los dos eran hombres. Había organizado bodas para parejas del mismo sexo anteriormente, pero esta vez no se le había ocurrido que pudiera tratarse de una pareja homosexual. Tras hablar con ellos durante media hora, se enamoró de ambos. Los dos tenían un gran sentido del humor, y al instante tuvo la impresión de que acababa de hacer dos nuevos amigos. Morgan era diseñador de una marca muy consolidada de ropa para mujer, y Alex era el productor de un popular programa de televisión que ya había tenido varios exitazos antes de este último.

Vivían en Tribeca y pasaban los fines de semana en los Hamptons. Uno de sus amigos, que era un famoso actor que se había ido a vivir a Inglaterra un año, les había sugerido que celebraran su boda en su elegante mansión. Querían que no hubiera más de cien invitados, ya que era el número máximo que podría caber en la casa sin que hubiera problemas. La mansión tenía un gran jardín y unas dimensiones generosas. Querían casarse en agosto en una fecha que era importante para ellos.

Llevaban diez años juntos y, antes de las Navidades, habían decidido que iban a casarse. Tenían previsto formar una familia, con la ayuda de una madre subrogada que habían escogido, y querían casarse antes de que llegara el bebé. A lo largo del último año, habían estado entrevistando a multitud de candidatas hasta que al final se habían decantado por una, que oportunamente vivía en Nueva Jersey, donde la gestación subrogada era legal.

A Faith le cayeron mejor que cualquiera de las otras parejas con las que se había reunido esa semana. Habían asistido a varias bodas que ella había organizado y siempre habían dicho que, si se casaban, la llamarían. Ambos eran muy educados y elocuentes, tenían unos buenos trabajos y parecían llevarse bien. Estuvo una hora hablando con ellos y le encantaron las ideas que propusieron para la boda. Lo más asombroso de todo era que la casa que les habían prestado tenía un salón de baile, lo cual sería perfecto, ya que ahí cabrían cien invitados sentados; además, habría espacio suficiente para bailar y para que tocara un grupo musical de no muchos miembros. Parecía ser un lugar tan ideal que Faith se moría de ganas de verlo. Aunque le intrigaba de quién podía ser la casa, no quería preguntárselo. Preferían casarse en casa de un particular para evitar a la prensa y a los curiosos, y eso le pareció lógico.

Le caían realmente bien los dos, lo cual no le sucedía siempre con las parejas. A menudo le caía bien uno de los dos, como en el caso del cirujano plástico y la enfermera. Además, aún no conocía a Jeremy, el prometido de Annabelle Albert, y después de lo que había dicho su padre sobre que había habido que «persuadirlo» para casarse con ella, había dado por sentado que era un cazafortunas o tan débil de carácter que lo habían obligado a casarse. Morgan y Alex eran fascinantes, sofisticados, inteligentes, divertidos e iba a ser todo un placer trabajar con ellos. Morgan sabía qué flores quería; Alex tenía un servicio de catering preferido, que era uno de los mejores de la ciudad, aunque mucha gente lo consideraba muy caro. Morgan comentó que sus padres asistirían a la boda porque apoyaban sin fisuras su matrimonio, pero Alex dijo en voz baja que sus padres no acudirían, lo cual hizo que Faith se compadeciera de él. Sus padres eran ultraconservadores y vivían en Des Moines; Morgan no los conocía y no deseaba conocerlos. Dijo que su familia, incluidos sus dos hermanos, no iban a venir. Morgan le contó que la suya lo había apoyado totalmente desde que era adolescente, incluso su hermano mayor, y que los iban a recibir con los brazos abiertos en el seno de la familia. Durante los últimos diez años, habían dado a Alex su cariño.

A Faith le encantaba trabajar con unos clientes tan distintos; daba igual que fueran unos nuevos ricos o unos clientes aristocráticos muy distinguidos, que fueran viejos o jóvenes, que tuvieran un gran gusto o carecieran totalmente de él, siempre los ayudaba a organizar la boda de sus sueños. En cada una de ellas, era capaz de hacer realidad sus ilusiones. Tenía un gran talento para ello.

La fecha de agosto les venía bien, ya que el programa de Alex se tomaría un descanso y, como la industria de la moda entera cerraba en agosto, Morgan tendría tiempo para desconectar antes de que volviera a reinar la locura durante la Semana de la Moda en septiembre. Y la fecha también le venía bien a Faith, puesto que Violet se casaba en mayo, Douglas Kirk y Phoebe Smith en junio, Annabelle Albert en julio y Alex y Morgan en agosto; todo encajaba a la perfección y ella misma podría irse de vacaciones a finales de agosto si tenía tiempo.

Le complacía ser la maga que podía sacar un conejo de la chistera, o el hada madrina de *La cenicienta* que podía hacer realidad los sueños de todos. ¡Y eso era mucho mejor que estar casada! Se moría de ganas de organizar las tres bodas de sus nuevos clientes, si acababan aprobando los presupuestos y firmaban el contrato con ella. Y esperaba poder animar a Phoebe, la enfermera, a plantar cara a su novio y expresar su opinión. A veces, solo era una organizadora de bodas y, otras veces, también tenía que ser una psiquiatra. Y lo único que debía hacer para que Alex y Morgan fueran felices era contratar al mejor florista y al mejor proveedor de catering de la ciudad, demostrar que tenía un gusto fabuloso y conseguir un gran grupo musical y un fotógrafo. Estaba segura de que sería muy divertido trabajar con ellos. Como los dos trabajaban en puestos exigentes y no tenían tiempo para organizar la boda ellos mismos, lo dejarían todo en sus manos. Los tres se entendieron perfectamente desde un principio, y ella les mostró unas fotografías de algunas de sus bodas favoritas que se habían celebrado en interiores en la ciudad. Les gustó la idea de celebrar la ceremonia en el jardín bajo un dosel de flores, que los protegería del sol si hacía calor ese día. Después podrían entrar en la casa, donde había aire acondicionado, para tomar el champán y los cócteles. A ella le encantaron todas sus sugerencias y a ellos les encantaron las de ella. Ya habían decidido que iban a casarse vestidos con unos trajes de lino blanco. Iban a ir a Londres para que el sastre de Morgan se los confeccionara. El hermano mayor de Morgan iba a ser el padrino; y sus padres, los testigos de ambos.

Como los vio tan emocionados cuando hablaban del tema, Faith les prometió que iba a prepararles el presupuesto ese fin de semana y que se lo enviaría por correo electrónico a principios de la semana siguiente.

Para su luna de miel, tenían previsto alquilar un yate en el sur de Francia durante dos semanas. Después Morgan debía regresar a Nueva York para la Semana de la Moda, y Alex ya estaría de vuelta en Nueva York trabajando en su programa. Lo tenían todo muy pensado. De las tres bodas de los clientes con los que se había reunido esa semana, daba la impresión de que la suya iba a ser la más bonita y divertida, y la que más se acercaba a la boda soñada por Faith. La de los Albert iba a ser algo muy excesivo, por mucho que intentara mantenerlos a raya. Solo esperaba que no se pasaran de frenada. Le parecía que la boda del cirujano plástico iba a ser un pelín demasiado tradicional y poco imaginativa, pero era lo que querían, y ella siempre seguía las pautas que le marcaban los clientes. Pero gracias a esa mansión que contaba con un salón de baile y un jardín, a que solo querían lo mejor de mejor y a que su actitud era inmejorable, tenía la sensación de que la boda de Morgan y Alex iba a ser perfecta. Estaba ansiosa por ponerse manos a la obra, si aprobaban su presupuesto. Ya sabían que una boda tan excelente como la que deseaban sería cara y no les importaba. Ambos tenían unos empleos muy bien remunerados.

Mencionaron que querían que la ceremonia fuera muy tradicional y que los votos también tenían que ser los clásicos y tradicionales, ya que para ellos eran los más profundos y llenos de significado.

—Tengo una carpeta llena de votos. Los colecciono —dijo Faith, quien prometió mostrárselos.

La abrazaron antes de marcharse, le agradecieron que les hubiera concedido su tiempo y aportado unas ideas extraordinarias y le prometieron que se pondrían en contacto con ella en cuanto recibieran el presupuesto.

No iba a ser la boda más cara que iba a organizar ese verano, pero estaba segura de que sería la más hermosa; además, parecían ser una pareja feliz y equilibrada. Tenían una relación sólida, habían convivido mucho tiempo y se conocían bien. Habían logrado superar el rechazo de la familia de Alex y habían aceptado que las cosas eran así. Se casaban para celebrar que su relación iba bien, y no para arreglar una que iba mal, algo que veía muy a menudo, o para lanzarse prematuramente a hacer algo para lo que aún no estaban preparados del todo, que era la sensación que tenía tanto con Annabelle Albert como con Doug y Phoebe. Alex y Morgan disfrutaban de un equilibrio en su relación y se complementaban bien. No se podía pedir más a una pareja, fuera cual fuese su orientación sexual. Eso era totalmente irrelevante.

Querían mandar las invitaciones lo antes posible, y Faith les prometió que, en cuanto se firmara el contrato, les enviaría unos libros que mostraban muchos modelos de invitaciones distintos.

En general, había sido una buena semana. Faith se sintió satisfecha cuando Violet se marchó el viernes por la noche, ya que le había buscado toda la información que necesitaba para que pudiera acabar el presupuesto de la boda de los Albert durante el fin de semana, así como el de Jack y Phoebe.

—¡Que tengas un buen fin de semana! —exclamó Violet mientras se marchaba, y Faith le deseó lo mismo.

Había sido una semana muy buena. Además, dos parejas de edad avanzada habían llamado para decirles lo mismo: que querían casarse en junio con una boda modesta. Podría hacerles un hueco en su agenda. No iba a tardar mucho en organizar la boda de Doug y Phoebe y le sobraba tiempo para preparar el espectacular bodorrio de los Albert. Tenía unos meses muy atareados por delante, y eso le encantaba.

3

Tal y como había prometido, Faith fue a Connecticut en coche para ver a Hope y su familia el sábado. Prepararon el almuerzo juntos, jugó con los niños y disfrutó de un momento de calma con Hope cuando Angus se metió en el estudio que había montado sobre el garaje para escribir un poco, mientras Seamus jugaba tranquilamente y la niñera acostaba a Henry y al bebé para que echaran la siesta.

Angus sabía que, aunque Faith y Hope disfrutaban de su compañía, a veces les gustaba charlar a solas un rato. Les había preparado una deliciosa pasta a la carbonara para comer. Siempre que veía a Hope, Faith era feliz. Cuando no la veía, se sentía como si le faltara una parte de su ser, y Hope también sentía lo mismo. Sin lugar a dudas, ser mellizas era algo distinto. Era como ser hermanas, pero con un vínculo aún más especial. De niñas, hablaban en su propio idioma, que nadie más entendía. Con ningún amigo habían tenido una relación tan estrecha como la que tenían entre ellas.

Faith le habló a Hope sobre los clientes que había visto esa semana, lo bien que le habían caído Alex y Morgan y lo bonita que creía que iba a ser su boda.

—La de Long Island, la de los fuegos artificiales, va a ser un gran reto, porque no quiero que se convierta en un circo.

Annabelle no se equivocaba en ese aspecto, y Faith podía

entender por qué la hija mayor se había casado en secreto para no tener que celebrar una boda de ese tamaño, donde los novios podrían quedar olvidados en medio de tanto jaleo.

Faith se sintió feliz y en paz cuando se despidió de su melliza y su familia a última hora de la tarde para regresar a la ciudad en coche. Había tenido su dosis semanal, y Hope le había prometido que iría a la ciudad para almorzar con ella en breve.

—Vale, pero que luego no te dé pereza, ¿eh? —le había dicho su hermana mientras la abrazaba.

—¿Seguro que no quieres quedarte a pasar la noche? —le había insistido Hope antes de que se marchara.

—No puedo. Tengo trabajo pendiente. Quiero acabar esos tres presupuestos para poder mandarlos el lunes.

Esa noche, cuando llegó a casa, estuvo trabajando en ellos, así como el domingo entero; terminó el último, el de Alex y Morgan, justo a medianoche.

El de Doug y Phoebe era el más barato. El club del novio le había dado un buen precio. Con el tema de las flores, no se podía hacer mucho más. No era barato, pero tampoco exageradamente caro. Creía que a Doug le parecería bien el precio. Como él había dicho que no iba a venir ningún invitado de fuera de la ciudad y ningún familiar de Phoebe iba a asistir, decidieron que no iban a ofrecer la tradicional cena previa a la boda.

La de Alex y Morgan iba a ser bastante cara, porque había que fabricar a medida el dosel del jardín y por la cantidad y la clase de flores que querían. Habían sido muy concretos en ese aspecto y deseaban deslumbrar con los ornamentos florales; además, el servicio de catering por el que se habían decidido era caro. Querían que se sirvieran unos vinos y un champán de calidad. No iban a escatimar en nada, y Faith sabía que estaban dispuestos a pagar un precio justo por ello. Como su reputación la precedía, sus clientes no se llevaban una sorpresa al ver sus honorarios, ya que organizaba unas bodas perfectas, cada una diseñada especialmente para hacer realidad los deseos de los pagadores. Ella hacía verdadera magia.

Tal y como esperaba, la boda más costosa iba a ser la de los Albert. El presupuesto ascendía a algo más de un millón de dólares, y eso sin tener en cuenta que todavía ignoraba ciertos detalles sobre el espectáculo pirotécnico. La carpa resultaría escandalosamente cara, si incluía todo lo que querían en ella. Iban a necesitar luces y electricidad, un sistema de aire acondicionado para luchar contra las temperaturas de Long Island en julio, las lámparas de araña con las que Miriam quería iluminarla, un revestimiento de tela para la carpa, un suelo diseñado especialmente para la ocasión y un generador para que todo funcionara. Faith lo había tenido todo en cuenta y suponía que los extras podrían llegar a sumar con facilidad otros doscientos mil dólares más. Estaba segura de que Jack Albert la llamaría e intentaría negociar el precio. Le parecía que era una cifra obscena, aunque tenía otros clientes que se habían gastado esa cantidad de dinero anteriormente en otras bodas. Si se quejaba, solo había una manera de rebajar el precio: eliminando algunas de las cosas que habían dicho que querían. Como el precio de la boda era tan alto, se había contenido a la hora de fijar su comisión. Teniendo en cuenta todo lo que querían y el número de invitados que iban a asistir, era un precio justo en realidad, pero, incluso para ella, la cifra seguía siendo escandalosa.

Mandó los tres presupuestos por correo electrónico el domingo a altas horas de la noche, leyó un rato y después se fue a dormir, tras poner la alarma del despertador a las cinco y media como siempre hacía, ya que tenía clase de ballet por Skype a las seis de la mañana.

Tras despertarse a la mañana siguiente, sintiéndose descansada y como una rosa, se plantó puntualmente ante el ordenador vestida con el maillot y llamó a Hope cuando acabó.

—¿Terminaste el trabajo? —le preguntó Hope.

—Sí, lo terminé.

—¿Cuánto cuesta la boda de Long Island?

—He calculado que un poco más de un millón, aunque les he advertido que podría ascender hasta un millón doscientos mil por culpa de los fuegos artificiales. Estoy segura de que el padre de la novia se va a quejar. Y no se lo podré echar en cara. Pero una boda como esa es carísima. Quieren que tenga de todo, solo les faltan osos danzando y bailarinas montadas en cebras. Además, la clase de carpa que desean va a costar una fortuna.

—No me imagino gastándome eso en una boda —dijo Hope, que estaba alucinando con las cifras que le había dado Faith—. Pero supongo que hay gente que se lo gasta.

—Por suerte para mí —señaló Faith con una risita—. Prefiero dedicarme a lo que me dedico que trabajar para una compañía de seguros. Y si siguiera trabajando como editora de una revista, me estaría muriendo de hambre. No sé qué haría si no organizara bodas.

—Podrías casarte por dinero —sugirió Hope.

Faith se rio.

—A la larga, eso se paga muy caro —afirmó—. Además, me gusta mi vida de solterona. Puedo hacer lo que me dé la gana, cuando me dé la gana. Nadie me dice qué debo hacer. Cuando veo a tíos como ese cirujano plástico, me entran escalofríos. Podría haberme casado con uno parecido, menos mal que corté a tiempo; si no, ya lo habría matado y estaría en prisión.

Hope tenía que admitir, y se lo había comentado a Angus hace poco, que Faith era tan independiente y estaba tan acostumbrada a estar sola que no tenía nada claro si su melliza sería capaz de convivir con un hombre. Adoraba su libertad y nunca daba la impresión de que se arrepintiera de estar sola. De vez en cuando, conocía a algún hombre que le gustaba y salía con él, pero después de un par de citas, el tipo acababa crispándole los nervios y pasaba página. Hope pensaba que eso no iba a cambiar, y Faith pensaba lo mismo, pero mientras a ella no le importara estar sola, quizá diera igual.

—Bueno, que tengas un buen día. Ya hablaremos luego —dijo Hope. Acto seguido, se fue a jugar con el bebé antes de que se echara la primera siesta del día. A ella también le encantaba la vida que llevaba. Se sentía muy a gusto y Angus había resultado ser el hombre perfecto para ella. Tras siete años, no tenía nada malo que decir sobre él. A Faith le reconfortaba saber que su melliza era feliz.

El presupuesto de Alex y Morgan fue el primero en llegar escaneado y firmado, junto con sus agradecimientos. Estaba segura de que pagarían la señal con la misma puntualidad.

Recibió el de Doug unas horas más tarde, y Annabelle Albert la llamó para concertar una cita para la mañana siguiente, ya que quería repasar algunos detalles sin que su madre se entrometiera. Aunque Faith aún no tenía el presupuesto firmado, se alegraba de poder reunirse con Annabelle. Le sorprendió que Jack Albert no se hubiera puesto en contacto con ella de un modo u otro, ya que tenía clarísimo que se iba a quejar del precio.

Durante el resto del día, estuvo trabajando en las dos bodas modestas que había aceptado organizar en junio. Esa noche, buscó en internet algunos locales pequeños donde se podría celebrar la boda de Violet. Aún no tenía nada que pudiera sustituir a la pizzería del barrio, pero no iba a permitir que se casara en un lugar así. Violet se merecía algo mucho mejor e iba a hacer todo lo posible para que eso fuera así.

El martes por la mañana, Annabelle Albert llegó puntualmente a las nueve y media, y Faith se sorprendió al ver que su padre la acompañaba. Aunque le había recalcado que vendría sola, Jack entró justo detrás de ella.

—No voy a quedarme mucho tiempo —dijo este mientras se sentaba y sacaba un sobre del bolsillo—. He pensado que debía darte esto en persona —añadió, a la vez que le entregaba el sobre—. Es el contrato firmado y el cheque para la señal.

Estaba sonriendo y no había hecho ningún comentario sobre el importe del cheque que había extendido. Faith estaba tan sorprendida que se quedó sin palabras por un instante, ya que esperaba que hubiera un tira y afloja.

—Muchas gracias. He hecho un gran esfuerzo para reducir algunos gastos. Seguiré trabajando en ello, mientras vamos puliendo varios detalles de la boda —le aseguró.

—Si va a ser tan cara, seguro que será fabulosa —dijo Jack, con una expresión satisfecha—. Yo les doy a mis chicas todo lo que quieren —añadió con orgullo, refiriéndose a Annabelle y su madre—. Quiero que esta sea la boda del siglo.

Faith se dio cuenta de que hablaba en serio. Tal vez no fuera perfecto, pero no cabía duda de que quería a su hija. Violet se acercó para ofrecerles un café y Jack contestó que no quería. Entretanto, la organizadora de bodas le sugirió a Annabelle que echara un vistazo a una cosa, con el fin de mantenerla entretenida, mientras terminaba de hablar con su padre, a quien quería darle las gracias por haber pagado tan rápidamente.

—¿Por qué no vas a echar una ojeada a la carpeta de las carpas que quería recomendarte? —le sugirió a Annabelle—. Violet te la puede mostrar.

Dio la impresión de que Annabelle se sintió aliviada al salir de la habitación. A continuación, siguió a Violet hasta su despacho, mientras Faith aprovechaba la oportunidad para volver a darle las gracias a Jack.

—Muchas gracias por traerme el cheque tan rápido. Es

maravilloso hacer negocios contigo. Y te prometo que tu hija tendrá una boda magnífica.

Él sonrió, se inclinó hacia delante en la silla y bajó la voz.

—¿Por qué no quedamos a cenar para hablar del tema? —le preguntó, mientras la miraba de una forma que no le gustó nada—. Será una velada tranquila e íntima, solo para dos. No hace falta que Annabelle lo sepa, ni su madre.

De manera instintiva, Faith se echó para atrás en la silla. No era nada atractivo y lo que le estaba proponiendo era asqueroso. Estaba muy claro lo que quería.

—No creo que sea una buena idea, pero gracias por la invitación.

Faith se puso en pie y lo miró con frialdad.

—Tal vez en otra ocasión —contestó él con cierto optimismo.

«Tal vez nunca», pensó Faith.

Se quedó de pie con un gesto muy serio, mientras él recogía su abrigo para marcharse, y mantuvo las distancias mientras lo acompañaba hasta la puerta principal. Se preguntó con cuántas mujeres habría intentado lo mismo y si solía salirse con la suya. Se estaba gastando una fortuna en la boda de su hija y le estaba tirando los tejos. Pensó que era un tipejo asqueroso, incluso aún más de lo que había pensado al principio. Por eso había venido a traerle el cheque en persona, para poder invitarla a cenar. Incluso si hubiera sido atractivo, no habría aceptado la invitación; por muy generoso que fuera el cheque que le había extendido, no podía soportar tanta repugnancia e inmoralidad. La puerta se cerró silenciosamente tras él, y Faith se fue a buscar a Annabelle, que estaba en el despacho de Violet. Estaban revisando a fondo la enorme carpeta de las carpas, y había elegido la más cara, lo cual no sorprendió a Faith. Se acababa de dar cuenta de que había sido malcriada de un modo increíble. Tenía veintinueve años y no trabajaba. En la reunión anterior, ella misma había comentado que nunca había tenido un trabajo, ante lo cual su padre había contestado que no le hacía falta trabajar. A Faith no le cabía en la cabeza que pudiera ser tan vaga y egocéntrica. Se preguntó qué hacía Annabelle en todo el día. En su familia, siempre habían tenido muy claro que sus padres esperaban que Hope y ella se pusieran a trabajar en cuanto terminaran la universidad, y eso era lo que habían hecho ambas. Ella en *Vogue* y Hope como modelo. Seis años después, Faith había montado su propio negocio. No podía imaginarse la vida sin su trabajo, que para ella no era una mera fuente de ingresos. Se habría muerto de aburrimiento sin él, ya que le daba un sentido a su existencia.

Sabía perfectamente que todo en la vida de los Albert giraba en torno al dinero: la boda más costosa, la carpa más costosa. Jack Albert quería restregar por la cara a todos los que conocía que era un triunfador, y la boda de su hija, valorada en un millón de dólares, era el modo perfecto de hacerlo. Aquí el protagonista era él y no ella.

Douglas Kirk buscaba lo mismo, pero no de una manera tan exagerada. Quería presumir ante ciertas personas que consideraba relevantes, tanto en el ámbito profesional como personal. Faith odiaba que la gente celebrara una boda con esos objetivos en mente. En ese sentido, era muy purista y creía que debía ser un momento sagrado en la vida de una pareja, que debía guardarse en el recuerdo como un tesoro para siempre y que solo debía compartirse con las personas que fueran realmente importantes en el ámbito personal. Solo Morgan y Alex parecían compartir esa idea con ella; consideraban que era una celebración muy íntima que debía protegerse y cuidarse. Ellos habían recurrido a Faith porque querían que sus amigos más cercanos gozaran de una boda elegante, de buen gusto y divertida, que llegaría a buen puerto gracias a unos grandes profesionales.

Al día siguiente de que Jack Albert pagara la señal, ellos

pagaron la suya. A finales de semana, recibió la señal de Doug Kirk. Nunca había tenido ningún problema a la hora de cobrar de sus clientes. Como tenían tantas ganas de celebrar la boda más hermosa posible y querían asegurarse de que la suya fuera una prioridad para ella, la mayoría pagaba puntualmente. Era una forma genial de hacer negocios.

Tal y como estaba previsto, Faith fue en coche a la finca de los Albert a finales de semana, lo cual fue una experiencia fascinante, pero no se llevó ninguna sorpresa.

En su enorme casa de cuatro mil metros cuadrados, todo era caro, todo era ostentoso. No cabía duda de que habían sido un blanco fácil para los decoradores y los comerciantes de arte y antigüedades. Algunas de esas obras eran muy hermosas. Tenían un Picasso increíble del periodo azul, un Degas y un Monet. Pero eran más bien un montón de piezas que no encajaban. No era un todo «coherente». Solo era una colección asombrosa de obras fabulosamente caras que no tenían ninguna relación entre sí, que estaban ahí simplemente por su valor económico.

No había nada de lo que pudieras enamorarte, ningún rincón que fuera agradable y acogedor. La casa recordaba a un castillo, en el que se mezclaban diversas épocas y los estilos eclécticos; el italiano con el francés con el danés con el inglés. Jack lo había comprado todo como inversión y no con el corazón. Era consciente de que tendría que tener cuidado con él, para que no acabara haciendo lo mismo con la boda. Quería que la boda tuviera un sentido y reflejara quiénes eran Annabelle y Jeremy, no únicamente la cuenta corriente de su padre.

En cuanto tuvo los tres presupuestos firmados y las señales cobradas, Faith se puso a trabajar en serio en las tres bodas y buscó a los mejores profesionales que pudieran suministrarle cualquier servicio que precisara. Alex y Morgan querían alquilar la mejor vajilla, cubertería y mantelería. Miriam Albert no era tan pejiguera en este aspecto, ya que iban a necesitar esas cosas en cantidades industriales. En cuanto a Doug y Phoebe, como el club iba a proporcionarles lo que necesitaban, no tenían que preocuparse de alquilar nada.

A Faith le preocupaban especialmente los fuegos artificiales. No iba a contratar a cualquiera para el espectáculo pirotécnico, ya que no quería que la casa acabara ardiendo o alguien resultara herido. Contrató unas pólizas de seguro importantes para cada boda y se las cobró a los clientes.

Preparó unas carpetas en las que les presentaba distintas opciones para escoger, en la medida que fueran necesarias para cada boda, en cuanto al alquiler de diversos servicios, la mantelería, los arreglos florales, la iluminación y las carpas. Hasta había incluido una amplia gama de baños portátiles de aspecto lujoso que los Albert iban a necesitar para atender a los cientos de invitados que iban a ocupar el jardín de atrás. Envió las carpetas a sus clientes; una copia para la novia y otra para sus padres, y dos para Alex y Morgan. Se reunió con las dos parejas de una edad avanzada; ambas querían casarse a la hora del almuerzo, preferiblemente en un jardín capaz de albergar a cincuenta de sus parientes y amigos. Una de las parejas estaba formada por dos octogenarios; la otra, por dos septuagenarios; y ninguna de ellas quería una boda ni muy formal ni muy grande. Los septuagenarios estaban divorciados. Los octogenarios habían enviudado recientemente y se alegraban mucho de haberse reencontrado por internet. Habían ido juntos al instituto. Faith también les hizo unas sugerencias muy adecuadas para lo que tenían en mente. A la wedding planner le encantaba organizar bien todas las bodas, con independencia de lo grandes o modestas que fueran. Quería que cada una fuera excepcional.

Como ya estaban fijadas las fechas, les envió unos libros

con muestras de invitaciones de boda, para que pudieran elegir la que más les gustara y ella pudiera encargarlas. Cuando terminó todo lo que tenía pendiente con sus clientes, pasó un rato en internet buscando un lugar donde celebrar la boda de Violet en mayo, así como un vestido entre todas las propuestas de los diseñadores que aparecían en Vogue.com. Por ahora, no había visto nada que pudiera ser de su estilo. Un sencillo vestido lencero no le parecía suficiente; además, ese día podría hacer frío. Y un vestido de novia espectacular y muy elaborado tampoco parecía ser lo más adecuado para un banquete de boda que se iba a celebrar al mediodía en un restaurante. Echó una ojeada a todas las propuestas de los jóvenes diseñadores contemporáneos, pero ninguna le convencía ni le parecía adecuada. Daba la sensación de que encontrar un vestido y un lugar para el convite de su ayudante iba a ser una misión imposible.

Faith se pasó el Día de San Valentín buscando más alternativas, ya que no celebraba esa festividad. Había estado ocupada toda la jornada con ciertos asuntos relacionados con las próximas bodas. Y esa noche, mientras estaba distraída buscando en internet con gesto serio más opciones para Violet, su madre la llamó.

—Hola, mamá. ¿Qué pasa? ¿Estás bien? —preguntó. La respuesta de su madre la sorprendió.

—Me voy a casar —soltó Marianne a toda prisa, como si se fuera a quedar sin aliento. Parecía nerviosa. No tenía ni idea de cómo iban a reaccionar sus hijas ante la inesperada noticia.

—Estás de broma, ¿no? Mamá, hoy es el Día de San Valentín, no el Día de los Inocentes.

—Sé qué día es hoy. Tengo sesenta y siete años, no noventa y dos. Esta mañana Jean-Pierre me ha pedido que me case con él.

—¿Eso cómo es posible? Hace siglos que yo no salgo con nadie, ¿y vas tú y te casas? Pero ¿qué lógica tiene eso? Para mí no tiene ninguna. ¿Quién es él? No me habías contado que estabas saliendo con alguien. No habías dicho ni mu.

—Es que no estaba saliendo con nadie. Nos conocimos el año pasado en Palm Beach, en una cena entre amigos. Cuando regresamos a Nueva York, salimos a cenar unas cuantas veces. Me invitó al teatro y al ballet. No tiene hijos y es francés. Llevamos siete meses viéndonos ocasionalmente. Para la gente de nuestra edad, eso es un tiempo razonable. No podemos esperar tanto como tú.

—No me habías contado nada. ¿Y ahora te vas a casar, después de salir con él solo siete meses?

Le parecía un disparate.

—Habíamos pensado en esperar hasta el próximo verano —dijo, un tanto avergonzada—. Me ha pedido matrimonio esta mañana en el desayuno, así que he pensado que debía contártelo.

—Mamá, has estado casada tres veces. ¿Por qué razón quieres casarte ahora? ¿De verdad lo necesitas? —le preguntó Faith sin rodeos.

—Estoy harta de estar sola —respondió.

—¿Por qué no te vas a vivir con él y ya está? —inquirió Faith de forma tajante.

—Porque prefiero casarme, y él también. Tu generación ya no se casa. La mía sí.

—Bueno, será mejor que no te precipites —replicó una Faith presa del pánico.

—Quiero que Hope y tú lo conozcáis.

—Eso espero —contestó Faith, cuyo tono de voz parecía indicar que estaba alterada.

En cuanto colgó, llamó a su melliza.

—Lo sé —dijo Hope, mientras se oía de fondo llorar a dos de los niños al menos—. Jo, espero que al menos sea un tipo decente. Le dije que debería conformarse con irse a vivir con él.

Daba la sensación de que Hope estaba distraída, ya que intentaba consolar a sus críos y hablar con Faith al mismo tiempo. La niñera no estaba porque era su día libre.

—Yo le he dicho lo mismo. Más nos vale conocer a este tío cuanto antes, no vaya a ser que se fugue y se case con él —señaló una preocupada Faith.

—¿Qué le pasa a esta familia? —preguntó una exasperada Hope—. Tú por nada del mundo quieres casarte, y mamá quiere tropezar cuatro veces con la misma piedra.

Las dos se echaron a reír, y Hope prometió que iría pronto a la ciudad para poder cenar con él y conocerlo.

—Supongo que se siente sola —dijo Hope, sintiendo pena por ella.

—Pues podría practicar algún deporte, apuntarse a un gimnasio o comprarse un perro para remediarlo —replicó Faith, que seguía desconcertada por la noticia que su madre le acababa de dar—. Espero que no sea un asqueroso que intenta aprovecharse de ella. El último no era precisamente un gran partido y no le duró mucho. No necesita pasar por eso de nuevo. No lo entiendo. Y en cuanto a mí, sé lo que me conviene y ya me meto mi dosis de bodas todos los días a través de otros. No necesito casarme. Ojalá se limitara a salir con él y dejara de pensar en casarse.

—O se conformaran con vivir juntos y nada más —dijo Hope.

Faith siguió sin poder creérselo durante varios días. Hope habló del tema hasta la saciedad con Angus, quien se moría de ganas de conocerlo, pero no creía que fuera una idea totalmente absurda.

—Tu madre aún es relativamente joven y no tiene a nadie con quien compartir su vida. Tú estás muy liada conmigo y con los niños; además, vivimos aquí. Y Faith también está muy ocupada. Tu madre necesita a alguien con quien pasar el rato y hablar. Piénsalo. Siempre está sola.

Se mostraba comprensivo con su suegra, lo cual sorprendió a su esposa. Angus provenía de una familia numerosa y le daba pena la gente que estaba sola, como Faith, por eso intentaba contar con ella siempre que podía. Pero Marianne era muy reservada y no quería ser una carga para sus hijas. Era muy respetuosa tanto con su independencia como con su intimidad. Y ahora quería casarse, lo que a las mellizas les parecía demencial.

Faith estaba tan preocupada que a duras penas podía concentrarse en las bodas que tenía entre manos. Se llevó a Annabelle a probarse vestidos. La joven no había visto nada que le gustara en los desfiles de alta costura de París. Hasta Jack se había negado a pagar cuatrocientos mil dólares por un vestido. Ya habían rebasado la frontera del millón de dólares. Eso habría hecho que rozaran los dos millones.

Al final dieron con un vestido en Valentino que resaltaba su figura. Tenía unas formas muy femeninas, como las mujeres que pintaba Rubens. La marca estaba dispuesta a modificar el modelo para añadirle una cola. Era un hermoso vestido de noche de encaje blanco, de mangas largas y cuello alto, y con una cintura ceñida que le quedaba como un guante. Iban a tardar dos meses en confeccionárselo a medida, lo cual encajaba con los plazos que se habían marcado. Miriam dio con un vestido de gala de satén de Oscar de la Renta, que era de color verde esmeralda. Todo marchaba bien, salvo por lo de la boda de Marianne. Había dicho que quería casarse en junio. Esta vez no quería un bodorrio, sino celebrar una ceremonia sencilla y disfrutar de una cena agradable con su familia. Ya se había casado a lo grande tres veces y no iba a haber una cuarta; además, había comentado que Jean-Pierre opinaba lo mismo que ella. Una semana después de que se comprometieran, él se había mudado a casa de Marianne, lo cual también inquietó a las mellizas. Aunque Jean-Pierre conservaba su antiguo piso, ya no vivía allí. Les parecía que todo iba demasiado rápido, sobre todo porque no lo conocían. El hecho de que no tuviera hijos era un alivio, pero eso también les pareció sospechoso. ¿Por qué no los tenía?

Angus lo buscó en internet y descubrió que era un arquitecto jubilado que había recibido múltiples premios. Había sido condecorado con la Legión de Honor por los hospitales que había construido por toda Francia, por diversos edificios gubernamentales y por varios hoteles impresionantes. Era viudo, tal y como había señalado Marianne. Su esposa, que había fallecido diez años atrás, había ejercido la medicina y había sido profesora en el Institut Curie, especializado en el tratamiento del cáncer. Así que, obviamente, él también se sentía solo. Además, tenía setenta y siete años, diez más que su madre.

—Parece un tipo respetable —le dijo Angus a Hope con ánimo de defenderlo.

—Es demasiado viejo —señaló Hope—. Se pondrá enfermo, y ella tendrá que cuidarlo.

Angus iba a replicar que la madre de las mellizas tal vez enfermara también y entonces Jean-Pierre podría cuidarla, pero se mordió la lengua. Daba la impresión de que ninguna de las dos se había planteado esa posibilidad. Las mellizas no se fiaban nada de él.

Como Faith se pasaba el día preocupándose por su madre y viendo a sus clientes, aún no había tenido tiempo para conocer a Jean-Pierre. Tampoco había dado con ningún restaurante donde Violet pudiera celebrar el convite. Incluso había ido a varios sitios en persona, sin decirle nada a Violet. Pero ninguno la convencía. Dos semanas después de que su madre le hubiera dado la sorprendente noticia, vio al fin un restaurante que le gustó y se fue con su ayudante a verlo al día siguiente. Estaba en Gramercy Park y contaba con un jardín muy hermoso. Los del restaurante estaban dispuestos a cerrar el local un sábado a la hora de comer, a lo cual muchos otros restaurantes se habían negado. Estaba especializado en comida francesa, tenía el tamaño adecuado y no era caro. Era un poquito más caro que la pizzería, pero no mucho más.

En cuanto lo vio, Violet pensó que era perfecto y el precio adecuado. No podía creerse que Faith se hubiera tomado la molestia de buscárselo. A sus padres, que fueron a verlo ese fin de semana, también les gustó. Estéticamente, era como una pequeña posada rural francesa. Cenaron allí para comprobar la calidad de la comida, que resultó estar deliciosa. La cocinera era la madre del dueño. A Violet le encantó esa comida casera, al estilo rural. A los dueños les cayeron tan bien Violet y su familia que les hicieron una rebaja en el precio. Así, tras llegar a un acuerdo, la joven al fin tuvo un establecimiento que adoraba para festejar su enlace. Faith no le comentó nada, pero había hablado con una de las floristerías con las que solía colaborar para que decoraran el restaurante con flores blancas la mañana de la boda y colocaran unos jarroncitos con lirios del valle sobre las mesas. Violet ya solo necesitaba una cosa: un vestido. Pero eso aún no les acuciaba porque la boda se iba a celebrar dentro de dos meses. Aunque tampoco iban a ir sobrados de tiempo; además, hasta ahora no había habido suerte con la búsqueda.

Por fin fijaron una fecha para cenar en la ciudad y conocer a Jean-Pierre. Hope y Angus habían dicho que irían, y Faith estaba tan nerviosa que no había podido pegar ojo durante gran parte de la noche anterior; por primera vez en cinco años, se había quedado dormida y se había perdido su clase de ballet por Skype. Se iban a ver el viernes por la noche.

Faith decidió que debía planteárselo como una noche especial en lugar de un desastre en ciernes y reservó una mesa en La Grenouille. Cuando se lo dijo a su madre, esta se emocionó. Las dos mellizas se rompieron la cabeza a la hora de decidir qué ropa llevar y al final se pusieron de acuerdo en que iban a ir vestidas de negro, ya que ese color reflejaba bien el estado de ánimo en que se encontraban tras la noticia de la boda; bueno, al menos todos disfrutarían de una buena cena.

Hope y Angus se ofrecieron a pasar a por Faith camino del restaurante, pero les dijo que prefería encontrarse con ellos allí. Esa noche se subió a un taxi, con su melena rubia recogida en un moño, con muy poco maquillaje y con un austero vestido negro y un abrigo del mismo color. Cuando se vio reflejada en el retrovisor al bajar, pensó que parecía que iba a un funeral, y era así como se sentía. Esperaba que Jean-Pierre no fuera una especie de *gigolo* francés encantador que se estaba aprovechando de su madre. Pero si eso era así, lo iban a comprobar ellas mismas enseguida.

4

Cuando Faith llegó al restaurante, Hope y Angus ya estaban allí. Angus estaba tomando una copa de vino y Hope había pedido un martini, lo cual dejó bien claro a Faith que su melliza también estaba nerviosa. No pidió nada de beber, ya que temía emborracharse y que eso alterara su capacidad de analizar y juzgar. Quería tener los cinco sentidos centrados en el hombre con quien su madre pretendía casarse tan precipitadamente. Dio la impresión de que las mellizas se estresaron cuando su madre entró en el restaurante acompañada de un hombre alto y elegante, que vestía un traje azul oscuro y tenía una melena blanca como la nieve. Parecía ser más joven de lo que era y le estaba comentando algo a su madre mientras se aproximaban a la mesa. Las mellizas pudieron ver que su madre también estaba nerviosa. Faith tenía un nudo en el estómago tan grande como un puño, y Hope no apartó la vista de ellos mientras se acercaban.

Marianne presentó a Jean-Pierre Pasquier a sus hijas y a su yerno. Él les estrechó la mano a los tres de un modo formal y esperó a que Marianne se sentara delante de las mellizas. Como sabían cuáles eran los planes de su madre, no era fácil dar la sensación de que no estaban preocupadas, puesto que, salvo que armaran un gran escándalo, ya estaba todo decidido. Incluso si se oponían a sus deseos, su madre podría casarse con él. No era propio de ella ser tan impulsiva, así que creían que debía estar locamente enamorada de aquel hombre, aunque no lo demostraba. Pidieron vino, y Jean-Pierre no dejó pasar la oportunidad de poder charlar con las hijas de Marianne, a las que comentó que se alegraba mucho de conocerlas. En ese instante, se dio cuenta de que debían haberse llevado una gran sorpresa cuando se enteraron de que su madre quería casarse. Se disculpó por no haber quedado con ellas antes. No era un tipo empalagoso, sino cercano y simpático; además, agarró el toro por los cuernos al sacar el tema inmediatamente. Angus se quedó impresionado al ver que no se andaba con rodeos y no esquivaba el tema. A través de la leve neblina mental que le había provocado el martini, Hope reparó en que su madre pareció relajarse y alegrarse en cuanto Jean-Pierre empezó a hablar con ellas. Daba la impresión de que Jean-Pierre y ella tenían una buena relación, y la charla que mantuvieron tras pedir la cena fue interesante. De joven, había vivido en China y el norte de África y había estudiado arquitectura en Alemania y Noruega, así como en la Escuela de Bellas Artes de París; además, tenía muchas anécdotas interesantes que contar. Hablaba sobre su difunta esposa con cariño y respeto, y señaló que de lo único que se arrepintieron ambos en sus últimos años fue de no haber tenido hijos. Comentó que su mujer y él habían estado muy centrados en sus carreras profesionales. Ella había dedicado su vida a la investigación, y para cuando empezaron a cuestionarse su decisión de no tener hijos, ya era demasiado tarde y no podían tenerlos.

—Uno toma decisiones en el ámbito familiar o profesional que no siempre son acertadas. En nuestro caso, no lo fue. Vuestra madre tiene la gran suerte de teneros a ambas —dijo, mientras sonreía a las mellizas—. Tú tienes tres niños, ¿no? —le preguntó a Hope.

La melliza asintió y sacó el móvil para mostrarle unas fotografías de sus hijos.

—Son unos críos muy guapos —comentó afectuosamente—. Seguro que no te dan ni un segundo de respiro.

Mientras disfrutaban de la cena, se dieron cuenta de que era muy fácil hablar con él, ya que tenía una mentalidad moderna y abierta; además, las dos botellas de buen vino que se tomaron ayudaron a que la conversación fluyera, y él y Angus congeniaron. Al final de la velada, a Marianne se la veía relajada. Todos se habían comportado civilizadamente, y Marianne pudo ver que ya entendían por qué se había enamorado de él. No se trataba de una relación marcada por la pasión desenfrenada como la que había tenido con su segundo marido cuando era más joven, sino una relación serena en la que imperaba la confianza. Él era interesante, inteligente y amable, y obviamente tenía unos buenos modales. La velada había sido una prueba que había superado sin ningún tropiezo.

Nadie habló sobre la boda que se iba a celebrar en junio. La cena solo era un primer paso para que las mellizas pudieran conocerlo a él, y él, a su vez, pudiera conocerlas a ellas. A Jean-Pierre le resultaba más difícil hablar con Faith, ya que estaba más tensa y nerviosa que Hope y Angus. Esta estuvo gran parte de la cena observándolo, intentando encontrarle algún defecto terrible o toparse con algún indicio de que era una amenaza, pero no halló ninguno. Era, simplemente, un señor mayor muy simpático que había tenido una vida interesante y que, seguramente, se sentía tan solo como su madre se sentía ahora. Tras fallecer su mujer, se había jubilado y mudado a Nueva York para cambiar de aires, aunque solía regresar a Europa con cierta frecuencia. Aún tenía un piso en París y una casa de veraneo en el sur de Francia, en las montañas situadas detrás de Niza. No parecía que estuviera con Marianne por su dinero; de hecho, a Angus le daba la sensación de que él tenía más que ella. Tras llevar una década viudo y viviendo solo, quería compartir el resto de sus días con una cariñosa compañera sentimental. Ahora que podía recordar a su difunta esposa sin sufrir, se sentía preparado para compartir su vida con otra persona. Ya no tenía la sensación de que la estaba engañando por querer pasar los años que le restaban con una pareja nueva. Desde que había enviudado, no había estado con nadie.

—Creo que ninguno de los dos esperaba que nuestra amistad fuera a convertirse en algo más —dijo mientras tomaban un café al final de la cena, después de que todos se hubieran comido los suflés del postre—. A nuestra edad, uno no espera enamorarse, y todo es muy distinto a cuando eres más joven. De joven, tu vida está en construcción y se expande; constantemente, se van sumando personas, hijos y lugares a tu vida. Cuando ya eres un anciano, quieres disfrutar de lo que tienes y compartirlo con alguien. A nosotros también nos sorprendió sentir esto y que fuera mutuo. Podríamos seguir como estamos ahora, pero es mejor tener a alguien a tu lado con quien sabes que puedes contar. Todos necesitamos una cierta estabilidad a cualquier edad... y también amor —añadió, sonriendo a Marianne.

No era un *gigolo* ni un pelagatos. Había resultado ser un señor realmente encantador y, cuando salieron del restaurante, todos tuvieron la sensación de que habían hecho un amigo. Hope y Faith se miraron. Las dos sentían lo mismo. Su madre estaba en buenas manos.

—Espero volver a veros pronto —dijo Jean-Pierre educadamente. Después Marianne y él se fueron en un taxi.

Las mellizas habían querido pagar la cena, pero Jean-Pierre no les había dejado hacerlo. Se había ausentado de la mesa unos minutos para pagarla de forma discreta con su tarjeta de crédito, y todos le dieron las gracias por haber gozado de una cena maravillosa y una velada deliciosa.

Las mellizas y Angus se quedaron quietos y callados en la acera durante un minuto.

—Bueno, ¿qué opinas? —le preguntó Faith a Hope.

—Creo que es un tipo estupendo —contestó Angus primero—. Y no tiene dobleces. Parece que va en serio y es sincero, no es un mentiroso. Creo que tu madre ha tenido mucha suerte esta vez.

—Estoy de acuerdo —dijo Faith, respaldando su opinión, aunque no había hablado mucho en la cena porque había estado demasiado centrada en observar a Jean-Pierre.

—Me cae bien de verdad —añadió Hope—. Si quieren, podrían casarse en nuestra casa.

Faith asintió. Ya no cabía duda de que iba a haber boda, y ambas podían entender por qué su madre lo amaba y por qué hacían una pareja estupenda. Además, ese señor parecía ser más joven de lo que realmente era.

Hope llamó a su madre al día siguiente para proponerle que se casaran en su casa, y Marianne se emocionó. Unos minutos después, Faith llamó a su madre para darle su bendición.

—Me alegro por ti, mamá.

—¿Qué te han dicho? —le preguntó Jean-Pierre a Marianne después de que esta colgara. Estaban desayunando y se le veía nervioso.

—Que les encantaste —respondió feliz, con una sonrisa en la cara—. Hope me ha preguntado si nos gustaría casarnos en su casa de Connecticut.

—Eso me encantaría —afirmó. Entonces, se inclinó hacia ella y la besó. No quería separarla de sus hijas y tener su aprobación era importante para él porque lo era para Marianne—. Nunca había estado tan nervioso, salvo cuando tenía que examinarme en la carrera de Arquitectura. Me aterraba suspender.

Sonrió melancólicamente, sintiéndose muy aliviado. Si las hijas de Marianne se hubieran opuesto, no se habría casado con ella, ya que también necesitaba a sus hijas.

—No tenías nada que temer —dijo Marianne, con una mirada que transmitía todo lo que sentía por él.

—Tus hijas son maravillosas —aseveró Jean-Pierre—. Nunca pensé que tendría hijas y nietos, y ahora tengo una familia entera.

Él le sonrió.

—No te importa que haya estado casada tres veces, ¿verdad?

Ahora se arrepentía de ello porque sus dos últimos matrimonios habían sido un desastre y le habían hecho sufrir mucho.

—¿Qué más dará? —dijo él con dulzura—. Lo que importa es que acabemos haciendo las cosas bien y que estemos seguros de que hemos obrado correctamente. Creo que tus hijas piensan igual.

Ella asintió porque lo que él decía era cierto.

—Los franceses decimos «L'amour n'a pas d'âge». El amor no tiene edad. Da igual cuando lo encuentres.

Después de desayunar, fueron a dar un largo paseo por el parque. Ahora ya podían entusiasmarse con la boda. Pero junio parecía estar muy lejos, y los dos lamentaban que todavía quedasen tres meses. La espera se les iba a hacer interminable.

A principios de abril, Faith acompañó a Annabelle a probarse el vestido de novia. Miriam, su madre, no la acompañó porque iba a estar en un balneario durante una semana para ponerse en forma para la boda. Hasta ahora todo había ido bien y no había surgido ningún problema. Pero cuando Annabelle se probó el vestido, no le quedaba como le había quedado el de muestra ni de lejos. No podían cerrarle la cremallera porque le faltaban cinco centímetros en la cintura. Como había una gran separación entre la larga hilera de botoncitos de la espalda, le tomaron las medidas de nuevo. Aunque a la organizadora de bodas le daba la impresión de que Annabelle no había engordado, la cinta métrica no mentía. Su cintura medía siete centímetros y medio más. En cuanto la costurera se lo dijo, Annabelle rompió a llorar. A pesar de que a duras penas había tela suficiente para hacerle el arreglo, pensaban que sí serían capaces de ajustárselo. En cuanto oyó eso, Annabelle lloró aún más. Era la primera vez que Faith la veía tan hundida. Violet, que había venido con ellas, se había marchado del probador discretamente porque no quería molestar en un momento tan complicado.

—Tranquila, Annabelle. Estas cosas suelen pasar. Ya has oído lo que ha dicho, pueden arreglarlo. Además, si la cola te cae de los hombros, ni siquiera verás los retoques.

Era un vestido espectacular, y Annabelle estaba preciosa con él. Lo único que no le quedaba bien y se veía raro era la cintura, que ahora estaba muy ceñida. Entonces la costurera se dio cuenta de que también le quedaba muy apretado en el pecho. Se lo midió también. A Annabelle le había crecido cinco centímetros el busto. La costurera principal la miró de un modo cómplice e hizo un gesto de negación con la cabeza.

—¿Y cuándo es la boda? —le preguntó.

—En julio —contestó Annabelle, susurrando con una voz ronca.

La costurera volvió a negar con la cabeza. Faith se imaginaba que había estado comiendo de más por culpa del estrés y pensó que debería haber ido al balneario con su madre, pero por una cuestión de tacto, se guardó lo que pensaba.

—Este vestido no te quedará bien en julio —afirmó la costurera.

Faith se enfureció con ella. En cuanto acabara la prueba, iba a quejarse a su jefe.

—Eso es ridículo, ¡pues claro que te quedará bien! Te quedaba bien hace dos meses cuando lo escogiste —le dijo Faith a Annabelle—. Adelgazarás para la boda. Las novias siempre lo hacen. Normalmente, tienen que probarse el vestido justo antes de la boda para que les hagan los últimos retoques.

—No voy a adelgazar para la boda —replicó Annabelle con un gran pesar.

Faith sintió lástima por ella. Sus padres le habían fallado; la mayoría de los más de quinientos invitados eran amigos de Jack y Miriam, y eso no era lo que Annabelle deseaba para su enlace.

—Vas a adelgazar, te lo prometo —insistió Faith, al mismo tiempo que le daba un pañuelo de papel.

Annabelle la miró con tristeza y se sentó en el probador.

—Sé que no lo haré —respondió, mientras las lágrimas le recorrían las mejillas y miraba a Faith—. Estoy embarazada —añadió susurrando.

En cuanto oyó eso, a Faith le dio un vuelco el corazón.

—¿Estás segura? —le preguntó, susurrando también.

Annabelle asintió.

—Del todo. Estoy de dos meses. No sé cómo ha podido ocurrir. Dejé de tomar la píldora, por si acaso queríamos tener un bebé el año que viene, pero me he quedado encinta el primer mes. En julio, estaré de cinco meses.

Su cuerpo ya estaba cambiando. A Faith estaba a punto de darle un síncope. No era la primera vez que se enfrentaba a algo así, pero siempre había sido en unas bodas más modestas, no en un bodorrio de un millón de dólares en el que unos padres como Miriam y Jack Albert estaban poniendo toda la carne en el asador.

—No pensé que engordaría tan deprisa —se excusó Annabelle—. Mi hermana tuvo un bebé con su novio y no se le notó nada hasta los seis meses. Pero es que es anoréxica.

Annabelle tenía una figura mucho más rotunda, y Faith se dio cuenta ahora de que le habían crecido bastante los pechos. Hasta entonces, no había reparado en ello.

—¿Cómo se lo tomaron tus padres? —preguntó Faith.

—Ahora lo llevan bien, pero al principio fue un horror. Mis padres estuvieron un año sin hablar con mi hermana, pero en cuanto vieron a la niña, la adoraron.

—Bueno, ¿qué vamos a hacer ahora? —le preguntó Faith,

mientras seguían hablando en el probador. Ayudó a Annabelle a quitarse el vestido, y esta se volvió a poner las mallas y un suéter holgado—. Creo que tienes que decírselo a tus padres. No puedes dejar que sigan adelante con una boda como esta sin contarles esto. En julio, va a ser muy obvio que estás embarazada.

Faith se imaginaba que, si se lo contaba, seguramente cancelarían la boda, pero ocultarles un secreto así no sería correcto. Se quedaría sin su comisión, pero eso ahora no era lo más importante.

—Supongo que vas a tenerlo —dijo.

Annabelle asintió.

—Es lo único que hace feliz a Jeremy. Nunca quiso celebrar una gran boda, y todo se ha desmadrado. Yo sabía que mis padres iban a actuar así. No pueden evitarlo. Les encanta presumir y derrochar. Jeremy ni siquiera quería casarse. No cree en el matrimonio. Su padre se ha casado dos veces; y su madre, seis. Solo quería que nos fuéramos a vivir juntos y que pasáramos de tanto papeleo y tanta ceremonia. Mi padre lo amenazó; dijo que si no se casaba conmigo, no me dejaría verlo más y que me cortaría el grifo, pero que si nos casábamos, nos compraría una casa muy bonita. Jeremy no quería privarme de un hogar, así que dio su brazo a torcer para que pudiéramos tener una casa. Y va a odiar cada instante de la boda. Todos los invitados o son amigos de mis padres, o son socios de mi padre en algún negocio. Pero Jeremy está tan emocionado porque vamos a tener un bebé. Queremos tener cuatro o cinco críos. Y la casa que nos ha comprado mi padre es tan bonita; está en la misma calle que viven ellos. Tiene seis dormitorios y una piscina. Podremos vivir allí para siempre. Así que la boda es el precio que tenemos que pagar.

«Además del millón doscientos mil que tu padre se va a gastar», pensó Faith.

—En realidad —añadió Annabelle—, estaba disfrutando

con los preparativos, pero ahora que ha pasado esto… Lo sé desde hace un mes, más o menos. Tenía intención de decírselo, pero nunca me parece oportuno. No podré ocultárselo hasta julio. Ya se me nota un poco ahora…

Y eso que solo estaba de dos meses.

—Annabelle, tienes que decírselo —insistió Faith—. Si no lo hicieras, serías una mala hija. Tu padre se está gastando una fortuna en la boda. Tienes que darle la posibilidad de cancelarla si quiere. A lo mejor quiere celebrarla a pesar de todo, o a lo mejor puedes celebrarla después de que haya nacido el bebé. Tus padres tienen derecho a tomar esa decisión.

La joven asintió, pues sabía que su wedding planner estaba diciendo la verdad.

—Se lo diré mañana. Cuando sea el momento adecuado. Mi madre debería volver mañana, pero mi padre últimamente no para mucho por casa. Quiero que estén juntos para no tener que contar lo mismo dos veces. Jeremy teme que nos quiten la casa. Pero si nos la quitan, dice que ya nos las apañaremos. Puedo irme con Jeremy. Tiene un estudio donde podríamos vivir, pero con un bebé, sería complicado. No me puedo creer que vaya a ser madre dentro de siete meses. Tal vez eso le dé un verdadero sentido a mi vida. Nunca he trabajado. Mi padre no quería. Jeremy tiene un fideicomiso de sus abuelos, que le proporciona algunos ingresos. Solía trabajar para su padre a tiempo parcial, pero lo odiaba. Se dedican al sector de la refrigeración industrial. Instalan sistemas de aire acondicionado en edificios de oficinas y hoteles. Ahora trabaja en una tienda de monopatines, lo cual no le hace ninguna gracia a mi padre.

Faith podía entender por qué, pero se limitó a escuchar. Annabelle y Jeremy se comportaban como niños y ahora iban a tener uno, pero el dinero de sus padres los protegería y les haría la vida más fácil. No tenía nada claro que eso fuera algo bueno. Siempre que escuchaba historias como la de Annabelle, se sentía afortunada por no haber sido madre. Seguía sin querer serlo. No sabía qué habría hecho en una situación como esta, pero tenía clara una cosa: los padres de Annabelle se merecían saber que estaba embarazada.

—Si puedo ayudarte en algo, llámame —dijo Faith, quien la abrazó antes de subirse a un taxi para volver a su oficina, donde Violet la estaba esperando.

Faith le había dicho al jefe de la tienda que no retocara el vestido hasta que ella volviera a ponerse en contacto con él. Si la boda seguía adelante, iban a necesitar uno muy distinto, y todo el mundo sabría que estaba embarazada. Era algo cada vez más habitual, y no iba a ser la primera novia embarazada cuya boda había organizado. De vez en cuando, le había tocado trabajar con una novia cuyo embarazo era fácil de ocultar. Y en una boda que había preparado dos años antes, había tratado con una novia que estaba embarazada de su cuarto hijo. Pero esa había sido una boda informal que se había celebrado en el jardín de una familia muy liberal, no un bodorrio espectacular como este. Hicieran lo que hiciesen, era consciente de que le esperaban unos días muy estresantes; además, no sabía cómo iban a reaccionar Jack y Miriam, pero no pintaba nada bien. Estaba ansiosa por saber qué decidirían hacer los padres de Annabelle cuando se enteraran. Seguramente, los Albert cancelarían la boda.

Faith le estuvo dando vueltas al tema durante todo el camino de regreso a la oficina, y cuando llegó allí, Violet le dijo que Doug Kirk había llamado. Violet había vuelto a la oficina cuando Annabelle se había echado a llorar por lo del vestido.

Faith llamó a Doug de inmediato. Este le dijo que la había llamado para que le pasara la lista de tiendas que le había recomendado para comprar el vestido de novia de Phoebe. Quería llevarla de compras esa tarde. Faltaban únicamente dos meses para la boda, y ella aún no había elegido ninguno.

—¿Queréis que os acompañe? —le preguntó Faith.

Él se rio.

—Podré arreglármelas, pero si quieres venir, adelante. Phoebe es incapaz de tomar decisiones por sí sola, así que tal vez necesite algo de ayuda.

Le dijo que la primera tienda que iban a visitar iba a ser la boutique situada en Bergdorf, la cual también habría sido su elección, ya que la novia ahí tendría muchas opciones para elegir. Mientras lo escuchaba, se dio cuenta de que Phoebe podría necesitar una aliada.

—Nos veremos ahí —dijo, sin darle opción a réplica. Algo le decía que tenía que proteger a Phoebe de su novio. Pero si eso era cierto, ¿por qué se casaba con él? Doug se portaba siempre como si fuera su jefe, daba igual que estuvieran en el trabajo o fuera de él.

Faith llegó unos minutos antes que ellos y le pidió a la encargada de la tienda que fuera sacando algunos vestidos de ciertos diseñadores que pensaba que le quedarían bien a Phoebe, ya que era alta y delgada. Cuando llegó con Doug, la vio muy seria. Él contempló las diversas opciones que les estaban mostrando, asintió y le dijo a su prometida cuál debía probarse primero. Tenía seis vestidos esperándola, y Faith se ofreció a entrar en el probador con ella. Phoebe asintió agradecida y echó un vistazo a los vestidos. Ninguno de ellos parecía entusiasmarla.

—Va a ser una elección difícil —dijo Faith, mientras Phoebe se desvestía—. Seguro que todo te va a quedar estupendo.

Se probó el vestido que Doug le había dicho que se pusiera primero. Cuando se vio con él puesto, sonrió. Faith la siguió cuando salió para mostrárselo a Doug, quien no le preguntó si le gustaba o no, sino que se limitó a comentar que era demasiado clásico y formal. Le dijo que se lo quitara porque no le gustaba el bordado. Volvió al probador y se probó el siguiente. Le comentó a Faith que no le gustaba nada, que le picaba y era incómodo, y que el corsé de debajo le quedaba demasiado prieto.

—Si te gusta el vestido, te lo pueden aflojar. Todo se puede retocar —le dijo para tranquilizarla, a la vez que se acordaba de cuando Annabelle se había probado esa mañana el vestido cuya cremallera no se había podido cerrar porque había engordado. A Phoebe no le quedaba nada muy ceñido, estaba en una forma excelente.

—Eso está mejor —señaló un sonriente Doug—. Me gusta, pero no me convence del todo.

—Es incómodo —dijo Phoebe en voz baja.

Doug ignoró el comentario como si ella no hubiera dicho nada, lo cual sorprendió a Faith. Realmente le daba igual lo que pensara Phoebe.

—Otro —dijo Doug.

Phoebe se puso el tercero. Era un vestido mágico. Con él, irradiaba tanta luz como un árbol de Navidad y parecía una princesa de cuento de hadas. Era evidente que le había gustado muchísimo, era innegable. Estaba radiante, espectacular. Era un Oscar de la Renta y era como si lo hubieran confeccionado para ella. Cuando fue hacia la sala de espera para mostrárselo, parecía que flotaba en vez de andar. Doug frunció el ceño en cuanto le vio esa cara de felicidad.

—¡Es espantoso! ¡Quítatelo! —le espetó con brusquedad, mientras señalaba hacia el probador.

—Pues a mí me encanta —replicó Phoebe en voz baja.

Sin duda alguna, estaba deslumbrante, pero él iba a mantenerse en sus trece.

—Pues yo lo odio. Y como lleves ese vestido el día de la boda, no voy ni a mirarte.

Faith se dio cuenta de que lo decía con mala intención. Cuando volvieron al probador, vio que Phoebe tenía los ojos llorosos.

—A mí me encanta, de veras —le dijo a Faith, quien se

sentía muy triste por lo que Doug le estaba haciendo a Phoebe. Ser testigo de esto era muy duro. La estaba menospreciando y avasallando—. A lo mejor podría comprármelo yo. Doug me paga un buen sueldo y tengo algo de dinero ahorrado.

Faith miró la etiqueta y vio que tenía un precio sorprendentemente razonable para ser un vestido de novia. Se lo mostró a Phoebe, la cual asintió. Se la veía tan ilusionada.

—Tendría que comprobar el saldo de mi cuenta corriente, pero creo que podría pagarlo.

Quería el vestido, y su wedding planner pensaba que debería quedárselo. Era más barato que el resto. Pero no era una cuestión de dinero, sino de poder y control.

Phoebe se probó tres vestidos más para complacerlo, pero estaba claro que el tercero era el más idóneo para ella y además le chiflaba. El cuarto le quedaba mal, pero Doug afirmó que le gustaba mucho. Con el quinto, parecía una bailarina del Folies Bergère, con sus plumas y todo. Y el sexto era tan tremendamente sencillo que llegaba a ser austero. Tenía un cuello alto y rígido, así como una fina capa de encaje que cubría un grueso vestido de tafetán y una larga cola, la cual era sorprendentemente pesada. Se la veía terriblemente incómoda. La tapaba entera, de la barbilla a las puntas de los dedos, y apenas podía moverse con él; además, llevar ese corsé parecía una tortura.

—¡Ese es! —exclamó Doug, con una amplia sonrisa—. ¡Ese es! ¡Me encanta!

—Pero si apenas puedo andar con él. Es muy pesado, Doug, y el cuello me aprieta demasiado.

—Quiero que te cases conmigo con ese vestido, Phoebe. —Lo dijo como si fuera una orden, dejándole claro que no tenía otra opción—. Soy yo quien paga, soy yo quien tiene que poder mirarte.

—Me gusta más el tercero —insistió sin alzar la voz—. Me siento muy guapa con él, como una novia de verdad.

—Pareces una reina victoriana con este. Una zarina. Te lo voy a comprar, Phoebe, y espero que te lo pongas.

Mientras lo escuchaba, Faith se dio cuenta de por qué Doug la había acompañado: para obligarla a comprar lo que le gustara a él, no a ella. Él no quería que se viera muy guapa ni que adorara su vestido. Era algo repugnante.

—¿Y si lo pago yo con mi dinero? Creo que tengo suficiente —preguntó Phoebe con una mirada esperanzada y suplicante.

—Si quieres que aparezca el día de la boda, te pondrás lo que yo diga —respondió con un tono aterrador.

Faith esperó a que Phoebe volviera al probador para intentar hablar con Doug con serenidad.

—Creo que comprar ese vestido que tanto le gusta sería muy importante para ella. Una novia necesita sentirse especial y única el día de su boda. Además, parece que el otro vestido es bastante incómodo.

—Si quiere casarse conmigo, llevará el vestido que yo elija —aseveró con frialdad.

Faith lo miró a los ojos y, como no le gustó nada lo que vio en su mirada, optó por no empeorar aún más las cosas. Volvió al probador donde estaba Phoebe, quien primero contempló con tristeza el vestido de Oscar de la Renta que él no le dejaba comprar y luego al que ella tanto odiaba y él adoraba.

—Supongo que, como lo va a pagar Doug, tendré que ponerme el que él quiera —dijo con pesar.

Faith decidió probar suerte y decirle lo que pensaba.

—Phoebe, en su día estuve prometida con un hombre que era como Doug. Tenía miedo de que me controlara todo el tiempo si me casaba con él. ¿Alguna vez te has preguntado si Doug es así?

Ella respondió haciendo un gesto de negación con la cabeza. Era la primera vez que Faith intentaba hacerle ver la realidad para evitar que cometiera un terrible error. Todo estaba clarísimo, salvo para la novia.

—¿Y qué pasó? ¿Te casaste con él? —le preguntó a la organizadora de bodas.

—No, no lo hice, y nunca me he arrepentido de ello. En cuanto corté con él, me di cuenta de hasta qué punto me controlaba. Asegúrate de que eso no te ocurra a ti —respondió Faith, quien intentaba hacerle entender las cosas, pero Phoebe se limitó a asentir y salió del probador sin decir ni una palabra.

Como el vestido que Doug quería que usara no necesitaba ningún retoque, este le dio a la vendedora su tarjeta de crédito y le dijo que se lo enviara a su piso. A él le daba igual que le apretara mucho el cuello a su prometida o no.

Phoebe le dio las gracias a Doug y salieron de la tienda unos minutos después.

—Menos mal que he venido contigo; si no, te habrías comprado ese vestido tan feo que tanto te gustaba.

· La aludida no hizo ningún comentario, y bajaron por las escaleras mecánicas en silencio. A Faith, ella le daba muchísima pena. Ver cómo interactuaban durante una hora y cómo ella renunciaba a su sueño había sido una experiencia muy amarga.

—Bueno, ya hemos acabado —dijo un satisfecho Doug—. Volvamos a la clínica.

Phoebe asintió y se montaron en un taxi. Faith volvió a su oficina, pensando en ellos y en Annabelle. En ese momento estaba trabajando para dos novias muy infelices y no tenía idea de cómo iba a acabar ninguna de ellas. Solo esperaba que Phoebe no se casara con Doug, pero no sabía cómo iba a impedirlo. Phoebe estaba en sus garras. Y Annabelle se enfrentaba a un gran dramón. Faith sospechaba que Jack se iba a poner hecho una furia con su hija.

—¿Cómo ha ido todo? —le preguntó Violet cuando volvió a la oficina.

Faith se sentó lanzando un suspiro y la miró.

—Ha sido increíblemente deprimente. Phoebe ha dado con un vestido que le encantaba y que le quedaba estupendamente, pero Doug no ha dejado que se lo comprara. Él le ha escogido uno con el que parecía una doncella de hierro cubierta de encaje. Se la veía tan triste e incómoda. Además, le ha dicho que si quería que él apareciese el día de la boda, se tendría que poner lo que él dijera.

Mientras Faith hablaba y recordaba la mirada de desesperación de Phoebe, unas lágrimas le asomaron a los ojos.

—No puede casarse con él —afirmó Violet con voz sombría—. Está loco.

—Sí, creo que podría estarlo, pero ella no quiere cortar con él. Le he hablado de mi exprometido que era como él y no he logrado que abriera los ojos. Creo que lo ama y quiere complacerlo, y eso podría arruinarle la vida.

Ambas sabían que eso era cierto, pero no tenían ni idea de cómo iban a impedir que se casara con alguien así; además, Faith estaba segura de que eso sería una misión imposible. Había visto situaciones parecidas con anterioridad. Normalmente acababan en divorcio, pero varios años después. Doug era uno de los hombres más controladores que había visto. Y Phoebe era tan dulce y dócil que resultaba una presa fácil para él, por eso se iba a casar con ella.

Las dos volvieron disgustadas a sus despachos para ponerse al día con el trabajo. Pero durante el resto de la jornada, a Faith la atormentó el recuerdo de la crueldad que había visto en la mirada de Doug, la aterraba el futuro de Phoebe y estaba muy triste por lo del vestido. Las amenazas y la desilusión iban a marcar su vida de casada desde el principio. Eso era un mal comienzo, y a Faith la asustaba cómo iba a terminar.

5

A las seis de la mañana del día siguiente, el día después de que hubiera acompañado a Phoebe a comprar su vestido de novia y Annabelle le hubiera confesado que estaba embarazada, mientras esperaba a que diera comienzo su clase de ballet, Faith recibió una llamada. Cogió el móvil y lo único que pudo oír fueron unos sollozos; por un instante, se llevó un susto de muerte, ya que creía que era Hope quien la llamaba para contarle que le había ocurrido algo a Angus o uno de los niños.

—¿Hopie? ¿Eres tú? ¿Qué ha pasado, niña? Háblame.

—Soy yo, Annabelle —le contestó, entre sollozos.

Faith podía adivinar lo que había sucedido. Les había dicho a sus padres que estaba embarazada, y estos la habían echado de casa o habían cancelado la boda, o ambas cosas.

—Oh, Annabelle, lo siento mucho —dijo, sintiendo pena por ella y alivio por su hermana al mismo tiempo—. ¿Les has contado lo del bebé?

—No, no he podido. Como mi padre no pasaba mucho por casa últimamente, mi madre contrató a un detective. Y este ha entregado unas fotos que demuestran que tiene una aventura. ¡Tiene una amante! E incluso le ha puesto un piso y todo eso. Es dos años más joven que yo. Mi madre lo sabe todo. Han tenido una bronca espantosa y mamá lo ha echado de casa. Dice que se va a divorciar de él y se va a cancelar la boda. De todas formas, yo no quería celebrar esa estúpida boda, pero ahora sí que se ha ido al garete. Así que no he podido contarles lo del bebé. Mi padre ya se ha ido de casa, y mi madre dice que se va a quedar con todo. Esto es un desastre, Faith. ¿Cómo puede tener una amante? ¿Cómo ha sido capaz?

Faith sabía que era más que capaz; pero si incluso había intentado cenar con ella... Daba por hecho que no era la primera vez que engañaba a Miriam, pero este problema tan serio y desagradable se agravaba aún más porque solo quedaban tres meses para la boda de su hija. Y encima un nieto concebido fuera del matrimonio venía de camino y aún no lo sabían. Faith era consciente de que seguramente la boda se iba a cancelar, y Annabelle también. Y lo sentía mucho porque ya se había hecho a la idea. Ojalá se le ocurriera alguna manera de disimular que la novia estuviese embarazada de cinco meses.

—A lo mejor las cosas se calman más adelante —dijo Faith, tratando de consolarla. Pero no parecía que eso fuera a pasar, sobre todo porque su padre se veía en secreto en un piso con su amante, con una chica a la que su esposa doblaba la edad.

—¿Crees que suspenderán la boda? —le preguntó Annabelle.

—Creo que es posible —dijo con total sinceridad—. Habrá que esperar para ver cómo se desarrolla todo. Podrían ocurrir muchas cosas en los tres próximos meses. Si hay algo que pueda hacer, avísame.

Tumbada en la cama, Faith reflexionaba al respecto. Ahora mismo, tenían dos graves problemas en el hogar de los Albert: el embarazo de Annabelle y la amante de su padre. Annabelle aún no les había contado nada, y el escándalo de la amante había estallado en el momento más inoportuno.

Faith seguía dándole vueltas al asunto cuando su móvil

volvió a sonar. Su profesora de ballet iba a llamarla por Skype enseguida. Faith se preguntó si debería cancelar la clase. Volvió a oír más lágrimas y más sollozos, y esta vez pensó que era Annabelle otra vez, pero tras esforzarse mucho por entender lo que estaba diciendo, se dio cuenta de que era Phoebe.

—Oh, Dios mío, Phoebe, ¿qué pasa?

—Se acabó. Sí, se acabó. Del todo. Ha roto el compromiso y dice que va a cancelar la boda. Anoche me arrancó el anillo del dedo y me echó de su piso, no me dejó ni coger el bolso. Tuve que ir andando hasta el piso de una de las enfermeras con las que trabajo. Ahora estoy en su casa. No podía ir andando hasta la mía. Y no tenía dinero para un taxi.

—¿Qué ha sucedido? —preguntó una estupefacta Faith.

—Fuimos a cenar anoche, y el camarero era muy simpático. No hizo ni dijo nada malo. Simplemente, fue majo, sin más. Doug es muy celoso. Le dio un ataque de celos y me obligó a salir del restaurante y esperarlo fuera. Me acusó de que le estaba engañando. Dijo que creía que le había dado mi número al camarero para poder volver a verlo. Yo jamás haría algo así. En cuanto llegamos a casa, me quitó el anillo, me echó a empujones del piso y cerró la puerta. Me dijo que se acabó y que iba a cancelar la boda. Que no quería casarse con una zorra como yo. Me llamó puta.

Faith sintió escalofríos al imaginárselo. Pobre Phoebe.

Mientras la escuchaba, a Faith se le revolvió el estómago. Esto era mucho peor que cualquier cosa que le hubiera tocado vivir. Ese tipo era un sociópata, y Phoebe tenía que alejarse de él cuanto antes. Que hubiera cancelado la boda y la hubiera echado era algo positivo. Le quería transmitir eso a Phoebe, para que pudiera ver las cosas con algo de perspectiva.

—Phoebe, escúchame, quizá esto sea lo mejor. No se ha comportado de una forma normal. Las personas cuerdas no tratan a los demás de ese modo. Él te controla. No puedes casarte con alguien que te trate así. ¿Puedes conseguir ayuda profesional o acudir a un grupo de apoyo para mujeres maltratadas? ¿Quieres que te lleve a algún sitio?

—No, no quiero que sepa que te he contado esto. Puedo quedarme aquí con mi amiga. Pero, Faith, se acabó...

«Así no tendrás que ponerte ese feo vestido de novia que él te había escogido», pensó Faith.

—Nunca le he puesto los cuernos, lo juro.

Faith oyó que su profesora de ballet la estaba llamando por Skype, pero tuvo que ignorarla.

—Te creo. Pero no puedes dejar que te trate así. No puedes volver con él —dijo Faith, sintiendo una tremenda impotencia.

—Lo amo —afirmó, sollozando amargamente.

Lo único que Faith quería hacer era ayudarla a romper de una vez por todas con él.

—No puedes casarte con él, Phoebe; te hará daño.

—No flirteé con el camarero, lo prometo. Y no le di mi número.

Estaba obsesionada con lo que Doug le había echado en cara e intentaba demostrar su inocencia. Faith sabía que era inocente, pero también sabía que corría un grave peligro si se quedaba con Doug. Tenía que alejarse de él y dejar que diera por terminada la relación. Por lo que estaba oyendo, lo único que quería Phoebe era que él volviera con ella. Y si eso ocurriera, estaría aceptando una condena de por vida en el infierno.

—Quédate con tu amiga este fin de semana y ya veremos qué pasa.

Era el mismo consejo que le había dado a Annabelle. Las dos estaban viviendo unas situaciones muy complicadas, pero Annabelle no corría peligro. Phoebe sí lo correría si Doug decidiera perdonarla. Faith esperaba que no lo hiciera.

—Ha cancelado nuestra boda —repitió, sin poder dejar de llorar.

—¿Podrías irte a casa, a San Diego, por un tiempo, hasta que las cosas se calmen por aquí?

—Sí, pero perderé mi trabajo. Aunque, de todas formas, seguramente me va a despedir. ¿Y qué les voy a contar a mi madre y mi hermana? Me dijo que les iba a decir que soy una puta.

Faith torció el gesto al oír esas palabras. Doug era increíblemente cruel y era un perturbado.

Phoebe colgó al fin. Faith le envió un mensaje de texto a su profesora de ballet para cancelar la clase y disculparse. Después se hizo un café y llamó a Hope para contarle lo que acababa de acontecer.

—Vaya, cómo se le va la olla al médico. Y da la impresión de que te puedes quedar sin las dos bodas.

—Me preocupan más esas chicas que las bodas, sobre todo la enfermera.

—Me parece que ese tío está zumbado —comentó Hope.

—Creo que sí. Pero ella rechaza verlo de esa forma. Dice que lo ama —respondió Faith a su melliza.

—Eso no es amor, eso es maltrato. Me parece que le tiene comida la cabeza —señaló acertadamente Hope.

—Así es —admitió Faith.

—¿Quieres quedar este fin de semana? —inquirió Hope.

—No, mejor me quedo aquí, por si acaso pasa algo. Tengo dos bodas modestas en junio a las que debo dar los toques finales y debo trabajar en la boda de Violet.

—Por cierto, ¿te ha llamado papá? —le preguntó Hope.

—No. ¿Por qué debería hacerlo? ¿Acaso algo va mal?

Como siempre había sido una figura ausente en su vida, a veces se olvidaba totalmente de él.

—Me ha llamado justo antes que tú. Ha venido a la ciudad a pasar unos días. Quiere que cenemos con él y Beata. La niñera tiene el día libre, y no quiero verlos, la verdad. Angus me ha dicho que, si me decido a ir, él se quedará a cuidar a los niños, pero si te soy sincera, no me apetece nada. Beata es tan aburrida, y nunca sabemos nada de papá, salvo cuando le da por aparecer sin avisar. No merece la pena hacer un sacrificio tan grande.

Faith estaba de acuerdo con ella. Aunque su padre nunca se había tomado la molestia de ejercer su papel de progenitor, Faith siempre se sentía forzada a ir a verlo cuando se dignaba a aparecer.

—No me dejes colgada con él. No sé por qué siempre tengo la sensación de que estoy obligada a verlo.

—Yo sí sé por qué: porque eres mejor persona que yo —afirmó Hope—. Iré si quieres que vaya.

—A lo mejor no me llama —dijo Faith con cierto optimismo.

Pero en cuanto colgó, su padre la llamó para invitarla a cenar; sin embargo, como siempre, dio la impresión de que le estaba dando una orden en vez de invitarla. Todo siempre giraba en torno a él, en lo que más le convenía, sin que le importara nada lo que sucediera en sus vidas; incluso ahora que eran adultas y tenían sus responsabilidades, puesto que Faith estaba muy liada con su trabajo y Hope, con su familia.

Quería quedar para cenar con sus dos hijas en Cipriani, su restaurante favorito. Por suerte, era un local tan ruidoso que no podrían hablar. A su padre y a Beata les gustaba ir a sitios elegantes que estuvieran de moda. Además, como iban a cenar en un restaurante muy bullicioso, no tendría que tomarse la molestia de preguntar a cualquiera de sus hijas nada sobre su vida. En realidad, le daba igual. Nunca las llamaba y solo las veía unas pocas veces al año, cuando iba a Nueva York por otras razones; además, Beata quería ver a sus amigos, no a las hijas de su marido. Su padre ni siquiera había visto aún al bebé de Hope, y eso que tenía ya un año. Nunca había estado en su casa de Connecticut. Como no le pillaba de paso, ponía la excusa de que tardaba mucho en llegar ahí.

Como siempre, Faith aceptó su invitación, mientras se preguntaba por qué se molestaba siquiera en ir a verlo, pero como era el único padre que tenía, pensó que debería hacerlo. Después de colgar, le envió a Hope un mensaje de texto para decirle dónde iban a cenar y cuándo. Hope le respondió con otro mensaje donde le decía que iría, pero que lo hacía por ella, no por su padre. Hope nunca la decepcionaba.

Su padre ya estaba en el restaurante cuando llegaron. Beata y él estaban sentados a una mesa situada en una esquina. Las mellizas besaron a su padre y fueron muy educadas con Beata, quien ni siquiera intentó disimular que pasaba de ellas totalmente. Pensaba que Hope era una ama de casa aburrida y Faith, una marginada social o algo así porque no estaba casada. Se lanzaron las pullas habituales, la mayoría de las cuales su padre no pudo escuchar. Y él, por ser educado, les preguntó por su madre.

—Está bien —le contestó Faith—. Se va a casar.

Puso cara de sorpresa. Faith lo había dicho lo suficientemente alto como para que pudiera escucharla.

—Me sorprende que todavía lo intente. El matrimonio no es lo suyo. En su caso, a la tercera no fue la vencida —señaló, con una sonrisa cínica que enfadó a las mellizas, quienes siempre defendían a capa y espada a su madre. El único logro de su padre en el ámbito marital había sido casarse con una baronesa por su dinero; además, sus hijas creían que esa era la única razón por la que aún no la había dejado. En esa relación, no había ni una pizca de calidez.

—Creemos que esta vez ha acertado. Es un señor muy agradable; es francés, pero vive aquí —le informó Faith.

—Pues me alegro por ella. Hacedle llegar mis mejores deseos —dijo con frialdad.

Entonces vino la cena, así como el resto de los comensales, lo que provocó que conversar fuera imposible, si bien aquello fue un alivio para todos. A mitad de la cena, Faith se dio cuenta de que su padre estaba ahí por obligación, al igual que ellas. Disfrutaba tan poco de la compañía de sus hijas como ellas de la suya, ni siquiera mostraba un mínimo de interés. Solo era una obligación que tenía que cumplir cuando llegaba a Nueva York. También le hizo ser consciente de lo mucho mejor persona que era Jean-Pierre. Las mellizas realmente esperaban que esta vez todo le fuera bien a su madre.

Se iba a casar en la granja de Hope en Connecticut, tal y como esta le había sugerido, y Faith estaba organizando la modesta boda familiar. Se iban a casar en una iglesia que estaba cerca de la granja y luego iban a disfrutar de una comida preparada por una empresa de catering local. Aunque iba a ser una celebración sencilla, las mellizas querían que fuera perfecta y muy especial para ella. Hope había encargado que sirvieran langosta fría y caviar, que eran los platos favoritos de su madre. Y Marianne se había comprado un traje nuevo de seda blanca en Chanel para la ocasión. Lo estaba escondiendo de Jean-Pierre, porque no quería que viera su «vestido de novia».

Acabaron de cenar con su padre enseguida, como siempre. Le dijeron que esperaban verlo pronto otra vez, aunque ni ellas se creían lo que estaban diciendo, puesto que seguramente pasarían seis u ocho meses, o incluso un año entero, hasta que se dignara a aparecer de nuevo por Nueva York, sin previo aviso para que no pudieran planificar nada. Beata se despidió con tanta frialdad como siempre y parecía sentirse inmensamente aliviada de que la cena hubiera terminado. Dejó muy claro que consideraba que había desperdiciado la noche cenando con las hijas de Arthur, ya que habría preferido estar con sus amigos neoyorquinos, o en algún evento social al que los hubieran invitado.

—¿Por qué hacemos esto? —le preguntó Faith a Hope mientras se alejaban y se dirigían al aparcacoches para recoger el vehículo de Hope.

—Yo lo hago por ti —dijo Hope simplemente— y creo que tú lo haces porque todavía esperas que se presente un padre distinto del que tenemos. El resto del mundo le importa una mierda, solo piensa en sí mismo. Ni siquiera creo que le guste Beata. Ella no es más que un medio para asegurarse una buena vejez, así tendrá a alguien que lo cuide y le pague las facturas.

—Pues se las lleva pagando mucho tiempo —comentó Faith—. No sé cómo la soporta. Es un iceberg humano.

—Pues yo no sé cómo mamá pudo soportarlo durante doce años —dijo Hope. Su padre le caía fatal. Las había decepcionado toda la vida.

—De joven, era más guapo —afirmó Faith, y las dos se echaron a reír. Todo lo que habían dicho sobre él era cierto—. Y seguramente tienes razón sobre por qué insisto en verlo. Me imaginaba que se iría volviendo más entrañable a medida que envejeciera, pero no es así. Sigue siendo el mismo gilipollas egoísta que siempre ha sido.

—Por fin dices algo que tiene sentido. Creo que cuando vuelvas a tener una relación seria, te dará igual volver a ver a papá o no. Sí, eso podría ser un alivio.

—Tal vez tengas razón, si eso algún día llega a ocurrir. Pero no me veo volviendo a tener una relación seria. No quiero llevarme una decepción. —Faith no había tenido suerte con los hombres—. Hay que reconocer que mamá es muy valiente por atreverse a intentarlo de nuevo.

—Creo que lo que le has dicho a papá es cierto. Mamá ha acertado esta vez. Jean-Pierre parece ser un tipo muy majo. Me sorprendió, y Angus lo adora.

—Mamá se merece ser feliz —le dijo Faith a su melliza.

Se abrazaron cuando el aparcacoches les entregó el vehículo de Hope, quien dejó a Faith en su casa y volvió a Connecticut para estar con su familia. Faith también tenía que reconocer que Hope había acertado a la primera. Estaba casada con un gran tipo y era feliz con sus traviesos hijos.

Hope le mandó un mensaje de texto dos horas después, cuando llegó a casa. Siempre lo hacía para que Faith no se preocupara. Seguían sintiéndose tan unidas como siempre. Faith le envió un mensaje de texto dándole las gracias por haber ido a la cena, aunque fuera por obligación.

Cuando Faith llamó a su madre al día siguiente, se lo contó todo, aunque omitió ese comentario desagradable de que el matrimonio no era lo suyo.

—¿Le dijiste que me voy a casar? —preguntó con curiosidad.

—Sí, lo hice. Se limitó a decirnos que te transmitiéramos sus mejores deseos de su parte, lo cual es lo mínimo que podía hacer. No ha mejorado con la edad —contestó Faith con franqueza.

—Pobrecillo. Ha perdido el norte en la vida y no sabe apreciar lo que realmente importa. Creo que ni siquiera le gusta la mujer con la que está casado. Solo está con ella porque le impresiona que sea una baronesa.

—Pero eso no compensa lo aburrida que es.

Las dos se echaron a reír. Después le dijo a Faith que ya tenía su traje de boda.

—Vas a estar guapísima, mamá —le aseguró Faith.

—Gracias por organizar la boda. Sé que sueles estar muy ocupada en esta época del año.

—A lo mejor no estoy tan ocupada en breve —la corrigió. Acto seguido, le contó que Doug y Phoebe habían cancelado la boda y que la de los Albert seguramente se iba a ir al garete.

—Lamento oír eso —dijo su madre—. Y espero que esa

joven enfermera no se case con el médico. Ese tipo da mucho miedo.

—Sí, la verdad. Espero que la boda se cancele definitivamente. El lunes, cuando vaya a la oficina, tendré que ir anulándolo todo. Doug aún no me ha dicho nada de manera oficial, pero doy por sentado que lo hará. Como ha sido él quien me ha contratado, tengo que esperar a que me lo confirme.

Las bodas más modestas seguían adelante sin ningún problema. Annabelle la llamó esa tarde.

—¿Alguna novedad? —le preguntó Faith, pero pensó que era demasiado pronto como para saber algo al respecto. Aunque los Albert se hubieran separado, todavía podrían celebrar la boda de su hija.

—Mamá dice que llamará al abogado el lunes y que le va a pedir que interponga la demanda de divorcio. No sé si lo acabará haciendo, pero es lo que ha dicho. Papá me envió un mensaje de texto para decirme que me quiere.

Aunque la vida del señor Albert era un desastre, Faith estaba segura de que todavía amaba a sus hijas; al contrario que su propio padre, que no tenía sangre sino hielo en las venas. Siempre la deprimía un poco verlo, ya que se acordaba de todas las veces que las había decepcionado cuando eran niñas, tanto antes como después del divorcio. Con todo lo que había visto, no era de extrañar que no quisiera casarse. Ser una organizadora de bodas era su forma de compensar eso al plasmar las fantasías de otras personas. Pero le faltaba valor para intentar hacer realidad ese sueño en su vida y dudaba de que alguna vez volviera a tenerlo. Le parecía que el matrimonio era una aventura de alto riesgo, tal y como demostraban los Albert, Doug Kirk y sus propios padres. Costaba creer que alguien fuera capaz de lograr que eso funcionase. Jean-Pierre había estado casado cuarenta y cuatro años con su esposa, y su madre le había dicho que él la había amado. Hope y Angus eran felices, y esperaba que siguieran siéndolo siempre. Pero en su opinión, las probabilidades de que todo saliera bien eran escasas. Podía lograr que las bodas fueran perfectas, pero no los matrimonios.

Nadie había notificado oficialmente a Faith que la boda de los Albert se hubiera cancelado, pero era domingo, y Annabelle aún no les había dicho que estaba embarazada. Eso iba a provocar que estallara otra bronca en cuanto se enteraran, lo cual podría darle la puntilla a esa boda de un millón de dólares que Annabelle no había querido celebrar en un primer momento, pero que ahora sí quería celebrar. La joven le había comentado que incluso Jeremy esperaba que no la cancelasen. Ahora todo parecía depender del padre de la novia y de lo que fuera a hacer con su amante. Faith, a quien todavía le costaba asimilar eso, esperaba que no fuera una relación muy seria y que él no se acabara casando con ella. Lo último que quería era tener que lidiar con una madrastra de veintisiete años, que seguramente era una cazafortunas. Faith siempre había pensado que sus padres se amaban. Ella y su hermana habían hablado sobre el tema todo el fin de semana, y su melliza le había dicho que siempre había sospechado que su padre le ponía cuernos a su madre y, al parecer, había estado en lo cierto.

El lunes, Faith llamó a Phoebe para ver cómo se encontraba. Todavía estaba en el piso de su amiga y no había vuelto al suyo, ya que no quería contarles a sus compañeras de piso lo que había ocurrido porque le daba vergüenza. Doug le había mandado un mensaje de texto donde le indicaba que no fuera a trabajar y que le enviaría el salario que le debía. La boda seguía cancelada.

—Al menos no tendrás que ponerte ese vestido de novia que tanto odiabas —le recordó Faith.

—Me lo habría puesto para Doug —dijo, sintiéndose todavía muy afectada por lo que había sucedido—. De todos modos, el que me gustaba no me sentaba bien. Doug dijo que me quedaba fatal.

—Estabas muy guapa con él, Phoebe —afirmó Faith con serenidad—. Creo que eso fue lo que no le gustó.

Phoebe era incapaz de creer que lo que acababa de escuchar fuera verdad. Era una situación tan complicada y triste. Lo único que quería era volver con Doug. Y Faith deseaba con toda su alma que, por su bien, él no quisiera volver con ella.

6

De las tres grandes bodas en las que Faith llevaba trabajando desde enero, la única que iba como la seda era la de Alex y Morgan. Desde el principio, todo había sido algo mágico. Habían conseguido la empresa de catering y la floristería que querían, y la casa que les habían prestado era ideal para albergar tanto la ceremonia como el banquete.

Iban a decorar el salón de baile con árboles topiarios engalanados con orquídeas y lirios del valle, e iban a colocar una guirnalda sobre la puerta del lugar donde se llevaría a cabo la ceremonia. También iba a haber un dosel de flores blancas cubriendo el jardín donde se cenaría después. El grupo de música que querían tenía hueco para ese día en su agenda, y las invitaciones, que eran muy bonitas, iban a ser enviadas el 1 de julio. Alex tenía un amigo que se iba a encargar de las fotos. Habían elegido la tarta de bodas que deseaban, y les habían tomado las medidas para sus trajes de lino blanco durante un fin de semana que habían estado en Londres. Los trajes iban a ser de un blanco marfil, y ambos iban a estar tremendamente guapos con ellos. En la ceremonia, se iban a intercambiar unas alianzas de oro muy sencillas. Tenían todo pensado al detalle. Aunque todavía quedaban casi cuatro meses para la boda, todo estaba en orden.

Las dos bodas de las parejas de edad avanzada que iban a

celebrarse en junio avanzaban sin ningún problema. El banquete y la boda familiar que iba a celebrar su madre en Connecticut también iban bien. Violet ya lo tenía todo preparado en ese pequeño restaurante francés de Gramercy Park, y Faith había encargado las flores, que se las iba a dar como regalo. Los padres de Violet iban a pagar el banquete.

Sin embargo, en la boda de los Albert y la de los Kirk reinaba un caos total. Phoebe había informado a Faith de que la boda y el compromiso se habían cancelado, pero Douglas, quien realmente era su cliente, aún no la había avisado por escrito. No estaba segura de si debía anular los contratos con los diferentes proveedores o si debía dejar las cosas como estaban. Se preguntaba qué estaba tramando Doug; si solo estaba manipulando y atormentando a Phoebe o si de verdad iba a cancelarlo todo. La boda estaba programada para dentro de dos meses, y si esperaba mucho más para cancelar, perdería la señal y se le cobrarían una serie de penalizaciones. Como pensaba que de tonto no tenía un pelo, llegó a la conclusión de que, simplemente, estaba torturando a Phoebe, quien no había vuelto a saber nada de él desde el mensaje de texto que le había enviado para decirle que no fuera a trabajar. Él le había enviado un cheque por el importe del salario que le debía, pero como ya no trabajaba, no cobraba y no tenía ingresos. Afortunadamente, tenía algunos ahorros de los que podía vivir hasta que encontrase otro trabajo, si al final eso fuera necesario. Pero no podía estar sin trabajar mucho tiempo, sobre todo porque le mandaba dinero a su madre. No tenía nada claro si debía comenzar a buscar otro empleo o no. Doug era perfectamente consciente de todo esto, ya que conocía su situación. Faith temía que de esta manera la estuviera castigando por, supuestamente, haber flirteado con un camarero, lo cual no era cierto.

Pero la que peor pinta tenía era la boda de los Albert. Miriam había llamado a Faith para contarle toda su triste historia sin parar de llorar. Estaba histérica y también furiosa con su marido. Para castigar a Jack, había amenazado con cancelar la boda, con lo cual también estaba castigando a Annabelle, tal y como Faith le señaló. Miriam le había exigido que cortara con su amante inmediatamente y se portara como un esposo de verdad, ya que si no pediría el divorcio, que le iba a salir muy caro. Los Albert no se habían vuelto a ver desde la noche en que ella lo había echado de casa y se comunicaban únicamente a través de sus abogados. Miriam se negaba a hablar con él, aunque Jack lo había intentado y le había enviado una disculpa y dicho que la amaba. Pero seguía con su amante.

En medio de todo esto, Annabelle echó más leña al fuego y le confesó a su madre que estaba embarazada. Lo hizo porque creía que no podía seguir así más tiempo, ya que se le iba notando cada vez más y mucho antes de lo que había esperado. Esa fue la puntilla para su madre, que se quedó tremendamente desconcertada. No se podía imaginar a su hija casándose visiblemente embarazada en una boda casi digna de la realeza. Sin duda, para julio se le iba a notar mucho, puesto que estaría de cinco meses. Miriam decidió dejar de castigar con su silencio a Jack y lo llamó. Quería saber si debían cancelar la boda. Todo estaba fuera de control ya, sobre todo su hija, que iba a dar a luz en noviembre. Y aunque cancelaran la boda, Miriam quería que su hija contrajera matrimonio, porque no deseaba que su nieto llegara al mundo sin que sus padres estuvieran casados.

Jack estaba tan sorprendido como su esposa y no sabía qué decir. Habían pasado por lo mismo con su hija mayor, que se había divorciado de su marido y tenía un bebé con otro hombre sin estar casada. No querían que Annabelle siguiera sus pasos.

Tras hablar con Jack, Miriam le preguntó a Annabelle qué había decidido hacer. No querían que se presentase visiblemente embarazada ante quinientos invitados. Pensaron que todo sería muy bochornoso, pero Annabelle la sorprendió. Afirmó que deseaba seguir adelante con la boda, aunque fuera más grande de lo que le hubiese gustado. Pero que solo quería hacerlo si sus dos padres acudían al enlace. Como Miriam no iba a permitir que Jack entrara en casa ni se acercara a ella salvo que rompiera con su amante, todo dependía de él ahora. Por si acaso sus padres lograban sellar alguna clase de tregua, Faith llevó a Annabelle a una joven diseñadora que conocía, a quien le explicó el problema. La joven realizó varios bocetos y diseñó un vestido de boda que le dejaba los hombros al aire, mientras que el resto del vestido caía en forma de una gran A, cubriéndola por entero, y cuya cola también descendía de los hombros. Lo confeccionó con un pesado tejido de faya con suficiente cuerpo y estructura como para que no le quedara ceñido. Era un vestido muy majestuoso y visualmente impactante. De este modo, si la boda siguiera adelante, tendría un vestido que se ajustaría a su figura y luciría tan bien como cualquier otra novia. Era muy elegante y regio, y a Annabelle le gustó más que el primero.

Durante esta crisis, Jeremy apoyó en todo momento tanto a Annabelle como a su madre. Ahora que Annabelle iba a tener un bebé, se mostraba mucho menos reacio a celebrar la boda. Estaba actuando como un marido responsable.

La única que no tenía un vestido, cuando solo quedaban unos días para su boda, era Violet. Sus visitas a tiendas y diseñadores económicos no habían dado resultado. O los vestidos le parecían de poca calidad o no le quedaban bien. Incluso había ido a curiosear a tiendas vintage y no había encontrado nada.

—¿Qué vas a hacer? —le preguntó Faith, quien lamentaba que no hubiera encontrado un vestido.

—Creo que voy a alquilar uno —contestó Violet, tratando de tomárselo con filosofía—. Este fin de semana, he estado en un par de tiendas que se dedican a eso. No son nada cutres, la verdad. No es lo que habría escogido para comprarme, pero alquilar un vestido de novia no cuesta casi nada y solo lo llevaré puesto unas horas. No me hace falta comprar uno.

En verdad, sí que pensaba que muchos de ellos parecían estar desgastados. Algunos incluso tenían manchas. Ninguno era nuevo y tampoco parecían estar muy bien cuidados. El problema estribaba en que, para mantener los precios bajos, los llevaban a una tintorería barata, pero a estas alturas a Violet no le quedaba más remedio que alquilar un vestido, o ir corriendo a comprar uno que no podía permitirse y tardaría dos años en pagar, lo cual también era una estupidez.

A Faith se le ocurrió una idea cuando estaba hablando con ella del tema. Esa noche subió al trastero que tenía en el ático y estuvo rebuscando ahí un rato hasta que al fin encontró la caja que buscaba. Su madre lo había guardado, y Faith no lo había visto desde hacía dieciséis años, desde que su maldita boda se canceló, cuando el novio se enamoró de un bailarín de ballet. Aún podía recordar lo destrozada que se había sentido. Casi podía sentir lo mismo de nuevo. Abrió la caja y, al ver su vestido de novia, se le vino encima una avalancha de sensaciones, pero era por una buena causa. Violet y ella tenían la misma altura aproximadamente y usaban la misma talla. Para su diseño, se había inspirado en un vestido de novia de los años veinte del siglo pasado del que Faith se había enamorado. Era elegante y fino y le dejaba los tobillos al descubierto, lo cual parecía ser la longitud ideal para una boda que se celebraba de día. Estaba hecho con un encaje francés exquisito que había sido bordado y al que se le habían añadido unas perlitas. Con cuidado, se lo llevó a la planta de abajo y por la mañana le pidió a Violet que subiera a su dormitorio y se lo mostró.

—Oh, Dios mío, Faith, qué bonito es. ¿Qué vas a hacer con él? ¿Ibas a ponértelo?

Era una obra de arte. No solo era un vestido nupcial, sino también, simplemente, un vestido muy hermoso que una podía llevar en cualquier ocasión muy especial. Faith había olvidado lo bonito que era hasta que lo había vuelto a ver. Además, contaba con un velo sencillo con ribetes de encaje que tenía la misma longitud que el vestido.

—No, no voy a ponérmelo. Pero espero que tú sí. Nunca se ha usado. Pruébatelo, a ver si te queda bien —contestó una sonriente Faith.

—No puedo ponérmelo —dijo Violet, mientras lo contemplaba asombrada. Era tan hermoso que temía tocarlo.

—No seas boba. Tiene dieciséis años, no cien. Simplemente tiene un aspecto vintage.

Violet dudó en un primer momento, pero al final se dejó llevar por la tentación. Se quitó la falda vaquera y la blusa blanca, se descalzó y se puso ese exquisito vestido. Le quedaba perfecto, era como si lo hubieran confeccionado para ella. Parecía una muñeca de porcelana.

—Vi, tienes que llevarlo en la boda —le dijo Faith—. Te queda magnífico. A mí nunca me quedó tan bien. Ha estado aquí esperándote. Quiero que te lo pongas para casarte.

—¿Estás segura? —le preguntó Violet con la voz entrecortada y los ojos desorbitados en ese rostro tan bello y joven.

—Necesitas unos zapatos que vayan a juego. Una seda de color marfil sería lo mejor, o satén, si no puedes encontrar seda.

Faith quería verla casarse con ese vestido que nadie había usado hasta ahora. Ya se había aferrado a él el tiempo suficiente, así como a los tristes recuerdos que traía consigo. Era hora de dejarlos atrás y de darle a ese vestido una vida que nunca había tenido. Lo guardaron con cuidado en la caja, y Violet lo bajó a su despacho. Llevaba la caja como si dentro hubiera vidrio hilado. Ya podía casarse. Ya tenía el vestido. Solo por verle la cara había merecido la pena.

—¿Ya sabes cuáles van a ser tus votos? —le preguntó Faith. A ella le gustaban los tradicionales, aunque también había algunos clásicos que habían caído en desgracia y que Faith siempre había adorado.

—Pues no —admitió Violet—. No tengo imaginación.

—Deberías revisar la carpeta; ahí dentro hay algunos excelentes. Siempre me ha encantado esa frase que dice: «Con mi cuerpo, te adoro». Me parece algo tan respetuoso y tierno —le sugirió una sonriente Faith.

—Me encanta —dijo Violet, sonriendo tímidamente—. A lo mejor le comento al sacerdote que incluya eso. Y vamos a decir: «Prometo amarte, honrarte y cuidarte» y a omitir lo de «obedecerte».

—Estoy de acuerdo con eso. He oído ese voto en algunas bodas reales. Echa también una ojeada a los demás. Puedes llevarte la carpeta a casa esta noche y estudiarla. Bueno, ya te he puesto deberes.

Faith había pedido que confeccionaran con lirios del valle el ramo de novia de Violet. Después de todo, iba a ser una boda modesta pero hermosa.

La de Violet era la primera boda que organizaba Faith en la temporada estival. Después venía la de su madre y las otras programadas para junio; entre ellas, la de los Kirk, que siguió siendo un misterio durante dos días más, hasta que Doug se dignó a llamarla. Él se disculpó por no haber contactado antes, y ella dio por sentado que la llamaba para avisarla de que se cancelaba la boda. Apenas le quedaban unos días para poder reclamar la devolución de la señal.

—He decidido que voy a perdonar a Phoebe —dijo con cierta grandilocuencia, lo cual enfadó a Faith terriblemente.

—¿Por qué?

¿Por algo que nunca había hecho?, ¿por unos pecados que nunca había cometido? ¿Y qué pasaba con él? ¿Acaso no se merecía un castigo por lo mal que la había tratado? Pero Faith sabía que Phoebe ya lo había perdonado y quería volver con él.

—¿No llamabas para cancelar la boda? —preguntó una esperanzada Faith.

—No —contestó Doug.

La organizadora de bodas consideró que era la peor noticia que había recibido hasta ahora. Quería que Phoebe se librara de él, para que no pudiera seguir manipulándola. Se acababa de dar cuenta de que lo de amenazar a Phoebe con «cancelar» la boda había sido un ardid, un engaño. Doug no había avisado a su club ni a los proveedores más importantes de que la boda se anulaba. Faith sospechaba que nunca había tenido ninguna intención de dejarla, que solo había hecho esto para asustarla y romperle el corazón.

—¿Ya se lo has dicho a Phoebe?

—No, no lo he hecho —respondió orgulloso.

—¿Y cuándo piensas decírselo?

—Aún no lo sé.

Seguía controlándola y manipulándola.

—¿Te parece que necesita que la sigas castigando un poco más?

¿Por qué quería que Phoebe siguiera creyendo que todo había terminado, cuando iba a volver con ella? A Faith eso le parecía tan cruel… Pero así era Doug. Él era un torturador y Phoebe, su presa.

Cuando esa noche pensó en ello, sintió mucho asco. No podía aceptar que esa mujer se dirigiera de cabeza a un destino que no la iba a hacer feliz. Era imposible que Phoebe pudiera ser feliz con un hombre como Doug, ni ella ni nadie.

Al día siguiente, una exultante Phoebe llamó a Faith. Él la había llamado al fin, había esperado otro día más para hacerlo, y le había dicho que ahora volvía a estar «dispuesto» a casarse con ella, como si le estuviera haciendo un gran favor. Doug llamó a Faith otra vez para confirmarlo todo, y aunque le hubiera gustado colgarle, no se atrevió.

—Pondré todo en marcha de nuevo —le dijo a Doug con un tono muy serio.

Estaba atormentando a una mujer que era incapaz de defenderse. Era peor que un matón escolar. Phoebe no se merecía que la tratara así, ni él ni nadie. Faith se sintió muy angustiada al enterarse de que seguían adelante. No le preocupaba la boda. La boda solo iba a durar un día. Pero el daño que Doug le iba a hacer a su futura esposa podría ser para toda la vida. Faith había logrado escapar de ese destino y había esperado que Phoebe también lo consiguiera.

7

A pesar de que Annabelle solía contactar con ella para informarla entre lágrimas y de que Miriam la había llamado alguna vez totalmente histérica, la boda de los Albert no había sido cancelada oficialmente. La amenaza de la cancelación flotaba en el ambiente, y parecía poco probable que acabara celebrándose, ya que el padre de la novia seguía teniendo una amante, su esposa lo había amenazado con divorciarse y la novia estaba embarazada. Pero Faith decidió que lo mejor que podía hacer, por si acaso ocurría algún milagro, era continuar como si todo fuera rodado. Si no actuaba así, toda la boda se vendría abajo como un suflé y no habría manera de salvarla. Así que siguió reuniéndose con la floristería y los diseñadores, se mantuvo en contacto con el grupo de música, no revocó lo del pastel de bodas, siguió manteniendo el encargo de las carpas y no anuló la reserva de los sanitarios portátiles ni de todo lo demás que había contratado para la boda: la vajilla, la cubertería, las sillas y los fuegos artificiales, por supuesto. Si al final se acababa produciendo la cancelación, anularlo todo sería una pesadilla y se perdería una cantidad considerable de dinero en señales no reembolsables. Faith se enfrentaría a ello si tuviera que hacerlo, pero parecía que la mejor opción era no dejar nada en el aire, si no, todos esos elementos irían a parar a otros eventos; si no actuara de esta manera, en caso de que la boda se pusiera en marcha de nuevo, no tendrían todo lo que necesitaban, todo lo que ella había encargado con tanta antelación. Ahora reinaba el caos.

Miriam le había hecho varias confidencias a Faith cuando la llamaba, se lo había contado todo sobre la amante de veintisiete años que tenía Jack. Era una actriz de poca monta que trabajaba como modelo en ferias comerciales, y Miriam afirmaba que su detective privado había descubierto que Jack la había conocido tres años antes cuando era stripper en Las Vegas. Esa chica tenía dos años menos que su hija menor. Como Jack le había pagado el alquiler del piso, era obvio que eso era algo más que una aventura o un breve desliz. Aunque llevaba varios años viéndose con ella en secreto, su mujer no había sospechado nada hasta hacía muy poco. Últimamente, Jack había «viajado» más de lo habitual, había acudido a eventos nocturnos sin su esposa y había estado «trabajando hasta tarde» varias noches a la semana, cosa que nunca había hecho antes. Miriam le había dicho que si no cortaba con esa chica inmediatamente, pediría el divorcio y le tendría que pagar una cantidad de dinero colosal. Como cuando se casaron, hace treinta y seis años, no tenían dinero, no hubo un acuerdo prenupcial, y Miriam estaba empeñada en quitarle hasta el último centavo que pudiera arrebatarle para castigarlo por haberla engañado. Faith la creyó cuando se lo contó. Cuando uno se enfrentaba a una mujer despechada, tenía todas las de perder, y Miriam no se andaba con chiquitas cuando se trataba de dinero; además, sabía perfectamente cuánta pasta le podía sacar a Jack.

Estaba casi igual de enfadada por el embarazo de Annabelle. Eso iba a ser una desgracia para la familia, y bastantes habían tenido ya por culpa de su hermana, que se había casado en secreto, se había divorciado y había tenido un bebé sin estar casada. Annabelle era la niña de sus ojos y ahora estaba siguiendo los pasos de su hermana. Se echaba a llorar cada vez que mencionaba que su hija se iba a casar embarazada de cinco meses y que todo el mundo se iba a dar cuenta. En sus conversaciones con Faith, abundaban las lágrimas, los sollozos, las amenazas contra su esposo y los lamentos sobre sus hijas. A Faith le daba mucha pena, aunque hasta entonces no habían tenido una relación muy estrecha. A Miriam se la veía angustiada y se estaba desmoronando.

La única nota levemente positiva era que su futuro yerno, que no le había caído especialmente bien hasta entonces, se estaba comportando de una forma maravillosa con todas ellas; apoyaba a Annabelle y era muy atento y servicial con Miriam, ya que hacía todo cuanto estuviera en su mano para facilitarle las cosas: hacía recados y alguna chapuza en la casa y también contestaba al teléfono y filtraba las llamadas. Le comentó que, ahora que iba a ser padre, había dicho que conseguiría un trabajo de verdad y dejaría su trabajo a tiempo parcial en la tienda de monopatines, algo que Jack llevaba meses tratando que hiciera. De repente, se estaba volviendo más responsable. Aunque eso era un pequeño consuelo para Miriam, no compensaba todo lo que le estaba pasando.

Annabelle le dijo a Faith que no sabía qué iba a ocurrir. Incluso si sus padres no cancelaban la boda, no quería un bodorrio con unos padres que no se hablaban. Y Miriam dijo que para ella sería demasiado humillante celebrar una boda en la que vería a todos sus conocidos cuando sabía perfectamente que su marido tenía una amante a la que había puesto un piso en la ciudad. ¿Y si más gente también lo sabía o lo había visto con ella? Tenía la sensación de que la había humillado públicamente de un modo increíble. A Annabelle lo que más le preocupaba no era que se notara que estaba embarazada en su boda, sino que sus padres estuvieran a la gresca durante toda la velada.

Al menos habían encargado un vestido que le iba a quedar bien, así que si la boda seguía adelante, tendría algo que ponerse. El vestido debía estar terminado en junio, a tiempo para celebrar la boda el 4 de julio.

Mientras esperaban a ver qué acababa pasando con el evento, Faith le dio a Annabelle la carpeta de los votos nupciales para que le echara una ojeada y le señaló sus favoritos. La joven pasó por la oficina varias veces solo para saludar cuando estaba en la ciudad para quedar con sus amigos o ir de compras. Todavía llevaba ropa holgada y solo les había contado a los más íntimos que estaba embarazada. A ella le daba igual no estar todavía casada. Pensaba que si se terminaba cancelando la boda, podrían casarse en esa fecha de todos modos. Le gustaba como futura fecha de aniversario. Ahora que iban a tener un bebé, Jeremy estaba convencido de que debían casarse. Antes de eso, lo de casarse no había tenido mucho sentido para él, excepto como una excusa para celebrar una gran fiesta, lo cual le daba igual. Pero tener un bebé sí que era importante para él; por eso, estaba muy pendiente de Annabelle y entusiasmado por formar una familia.

La boda de Morgan y Alex también iba viento en popa. Como eran tan organizados y resultaba tan fácil tomar decisiones con ellos, habían pasado a ser enseguida los clientes favoritos de Faith. Le encantaba trabajar con ellos. También les había hablado de su carpeta de votos y les había citado varios de sus favoritos; algunos les gustaron más que otros. Eran muy tradicionales y no querían que en la ceremonia hubiera nada de lo que Alex definió como «galimatías modernos». Faith también prefería las ceremonias de boda clásicas.

Estaba trabajando sentada a su escritorio, repasando algunos detalles de la boda de los Kirk, cuando Violet le dijo que Morgan había venido a recoger la carpeta de los votos nupciales, pero que no quería molestarla si estaba ocupada. Cuando salió a darle un abrazo, Faith llevaba la melena suelta e iba vestida con una sudadera y unos vaqueros, ya que no esperaba ver a nadie. Se sorprendió al verlo acompañado de un hombre alto y muy apuesto que se parecía ligeramente a él, pero que era un poco mayor. Tenía los rasgos muy marcados y unos ojos de un color azul intenso. En cuanto la vio, le sonrió. Morgan la abrazó y se lo presentó.

—Este es mi hermano, Edward, será mi padrino en la boda; además, es la mejor persona que conozco. Su bufete de abogados ha decidido que deje Chicago para dirigir la sucursal de Nueva York. Hoy estamos mirando pisos. Como acabamos de ver uno en este barrio, se me ha ocurrido pasar por aquí para recoger la carpeta de los votos de la que me habías hablado.

Ya la tenía en la mano. Violet se la acababa de dar.

—Eso suena fabuloso. Me refiero a lo de la mudanza, no a los votos, aunque tampoco están mal.

Faith y Edward se sonrieron. Le sorprendía lo guapo que era. Era como Morgan, pero más grande, más alto y más atlético, y eso que su hermano menor también era apuesto.

—Sí, lo es. Es un gran cambio para mí. He vivido en Chicago toda la vida. Pero de vez en cuando viene bien romper con todo. Tengo un hijo, que va a la Facultad de Derecho de Columbia, que piensa que será genial que me mude, porque así tendrá un lugar donde quedarse y al que llevar a sus amigos. Será estupendo volver a estar en la misma ciudad que él. Siempre está estudiando, así que ya no va a Chicago muy a menudo.

Faith se preguntó cuántos años le sacaba Edward a su hermano. Al parecer, todos en su familia eran muy atractivos.

—Tengo entendido que estás haciendo un gran trabajo con la boda. Estoy deseando que llegue el día —dijo muy amable un sonriente Edward.

—Como todos. Son mis clientes favoritos.

Faith sonrió ampliamente a Morgan, quien parecía estar

muy contento de ver a su hermano. Morgan tampoco iba mucho a Chicago ahora, ya que nunca tenía tiempo por culpa de todas las temporadas, las colecciones y los desfiles de moda que hacía.

Charlaron unos minutos y, como tenían que ver otro piso, se marcharon. En cuanto se fueron, Violet arqueó una ceja.

—Vaya, está buenísimo.

Faith asintió.

—Morgan también es muy guapo. Su boda va a ser simplemente preciosa.

—A mí me gusta el padrino —dijo Violet con un tono burlón.

Faith sonrió de oreja a oreja.

—¿Está soltero? —preguntó su ayudante.

—No tengo ni idea. Igual deberíamos haberle dado un cuestionario para que lo rellenara.

—Es bastante mono, Faith. Haríais una buena pareja, ¿no crees?

—Yo no busco pareja —la corrigió—. Ya tenemos bastantes problemas con la boda de los Albert, que está a punto de irse al garete, y encima ahora la boda de los Kirk vuelve a ponerse en marcha. Ojalá no fuera así. Phoebe Smith se va a meter en un buen lío. Esperaba que se echara atrás y no se casara con él.

Violet asintió; lo que acababa de oír iba a hacer que dejara de pensar en los apuestos hermanos por un minuto.

—¿Crees que lo hará? —le preguntó Violet.

—Lamentablemente no. Creo que la tiene totalmente dominada, que se ha acostumbrado a sus maltratos como un adicto a la droga. Está enganchada a él. Debería haber huido como alma que lleva el diablo cuando la dejó, pero no lo hizo. Y ahora ha vuelto al punto de partida. Incluso odia su vestido de novia, pero se lo pondrá porque él lo escogió. Creo que le espera un futuro muy negro.

Phoebe era la única que no lo veía; además, se negaba a

abrir los ojos. Se resistía a despertarse de esa pesadilla, a pesar de que él había roto su compromiso durante un tiempo. Faith también le había dado a Phoebe una copia de su selección de votos y estaba segura de que Doug insistiría en elegir el más impopular, el que ya nadie quería utilizar, ese que decía: «Prometo amarte, honrarte y obedecerte». Lo tenía muy claro.

Era el último día que Violet iba a estar en la oficina antes de celebrar su propia boda. Se iba a tomar el resto de la semana libre para poder encargarse de los últimos detalles, celebrar una noche su despedida de soltera con sus amigas, ir a la peluquería y rematar todos los detallitos antes del día del enlace. Aunque se trataba de una boda modesta, seguía siendo un día muy especial para ella.

No le hacía gracia dejar a su jefa sola ante el peligro, pero Faith había insistido en que se tomara unos días libres.

Esa tarde, cuando ya se marchaba tras concluir la jornada laboral, Faith le dio un fuerte abrazo. Iba a acudir a la boda y tenía previsto aparecer por el restaurante por la mañana, para cerciorarse de que los floristas estuvieran haciendo lo que les había ordenado y de que no hubiera surgido ningún problema. Después acudiría a la iglesia a ver cómo Violet se casaba con Jordan. Aunque Faith había visto más bodas que la mayoría de la gente, seguían ilusionándola; además, esta era muy especial para ella. Violet estaba muy emocionada con su vestido. Su abuela le había hecho algunos pequeños retoques; le había acortado el dobladillo un pelín y ajustado algunos botones. Todo estaba listo para el gran día. A Violet le encantaba el velo que acompañaba al vestido de Faith. Era una fina prenda confeccionada con el mejor tul francés, cuya parte inferior llegaba hasta el dobladillo del traje; además, contaba con unos delicados bordados y perlas que iban a juego con los del resto del vestido. El conjunto le quedaba perfecto.

Durante la luna de miel, se iban a alojar unos días en un hotel muy romántico situado en los Berkshires de Massachusetts; según Violet, era lo único que se podían permitir, pero estaban entusiasmados.

—¿Estás nerviosa? —le preguntó Faith antes de que se marchara.

Se la veía tan radiante y feliz... Lucía como una auténtica novia.

—No estoy nerviosa, sino emocionada. Sigo diciéndome que todo va a seguir igual. Ya estamos conviviendo y nos conocemos muy bien. Pero sí creo que las cosas van a cambiar. Es todo un compromiso, pero estamos preparados. Aunque no queremos tener niños por ahora. Ese es un paso que aún no estamos dispuestos a dar. Estamos de acuerdo en eso. Nos da mucho miedo y somos demasiado jóvenes como para asumir esa responsabilidad. Nos hundiría económicamente.

Ambos tenían veintinueve años, la misma edad que Annabelle Albert, pero no se parecían en nada a ella; eran mucho más responsables y maduros.

—No tengáis prisa. Disfrutad de vuestro matrimonio unos años primero. Los niños son una gran responsabilidad. Mi hermana lo lleva bien y, aunque tiene una niñera y su esposo echa una mano, a veces se siente superada. La vida cambia cuando tienes hijos. No lo sé por experiencia propia, sino por la de mis amigos; por lo que veo o, más bien, solía ver. Mis amigos de toda la vida que se casaron jóvenes ahora tienen hijos que van a la universidad. Mi hermana los tuvo mucho más tarde, a los treinta y siete. Pensé que estaba loca por tener tantos tan seguidos, pero me da que lo está disfrutando. Aunque me alegro de que la madre sea ella y no yo. Tú, simplemente, disfruta de tu boda, de ser la novia. Eso es en lo único que tienes que pensar ahora mismo. Es un momento muy especial.

Se volvieron a abrazar, y Violet se marchó unos minutos más tarde. Faith sonrió al pensar que la próxima vez que la viera sería el día de su boda. Era una muchacha tan dulce... La echaría de menos durante las dos semanas que iba a estar de vacaciones tras casarse. Solo esperaba que no surgiera ningún problema tremendo mientras estuviera ausente.

Faith dedicó los días siguientes a cerrar algunos detalles de las próximas bodas. Tenían las dos bodas modestas, cuyos banquetes eran al mediodía, y la de Doug y Phoebe, que era la siguiente boda grande y estaba programada para junio. Y antes de eso tenía la de su madre con Jean-Pierre. Faith también tenía muchas ganas de acudir a ese enlace. En cuanto lo había conocido, todas sus dudas se habían disipado. Daba la impresión de que hacían una buena pareja.

A su madre se la veía muy feliz. Jean-Pierre y ella se llevaban maravillosamente bien y hacían todo juntos. Él tenía previsto mudarse después de casarse, puesto que ya no vivía en su piso. El de ella era más grande y más acogedor y era un hogar de verdad; además, les gustaba vivir en la parte alta de la ciudad. Cuando Jean-Pierre había alquilado su piso, lo había hecho con la intención de estar ahí solo un tiempo, y aunque había acabado viviendo diez años en él, aún tenía la sensación de que era algo temporal. Su casa de verdad seguía estando en París. Iban a ir a Francia de luna de miel para que Marianne pudiera conocer a su suegra, que tenía noventa y ocho años. La anciana, que aún tenía una buena salud para su edad, seguía yendo a la ópera y al ballet y vivía en una residencia. Jean-Pierre viajaba a Francia con regularidad para verla. Tenía una hermana viuda que vivía cerca y la visitaba más a menudo.

La mañana de la boda de Violet, Faith se levantó temprano. Ese día se saltó su clase de ballet y se vistió para la boda antes de marcharse para ir a ver cómo iba todo en el restaurante. Llevaba un vestido de lana azul claro y un abrigo a juego y, mientras se preparaba, se sentía como la madre de la novia.

Pensó en ponerse un sombrero para la ceremonia de la iglesia, pero decidió que era demasiado elegante. Llevaba el pelo recogido en un moño, como casi siempre. Tiempo atrás, solía llevarlo suelto, pero ese estilo no casaba con su imagen de gurú de las bodas que lo sabía todo.

Cuando llegó allí, se sintió aliviada al ver que las floristas ya estaban trabajando. Tenían varias cajas con flores ya cortadas. Faith había encargado rosas blancas y lirios del valle. En cuanto entró, olió el intenso aroma floral. Había unas rosas de tallos largos en la entrada, a la que dos árboles topiarios daban un toque elegante, y una guirnalda de rosas blancas encima de la puerta. En el comedor, habían montado dos mesas largas, en lugar de las redondas habituales. Violet había alquilado las mesas largas y los manteles blancos que habían extendido sobre ellas, y en cuanto colocaron las flores, sí que parecía que ahí se iba a celebrar un banquete de boda, por muy pequeño que fuera aquel local. Faith había enviado dos grandes ramos de rosas blancas a la iglesia. El ramo nupcial de lirios del valle de la novia iba de camino a casa de Violet, así como unas rosas blancas para Jordan, los padres de Violet y sus dos testigos, que se prenderían en el ojal o llevarían en forma de ramilletes. Faith había pensado en todo, como siempre, a pesar de no contar con la ayuda de Violet. Quería que cuanto había hecho fuera una sorpresa para ella.

Los propietarios de ese restaurante tan pequeño y hermoso estaban tremendamente impresionados con lo que Faith había conseguido. Con las flores y el resto de los detalles, había logrado transformar el local. Tenía un aire romántico y olía a gloria gracias a la delicada mezcla de los aromas de los lirios del valle y las rosas.

La tarta nupcial la habían entregado mientras ella estaba ahí. Violet había decidido que no iba a haber una tarta de boda tradicional porque se le salía del presupuesto, pero como Faith había pensado que eso sería muy triste, también se había encargado. Había recurrido a una pastelera francesa que conocía, la cual hacía unas tartas exquisitas. La que llevaron era de tres pisos y tenía un diseño en forma de celosía y flores reales por todas partes. Era una obra de arte. Por dentro, tenía una vainilla francesa muy rica que Faith sabía que era la favorita de Violet.

Cuando salió del restaurante quince minutos antes de que comenzara la ceremonia, ya estaba todo preparado. Los dos músicos estaban montando su equipo; tocaban el teclado y el violín, lo cual sería muy romántico; además, había una zona pequeña donde podrían bailar en cuanto quitaran las mesas que solían colocar ahí. Los cuadros de las paredes eran de paisajes franceses. El local tenía un aire muy auténtico, ya que los propietarios eran franceses y la comida también. Violet había elegido el menú con sus padres.

Faith fue andando hasta la iglesia, satisfecha con el trabajo que había realizado. Parecía que iba a ser un día perfecto para una boda, puesto que lucía el sol y soplaba una ligera brisa. No todas las novias tenían esa suerte.

Cuando llegó allí, Faith se sentó en un banco de tercera fila del lado de la novia, ya que no quería molestar a la familia. El organista estaba tocando la música que habían escogido. Un poco más tarde, el reducido grupo de invitados llegó y se sonrieron mientras se sentaban. Unos minutos después, el novio y su hermano salieron de una puerta lateral y ocuparon su sitio en el altar. A Jordan se le veía nervioso y muy joven con ese lirio del valle en el ojal que Faith le había enviado. La música cobró intensidad, el sacerdote subió al altar y todos esperaron. Entonces, de repente, una radiante Violet recorrió el pasillo del brazo de su padre, mientras miraba al hombre con el que estaba a punto de casarse. En cuanto llegó hasta donde estaba Jordan, se colocó a su lado. Su padre le levantó con delicadeza el corto velo para que el novio pudiera verle la cara; después, se situó en el banco delantero junto a su esposa. Violet llevaba el hermoso vestido que Faith nunca había llegado a utilizar. La música dejó de sonar, se invitó a la congregación a sentarse y la ceremonia comenzó.

Con lágrimas en los ojos, Faith fue testigo de cómo hacían sus votos y se sorprendió cuando escuchó ese que siempre había adorado tanto. No sabía que Violet lo había elegido y oyó como se decían el uno al otro: «Con mi cuerpo, te adoro». Y luego añadían: «Prometo amarte, honrarte y cuidarte». Un instante después, ya eran marido y mujer. Jordan besó a la novia, y la radiante pareja de recién casados, que se embarcaba en la mayor aventura de su vida, recorrió el pasillo agarrada del brazo. Violet sonrió ampliamente a Faith cuando pasó junto a ella. Tras aguardar en la fila, Faith les estrechó la mano a sus padres y los felicitó, y abrazó a Violet y Jordan, y le sonrió a una radiante Violet.

—Eres una novia guapísima —le dijo.

—Gracias por haberme prestado este hermoso vestido —susurró Violet.

Estaba preciosa y el velo le quedaba perfecto. Fuera de la iglesia los invitados deambulaban de aquí para allá, se saludaban y lentamente se dirigían al restaurante, donde se les ofreció champán en cuanto entraron. Los músicos ya estaban tocando el piano y el violín, y el restaurante parecía un jardincito con todas las flores en su sitio. Muchos de los invitados se encaminaron al jardín y se quedaron fuera bebiendo champán hasta el almuerzo.

En cuanto llegó el cortejo nupcial, después de haberse hecho unas fotografías en el exterior de la iglesia, Violet se encontró con Faith.

—Oh, Dios mío, Faith, qué flores tan increíbles. Todo está tan elegante. Esto es como una de tus bodas. Le has dado tu toque mágico.

—He tenido que hacer un gran esfuerzo porque no he podido contar con mi ayudante —respondió Faith.

En cuanto Violet le comentó que las flores, la música y la tarta eran unos regalos que les había hecho Faith, Jordan se acercó también a darle las gracias. Era un joven agradable y se le veía muy orgulloso de estar junto a Violet siendo ya su esposo.

La comida estaba deliciosa y era genuinamente francesa. A las cuatro en punto de la tarde, Faith se fue del restaurante y, tras hacer algunos recados, llegó a casa a las cinco. Había disfrutado de una tarde encantadora y de una hermosa boda que atesoraría en la memoria. Una prima de Violet había cogido el ramo y se había llevado una gran alegría. Como siempre, Faith había dado un paso atrás cuando había visto que le pasaba por encima. Lo último que quería era coger el ramo. Estaba muy contenta por haber compartido un momento tan especial con Violet y se lo había pasado muy bien con los familiares con los que había compartido mesa.

Cuando llegó a casa, se dio cuenta de que se le había olvidado conectar el móvil después de la boda, el cual había apagado esa mañana. Lo encendió y, al instante, le llegaron ocho mensajes de su madre. No era normal que recibiera tantos. La llamó de inmediato, pero le saltó directamente el buzón de voz. A continuación, escuchó los mensajes que le había dejado su madre. Lo único que le quedó claro a Faith era que algo le había pasado a Jean-Pierre y que iban al hospital Lenox Hill.

Faith cogió su bolso y su abrigo y salió por la puerta. Cinco minutos después, ya iba de camino al hospital. Preguntó por Jean-Pierre Pasquier en urgencias, y la enviaron a la UCI de cardiología, donde se encontró a su madre sentada en una sala de espera. Estaba pálida y asustada.

—¿Qué ha pasado, mamá? —preguntó, mientras se sentaba en una silla a su lado. Seguía con la misma ropa que había llevado en la boda de Violet.

—No lo sé —contestó Marianne, con cara de angustia—.

Estábamos dando un paseo por el parque, como hacemos todos los días, y de repente se ha mareado. Nos hemos sentado en un banco unos minutos y he creído que estaba ya mejor, pero luego, de regreso a casa, ha tenido la sensación de que se iba a desmayar, así que hemos cogido un taxi. Me ha dicho que tenía palpitaciones. Había sufrido algún que otro episodio leve anteriormente, pero esto ha sido peor, y no le había pasado nada así desde hacía mucho tiempo. Me ha dicho que esto le solía suceder por culpa del estrés. Ahora mismo le están haciendo pruebas. No ha tenido un ataque al corazón. En cuanto hemos entrado, es lo primero que han mirado. Hemos estado esperando varias horas. Se lo han llevado hace poco, así que su estado no debe de ser muy grave.

—Seguramente no será nada, mamá —le dijo Faith para calmarla, esperando que fuera verdad.

El cardiólogo de guardia fue a verlas una hora después. Les explicó que Jean-Pierre había sufrido una arritmia y lo describió como un «problema eléctrico». Simplemente, su corazón se descompasaba brevemente. Podrían darle algunos medicamentos para solucionar ese problema. Tenían previsto hacerle una cardioversión eléctrica al día siguiente por la mañana, con el fin de que su corazón recuperara su ritmo normal y volviera a latir con un ritmo regular. Consistía en darle una descarga al corazón con unas palas y no parecía ser algo muy peligroso, pero Faith sospechaba que podía ser más grave de lo que dejaban entrever. Después pudieron ir a ver a Jean-Pierre en su habitación, quien se disculpó con ambas por causarles tantos quebraderos de cabeza. Daba la impresión de que se sentía avergonzado y estaba muy pálido.

—No seas bobo —le dijo Marianne—. Estaba preocupadísima por ti. ¿Cómo te sientes ahora?

—Cansado —admitió, y sí, se le veía fatigado—. Deberías irte a casa con tu hija para descansar un poco. Llevamos aquí todo el día. —O gran parte de él—. Mañana me harán una pequeña intervención para que pueda ponerme bien. No será nada.

—Estaré aquí cuando eso pase —afirmó Marianne con rotundidad.

Faith se fue hacia la ventana, para darles algo de intimidad. Cuando había llegado ahí, al ver la cara de su madre, se había percatado de cuánto le importaba Jean-Pierre. Ella lo amaba y la aterraba la idea de perderlo.

El cardiólogo volvió a verlo antes de que ellas se fueran. Cuando le preguntó si había algo que le preocupara mucho últimamente, Jean-Pierre le contestó que se iba a casar en un mes. El doctor le explicó que, cuando nos va a ocurrir algo bueno y muy emocionante, eso puede estresarnos tanto como cuando nos sucede algo malo, lo cual puede afectar al organismo. Pero afirmó que, tras la intervención, debería volver a estar bien. Aunque si acababa sufriendo arritmias de forma recurrente, podrían recurrir a los medicamentos. A largo plazo, tal vez algún día podría llegar a necesitar un marcapasos si el problema se cronificaba. Pero por el momento eso no iba a ser necesario.

Marianne y Faith se marcharon media hora después. Faith se ofreció a ir con ella al hospital a la mañana siguiente, pero su madre insistió en que no era preciso. El médico había dicho que estaría ingresado poco tiempo. Tras la intervención, iba a pasar otro día en el hospital en observación y luego podría volver a casa. No iba a tener que cambiar ni de estilo de vida ni de dieta, ya que con la intervención debería resolverse el problema. Si eso no fuera así, lo abordarían de otro modo. Todo esto le recordó a Faith lo frágil que es la vida y que si su madre se casaba con un hombre que le sacaba diez años, su historia podría no tener un final feliz. Algún día, terminaría mal para alguno de los dos. Pero esperaba que pudieran compartir sus vidas durante mucho tiempo.

—Sé lo que estás pensando —le dijo a Faith, ya que había

pensado lo mismo—. Lo amo y me conformaré con el tiempo que nos dé la vida, ya sea mucho o poco, porque merece la pena estar con él.

—Te entiendo, mamá —afirmó Faith. Daba la sensación de que su madre realmente había encontrado a su alma gemela. Aunque ojalá lo hubiera conocido antes. Pero Marianne, que no se engañaba a sí misma, no iba a permitir que la incertidumbre de la vida la detuviera o le arrebatara la felicidad que había hallado mientras esta durara.

En cuanto llegó a casa, Faith habló con Hope sobre el tema. Su hermana se quedó atónita. Su madre no la había llamado, seguramente porque estaban muy lejos de la ciudad. Si se hubiera tratado de algo grave, seguro que la habría avisado.

—Lo ama de verdad —afirmó Faith con seriedad.

—Me alegro. Y él también la ama —respondió Hope.

—Esperemos que puedan compartir sus vidas durante mucho tiempo —dijo Faith—. Me alegro de que se vayan a casar. Es algo muy importante para los dos.

—Y yo me alegro de que la boda se vaya a celebrar aquí, en la granja, donde estaremos todos juntos —señaló Hope.

Faith estaba de acuerdo.

Por un breve instante, envidió a su madre por el amor tan sencillo e intenso que sentía por Jean-Pierre. Nunca había amado a ningún hombre de un modo tan incondicional y dudaba que alguna vez lo hiciera.

A la mañana siguiente, la intervención fue bien y, aparentemente, resolvió el problema. Después de pasar otras veinticuatro horas más en observación, dejaron que Jean-Pierre se fuera al piso de Marianne. Él afirmaba que se sentía mucho mejor. Pero esto le había recordado que era mortal y que la vida era preciosa, fugaz y frágil. Tras lo sucedido, se sentían más felices que nunca de que sus caminos se hubieran cruzado, daba igual que eso hubiera ocurrido en el otoño de sus vidas.

8

Violet volvió de su luna de miel relajada, feliz y radiante. Tras haber estado alojados unos días en el hotel de los Berkshires, habían pasado el resto del tiempo en casa, relajándose y haciendo cosas juntos. Faith le había dado dos semanas de vacaciones en lugar de una. Jordan también se había tomado dos semanas libres. Violet le comentó que estar casada sí que te cambiaba la vida. Se sentían más tranquilos y seguros. Lo comparó con lo distinto que era ser dueño de una casa o ser inquilino. Si había goteras en el techo, las arreglabas si la casa era tuya, pero si eras inquilino, te quejabas al propietario y, si el problema no se solucionaba, te mudabas.

—Es una buena comparación —dijo Faith, sonriéndole.

Había traído el vestido de novia y se lo devolvió a Faith metido en una caja envuelta en un papel de seda, cuidadosamente plegado, junto al velo. Para ella, había sido un honor ponérselo; además, le había quedado como un guante.

—Quédatelo —dijo Faith con calma—. Ahora es tuyo. Lo llevaste puesto en tu boda. Forma parte de tu vida.

—Pero es tuyo, Faith. Además, es muy caro; no puedo quedármelo —insistió Violet.

—No pienso aceptarlo. Quiero que te lo quedes —repitió Faith.

Violet se dio cuenta de que hablaba en serio.

—Nos ayudaste tanto con la boda. Con las flores, que eran hermosas, la tarta, la música. La boda salió bien gracias a ti.

—No, la boda salió bien gracias a Jordan y a ti, que irradiabais felicidad. Para el resto, el mero hecho de estar allí fue un privilegio. Y la comida estuvo deliciosa. Tengo que llevar ahí a mi madre y a su prometido. Creo que a él le encantaría. Era cocina francesa de la buena, de la auténtica.

—Y no era carísimo. Además, fuiste tú quien dio con ese restaurante —le recordó Violet—. Deberías ser organizadora de bodas, se te da muy bien —añadió burlonamente.

—No… Es un trabajo muy demencial…, muy estresante —respondió Faith, quien se dirigió al despacho de Violet, donde dejó la caja en la que estaba el vestido para que se la llevara a casa. Faith jamás se lo había puesto y nunca lo iba a usar. Ahora era de Violet y debía quedárselo.

La fecha de la boda de Doug y Phoebe se iba acercando, y el novio llamaba a Faith todos los días para hablar sobre algún detalle nuevo. Como Phoebe nunca la llamaba, su wedding planner se puso en contacto ella. Le ofreció la carpeta de los votos, por si acaso aún no tenía claro qué iba a escoger.

—No hace falta, vamos a ser muy tradicionales —contestó Phoebe como quien no quiere la cosa—. Hemos optado por lo de: «Prometo amarte, honrarte y obedecerte».

Faith se quedó callada un instante cuando la oyó decir eso. Le había comentado a Violet que seguro que ese era el voto que elegirían; aun así, le impactó oír a Phoebe confirmársele.

—Lo de «obedecerte» ya no se dice en casi ninguna boda desde hace tiempo —le aseguró Faith con un tono sereno—. Hoy en día, esa es una palabra un poco fuerte para casi todas las mujeres, ¿no crees? ¿No sería mejor decir: «Prometo amarte, honrarte y cuidarte»?

Hizo esa sugerencia con delicadeza.

—A Doug le gusta lo de «obedecerte». Dice que ese fue el voto de sus padres y quiere que sea el nuestro también. A mí me da igual.

Faith quería gritarle: «¡Pues no debería darte igual!». Pero no podía decírselo.

Unos días después, Phoebe vino con un cheque firmado por Doug. Era para pagar algunos trabajos extra que este le había encargado recientemente, como un vídeo de la boda, de lo cual Faith ya se había ocupado.

Faith ofreció a Phoebe un té y se sentaron en la sala de estar. Quería asegurarse de que la joven estuviera bien. Normalmente tenía una buena relación con las novias cuyas bodas organizaba, pero Phoebe era un caso especial, y quería vigilarla de cerca para poder así detectar cualquier señal que indicara que Doug la controlaba y maltrataba.

—¿Cómo va todo? —le preguntó mientras charlaban—. Ya estás en la recta final, solo quedan unas pocas semanas.

A Phoebe se la veía relajada en el sofá; no parecía estar muy preocupada. Había vuelto a trabajar, después de no haber cobrado un sueldo durante varias semanas; esa había sido la forma en que Doug le había dejado claras las cosas tras haberse enfurecido con ella por haber flirteado con el camarero, a pesar de que ella le había jurado que no lo había hecho.

—Ahora todo va bien. Doug se ha calmado. Él también se muere de ganas de casarse —contestó, sonriendo a Faith.

—¿Qué piensas sobre el vestido? Como no hubo que hacerle ningún retoque al que te llevaste, podríamos devolverlo y cambiarlo por ese que te gustaba tanto.

Phoebe pareció entrar en pánico cuando oyó a Faith decir semejante cosa.

—No puedo hacer eso. Doug se enfadaría muchísimo. Le encantaba el que me compró y odiaba ese que yo prefería.

Faith lo recordaba todo con demasiada claridad, al igual que recordaba lo preciosa que estaba con ese vestido.

—Quiero que te sientas la novia más hermosa del mundo el día de tu boda —dijo con ternura y pudo ver en la mirada de la enfermera que ahora sí estaba preocupada.

—Ya que todo ha vuelto a la normalidad, no quiero hacer nada que pueda molestar a Doug.

Pero Faith podía intuir que lo que era normal para Doug no lo era para el resto del mundo.

—Mira, Phoebe, hasta el último instante, puedes echarte atrás. Eres libre de decidir lo que quieres hacer. Casarse supone dar un paso muy importante en la vida. —Le estaba hablando como si fuese su madre o su tía—. Da igual lo lejos que hayas llegado con esto, si intuyes por alguna razón que no debes hacerlo, haz caso a tu instinto. Hazle caso, en serio.

La novia negó con la cabeza y evitó mirar a la organizadora de su boda a los ojos.

—Estoy segura de lo que voy a hacer —dijo en voz baja—. Doug es el hombre con el que quiero casarme. Sé que es mi media naranja.

Faith pensó que ojalá Phoebe no se sintiera así, pero era consciente de que no iba a lograr que cambiara de opinión. Se iba a casar con él pasara lo que pasase. La asustaba demasiado echarse atrás y perderlo, y tal vez quedarse sola. Aunque no lo habría estado mucho tiempo, ya que era una mujer muy guapa. Pero sería imposible salvarla si ella no ponía de su parte. Después de que Faith le hubiera hecho esas preguntas, se la veía nerviosa, y unos minutos más tarde, se marchó. Faith entró en el despacho de Violet con el ceño fruncido.

—Creo que he metido la pata. He tratado de hablar con Phoebe y le he preguntado si tiene dudas. En cuanto se lo he preguntado, ha entrado en pánico. Desea casarse desesperadamente. Y no sé por qué.

—Tal vez ni siquiera es consciente de que la maltrata. A lo

mejor piensa que es lo normal —reflexionó Violet sabiamente.

—Creo que cuando Doug canceló el compromiso, logró amedrentarla. Phoebe teme que vuelva a hacerlo, teme perderlo. Aunque sería lo mejor que le podría pasar. Nunca he organizado una boda con la que me sintiera tan incómoda. Tengo la sensación de que estoy llevando un cordero al matadero.

Violet se estremeció.

—Espero que no.

—Yo también —dijo Faith, quien volvió a su escritorio. Lo había intentado y no había conseguido nada. Phoebe estaba tan dominada por Doug que no podía quitarle la venda de los ojos.

Marianne y Jean-Pierre se casaron en un día perfecto de junio en la granja de Hope y Angus. Hacía sol y soplaba una suave brisa. Se casaron en la iglesia local después de la misa matutina. Luego volvieron a la casa para comer caviar y beber champán antes del almuerzo.

Faith había decorado con flores la diminuta iglesia. Hope había encargado unos hermosos ramos que había colocado por toda la casa. Marianne vestía su traje nuevo de seda de color marfil, y las mellizas se habían vestido para la ocasión. Faith llevaba un traje de Chanel rosa; y Hope, una larga falda plisada beis y un suéter de seda con cuello en V a juego. Las mujeres calzaban unos zapatos de tacón alto, y ambos hombres vestían chaqueta y corbata. Jean-Pierre iba vestido de un modo un tanto formal y muy francés. Se había casado llevando un traje azul, una camisa blanca, una corbata de Hermès azul claro y unos zapatos con un lustre impresionante. Se había cortado el pelo el día anterior, y Hope le había pedido a su peluquero que fuera a su casa para peinar a su madre la mañana de la boda. Jean-Pierre sorprendió a Marianne con una hermosa alianza de diamantes, ya que ella no había querido en su momento un anillo de compromiso. Marianne esperaba que le regalara un anillo de oro muy sencillo y se llevó una sorpresa al ver ese anillo de diamantes de Cartier.

Marianne estaba radiante la mañana de la boda y nerviosa de camino a la iglesia, pero cuando pronunció sus votos al lado de Jean-Pierre, y después este dijo los suyos, a ambos se les vio muy serenos, como si estuvieran muy seguros de lo que estaban haciendo. Su madre había elegido el voto que tanto le encantaba a Faith, el que había compartido con ella: «Con mi cuerpo, te adoro». A Faith se le llenaron los ojos de lágrimas mientras los escuchaba, y ella y Hope se agarraron de las manos. Estaban ahí para apoyar a su madre y confiaban plenamente en que había tomado la decisión correcta y en que había elegido casarse con el hombre adecuado. Esta vez había acertado.

La salud de Jean-Pierre había mejorado desde esa intervención menor que le habían tenido que hacer para regularle el corazón. Como gracias a ella se había corregido lo que hacía falta, no había tenido ningún problema desde entonces, lo cual había sido un gran alivio para Marianne y el mejor regalo de bodas posible.

La comida estaba tan deliciosa como el servicio de catering había prometido. Faith había encargado el mejor caviar. Tenían ostras de entrantes y langosta acompañada de ensalada como plato principal y, por último, unos quesos excelentes. También contaban con una hermosa tartita de bodas recubierta con un glaseado tan blanco como la nieve y rellena de chocolate por dentro. Hope había comprado unas figuritas de novios que colocó en la parte superior del pastel, lo cual hizo sonreír a los recién casados.

Después se sentaron al sol, y los hombres se quitaron las chaquetas y las corbatas. Los tres niños, a los que Hope había vestido con unos trajecitos blancos, estuvieron jugando cerca de ellos hasta que los dos más pequeños tuvieron que irse a echar la siesta. Mientras sus hermanos dormían, Seamus se fue a ver un vídeo con la niñera.

Para Marianne, fue un día absolutamente perfecto que compartió con las personas que más amaba. Reinó una gran sensación de paz en el día de su boda, era como si ambos tuvieran la impresión de que al fin habían encontrado lo que buscaban.

Dentro de tres días, se marchaban a París, donde iban a pasar una semana. Luego iban a ir al sur de Francia, donde se quedarían diez días en la casa que él tenía allí, antes de que los turistas lo invadieran todo en verano. Tenían previsto pasar el último fin de semana en Venecia, que era una de sus ciudades favoritas, y después regresar a Nueva York. Iban a estar fuera tres semanas en total, y tras la luna de miel, iban a ir a Palm Beach y Newport a visitar a unos amigos y luego a otros en los Hamptons. Iban a tener un verano muy ocupado, en el que verían a unos cuantos amigos y disfrutarían de su nueva vida matrimonial. En Francia, la madre de Jean-Pierre había dicho que estaba impaciente por conocer a su novia. Eso había hecho que Marianne se sintiera muy joven. Todo era radiante y nuevo. Incluso a su edad, esto era un nuevo comienzo.

Los del catering acababan de marcharse, y Marianne y Jean-Pierre se habían ido a dar un paseo. Se habían cambiado de ropa, para ponerse una más adecuada para estar en el campo, y estaban recorriendo los senderos por los que a Hope le gustaba montar a caballo.

—Ha sido una boda muy emotiva —dijo Faith a Hope, sonriendo mientras pensaba en ello—. Gracias por habernos dejado celebrarla aquí. Si la hubiéramos celebrado en un restaurante de Nueva York, no habría sido tan íntima y especial. Creo que a mamá le ha encantado.

—A mí también me ha encantado y creo que Jean-Pierre es realmente una buena persona. Espero que la salud no le falle. Si enfermara y tuviera que cuidarlo, eso sería terrible para mamá.

—Ahora parece estar bien —afirmó una pensativa Faith—. Nos llevamos un buen susto cuando terminó en el hospital. Mamá, la pobre, estaba destrozada.

—Eso acabará ocurriendo algún día porque él le saca diez años —observó Hope—. Esperemos que eso pase lo más tarde posible. —Entonces le sonrió a su melliza—. Por cierto, tengo una buena noticia que darte —anunció con orgullo.

—¿Cuál?

—Que vuelvo a estar embarazada. El bebé nacerá en Navidad. Espero que sea una niña esta vez.

—¿Más? —Faith puso cara de sorpresa, como si no estuviera muy convencida de que eso fuera una buena noticia. A Hope le decepcionó su reacción—. Oliver solo tiene un año. Tres niños ya son muchos, Hopie, pero ¿cuatro? ¿Qué opina Angus al respecto?

—Está encantado —contestó, sonriendo a su hermana—. Podremos con ello y podemos permitírnoslo económicamente. Ha sido buscado.

—¿Podrás con cuatro?

—Creo que sí. No será tan distinto a tener tres. Simplemente, Angus y yo tendremos que sacrificarnos más. Otras personas ya lo hacen.

Faith asintió. Era cierto, lo hacían. Se levantó para besar a su hermana y le dio un abrazo.

—En realidad, tiene sentido. Así tú tendrás también los que debería haber tenido yo. ¿Crees que vas a tener más después de este?

—No lo sé. Tendré cuarenta y tres años cuando nazca. Tal vez digamos: «Hasta aquí». Angus siempre ha dicho que quería tener seis hijos, pero creía que no hablaba en serio.

—Yo tengo muy claro que no querría tener un bebé ahora —aseveró Faith, estremeciéndose— ni a cualquier otra edad. En su día, tomé la decisión que más me convenía. Así que voy a ser tía otra vez, ¿eh? ¿Ya se lo has dicho a mamá?

Hope negó con la cabeza.

—Seguramente, se llevará las manos a la cabeza y pensará que son demasiados niños. Cuando hayan crecido un poco más, será divertido porque podremos viajar con ellos y hacer más cosas de las que podemos hacer ahora. Aún son unos bebés.

—Y tendrás otro en Navidad. —Faith sonrió de oreja a oreja al pensar en ello—. Siempre me ha parecido que es algo muy misterioso. Abracadabra, y de repente hay otra persona en la habitación.

—Sí, cada vez es como si fuera un milagro —afirmó una sonriente Hope.

Faith tuvo la sensación de que, en realidad, podrían tener uno o dos bebés más.

—¿Te sientes bien?

—Sí. Nunca he tenido ningún problema con ningún embarazo. De momento, no se lo voy a contar a todo el mundo. Voy a esperar un tiempo, ya que si se lo dices a la gente muy pronto, se hace muy largo.

Estuvieron charlando un buen rato, hasta que su madre y Jean-Pierre volvieron de su paseo. Después de que se ocultara el sol, entraron en la casa, se relajaron y charlaron hasta la cena. Angus encendió un fuego, y los hombres se acurrucaron en una esquina para hablar de negocios y deportes, mientras que Marianne y las mellizas hablaron de todo, desde moda hasta política. Fue estupendo compartir el fin de semana de la boda de Marianne y Jean-Pierre con ellos.

Tenían algunas sobras de la comida para cenar, y Angus estaba friendo unos filetes en la barbacoa. Cada uno se comió otra ración de la tarta nupcial, y todos estuvieron de acuerdo en que estaba riquísima.

—Me alegro de que no hayas querido celebrar una gran boda, mamá —dijo Hope, mientras metían los platos en el fregadero para lavarlos más tarde—. Me siento tan bien estando aquí contigo...

—Es lo que quería —respondió Marianne, sonriendo ampliamente—. Gracias por habernos dejado celebrar el banquete aquí y ponérnoslo tan fácil.

Jean-Pierre le había dicho, tal y como le había repetido mil veces antes, que tenía unas hijas encantadoras. Adoraba el afecto que se profesaban y lo bien que se llevaban.

Cuando por fin se fueron a dormir esa noche, todos se sumieron en los entrañables recuerdos que les había traído ese día, se acordaron de cuando Marianne y Jean-Pierre habían pronunciado sus votos en la minúscula iglesia y de la elegante comida familiar que había tenido lugar a continuación. Además, había sobrado suficiente caviar para todos para desayunar. Todo había salido a la perfección, gracias a los proveedores con los que Faith trabajaba habitualmente. Nada de esto era sorprendente, ya que se trataba de una boda organizada por la wedding planner Faith Ferguson. Hope hizo alguna broma al respecto cuando se detuvieron en el rellano para darse las buenas noches. Después cada una tomó una dirección distinta para ir a su dormitorio.

Al día siguiente, Faith y Angus se fueron a montar a caballo. Marianne todavía iba a cabalgar de vez en cuando, pero no quería dejar a Jean-Pierre solo; además, creía que a su ya marido no le convenía hacer un ejercicio extenuante tan pronto tras su reciente problema de salud.

Acabaron con el caviar en el almuerzo, y a última hora de la tarde, un conductor vino a recoger a Faith. Marianne regresó en su coche y ella condujo, mientras charlaba con Jean-Pierre y este disfrutaba del paisaje sentado a su lado. Ambos estaban de buen humor y con muchas ganas de iniciar su luna de miel. Cuando llegaron a su piso en Park Avenue, él comentó que ahora que estaban casados se sentía como en casa.

—Tiene gracia. No pensé que casarnos nos fuera a cambiar la vida, pero es así. Es como si nuestra relación fuera ahora más de verdad. Ojalá te hubiera conocido antes —dijo Jean-Pierre.

—Entraste en mi vida en el momento adecuado —respondió Marianne—. Tal vez no hubiéramos estado listos antes.

Él sonrió y la rodeó con sus brazos.

—Eres una mujer sabia, Marianne Pasquier —dijo.

Ella sonrió al oírle pronunciar su nuevo apellido.

—Me gusta cómo suena eso.

—A mí también —contestó, y la siguió hasta lo que ahora era el dormitorio de ambos—. Quiero cumplir con ese voto que hicimos ayer —susurró.

Ella miró hacia atrás, hacia él, y sonrió. Mientras Jean-Pierre decía esas palabras, los años se esfumaron, y se sintieron jóvenes de nuevo, con muchas esperanzas y un gran futuro por delante.

Cuando Faith llegó a la oficina el lunes posterior a la boda de su madre, tuvo que hacer frente a una avalancha de trabajo, ya que tenía que rematar algunos detalles de la boda de Morgan y Alex. Llamó a Morgan desde su despacho y tuvo la sensación de que estaba distraído, lo cual no era nada habitual en él. Cuando llevaban hablando unos minutos, este le contó que, tras haberle extraído el óvulo a la madre subrogada, Alex y él habían hecho lo que les tocaba. Los óvulos estaban siendo fertilizados ahora y después tendrían que esperar a que les comunicaran si los óvulos fertilizados se habían implantado y si estaba embarazada. El proceso había comenzado. Si funcionaba a la primera, tendrían un bebé en los brazos en marzo. Y si no se quedaba embarazada en esta ocasión, lo intentarían de nuevo. La madre subrogada había hecho esto otras dos veces antes con éxito para otras parejas. Era una mujer casada que tenía dos hijos y no se podía permitir tener más. Esta mujer tenía la sensación de que estaba haciendo algo importante al ayudar a las personas que deseaban tener hijos desesperadamente y preferían la subrogación a la adopción. Alex y Morgan habían decidido que preferían tomar este camino. Aunque era un proceso caro, por suerte podían pagarlo. Por ahora, estaban más interesados en su bebé que en su boda.

—Por cierto, mi hermano está muy impresionado contigo. Dejar Chicago para mudarse aquí va a ser un gran cambio para él; además, no tiene muchos amigos en esta ciudad, salvo los del trabajo. Igual podrías venir a nuestra casa algún día para cenar con él.

—Me pareció muy simpático —contestó Faith educadamente. Además, tampoco le vendría mal hacer un nuevo amigo. Y Alex y Morgan le caían fenomenal.

—Mi sobrino también es un buen chaval. A veces se queda con nosotros el fin de semana, pero casi siempre está estudiando en la biblioteca. La carrera de Derecho es dura. Mi hermano también era así de joven. Era un estudiante excelente, mucho mejor que yo, que logré licenciarme por los pelos en Parsons.

—En mi familia, yo era la empollona —comentó Faith, sonriendo—. Solía hacerle todos los trabajos a Hope. Eso nunca lo supo nadie. Mi hermana odiaba estudiar. Solo hizo dos años de carrera en la NYU y la dejó para trabajar como modelo. Nunca retomó sus estudios.

—¿Va todo bien con la boda? —le preguntó Morgan.

—Sí, estupendamente —le aseguró.

—He estado tan centrado en lo del bebé que no he podido pensar en nada más. Alex también. Creo que los dos nos sentiremos mejor en cuanto sepamos que está embarazada. Pero esos nueve meses se nos van a hacer eternos.

No le contó que su melliza estaba embarazada de nuevo. Aún lo estaba asimilando. Le parecía que tener cuatro hijos era demasiado, a pesar de que los tres que ya tenía eran adorables y preciosos. Era una responsabilidad enorme; además, en cuanto fueran mayores, probablemente surgirían muchos problemas. Le sorprendía que Hope quisiera tener más. Había creído que se conformaría con tres. Por otro lado, Hope creía que Faith trabajaba demasiado, así que cada una se preocupaba por la otra por razones distintas.

—Te llamaré para concretar lo de la cena con Edward cuando él ya esté instalado —le comentó sobre su hermano—. Tendrá que coger muchos aviones para ir de un sitio a otro durante uno o dos meses. Va a asumir la dirección de la sucursal de Nueva York justo antes de nuestra boda en agosto.

Eso también parecía estar a la vuelta de la esquina.

El martes por la tarde, Annabelle Albert hizo una visita a su wedding planner, aprovechando que había venido a la ciudad para ver a su médico. A Faith le dio la sensación de que estaba enorme, pero Annabelle le aseguró que el médico le había dicho que no eran gemelos. Acababan de enterarse de que era un niño, por lo que Jeremy estaba aún más emocionado de lo que había estado hasta entonces.

En ese instante, bajó la voz.

—Creo que mi padre podría romper con su amante. Mi madre realmente desea que vuelva. Pero solo si deja a esa chica. Si hace eso, creo que mi boda seguirá adelante. Mi madre va digiriendo poco a poco lo del bebé. Ha estado tan cabreada con papá que no se ha enfadado mucho conmigo, y Jeremy le empieza a caer bien. Mi novio se ha portado muy bien desde que mamá y papá se separaron. Y le encanta la idea de tener un bebé.

»No he visto a mi padre desde que se mudó, pero me manda muchos mensajes de texto. Creo que se siente mal por todo lo que ha pasado. Mi madre tampoco lo ha visto. Se niega a verlo si no resuelve antes el problema. Ni siquiera se digna a hablar con él. Todo lo que tiene que decirle se lo comunica a través de sus abogados. Me parece patético. Lo que ha hecho mi padre es tan estúpido…

Annabelle había venido a la ciudad para que, después de ver al médico, le ajustaran el segundo vestido que le estaban confeccionando. Ya casi estaba acabado, y le comentó que era bonito, pero enorme. Al igual que ella.

—Tiene el mismo tamaño, más o menos, que la carpa que mamá ha encargado —dijo, y se rio—. El médico dice que he engordado demasiado. Y mamá, que ella también ganó mucho peso. Y mi hermana también.

Estaba embarazada de cuatro meses y parecía que estaba de seis o siete. Faith no se podía imaginar cómo iba a estar en noviembre, cuando diera a luz. Por el contrario, a Hope ni siquiera se le notaba cuando estaba encinta.

Le hizo gracia advertir que su negocio de organizar bodas se estaba convirtiendo en una fábrica de bebés; aparte de Annabelle, Alex y Morgan estaban esperando a saber si la madre subrogada estaba encinta. No era la primera vez que trabajaba con una novia embarazada, pero nunca lo había hecho con una a quien se le notara tanto. O bien los novios se casaban rápidamente, en cuanto se enteraban de que iban a tener un niño, o bien esperaban hasta después de que naciera el bebé, porque no querían que la novia recorriera el pasillo con una barriga muy visible. Annabelle afirmaba que no le importaba. Al principio se había llevado un disgusto, pero tras la separación de sus padres, ya no parecía ser un problema tan grave. La gente hablaría de ello, pero acabaría encontrando otro tema sobre el que cotillear; además, Jeremy y ella se alegraban mucho de que un bebé fuera a llegar a sus vidas; era lo único que importaba. Y el nuevo vestido de novia que le estaban confeccionando era increíblemente elegante, incluso más que el primero, que había sido más sexy. El segundo era magnífico y se adaptaba mejor a su situación actual. Era majestuoso.

La semana anterior a la boda de Doug y Phoebe, este volvió a Faith totalmente loca. La llamaba a diario para comprobar cada detalle. La llamaba dos veces al día para preguntarle sobre la lista de invitados y quiénes habían confirmado su asistencia, puesto que esa tarea le correspondía a la organizadora de bodas. Algunas personas aún no habían respondido, pero eso era lo normal en cualquier boda. Había encomendado a Violet la misión de llamarlas para que intentara sacarles una respuesta. Necesitaban saberlo para distribuir los asientos. Por ahora, ciento veintiséis personas habían confirmado que asistirían, pero todavía quedaban otras cuarenta que no habían contestado. Doug la estaba presionando para que las obligara a dar una respuesta definitiva, pero algunas personas tardaban en responder, y Faith no podía hacer nada al respecto. No podía recurrir a las amenazas para que contestaran de una vez.

Doug se empeñó en que quería hablar él mismo con la floristería, la pastelería y el grupo de música. También telefoneaba al club casi a diario. Se quejaba de que nadie del club le devolvía las llamadas, y Faith estaba segura de que eso se debía a que los tenía hartos.

Le contó a Faith que había vuelto a Bergdorf con Phoebe para que le arreglaran el vestido porque quería que fuera más ceñido. Pensaba que el cuello le quedaba muy holgado y la cintura debía quedarle más entallada. Faith sintió lástima por ella. Cuando Doug se lo había comprado, Phoebe ya había tenido la sensación de que se asfixiaba con ese cuello. Pero ahora estaba segura de que ella había acabado haciendo lo que él quería. Doug tenía una idea muy clara de cómo debía ser el vestido y cómo debía lucir la novia en general. Phoebe había tenido que renunciar a sus propias ideas al respecto. Con ese vestido de novia, iba a recordar a una maestra de escuela victoriana de novia; llevaría un corsé por debajo tan apretado que apenas iba a poder respirar, le haría mucho daño en la cintura y prácticamente se ahogaría con ese cuello tan alto y apretado. Como él era alto, quería que ella calzara unos zapatos con unos tacones altísimos, lo cual le complicaría mucho las cosas cuando quisiera caminar hacia el altar y luego bailar. Le iban a doler mucho los pies, algo que Faith siempre recordaba a las novias para que estas evitasen ir con zapatos incómodos.

Llamó a la peluquería él mismo para asegurarse de que la peinaran como él quería. No dejaba nada al azar y se puso tan pesado con los proveedores de Faith que esta llegó a temer que no quisieran volver a trabajar con ella en la vida. Doug acabó discutiendo con la peluquera y la despidió. En su club al final le habían dicho de forma tajante que dejara de llamar. Eso le enfadó tanto que afirmó que iba a darse de baja después de la boda. Siempre se estaba peleando con alguien por algo.

Había resultado ser muy distinto de lo que había aparentado ser en un principio. Faith odiaba tanto tratar con él que se moría de ganas de que todo terminara. Nunca antes se había sentido así organizando una boda. Pero por debajo de la obvia tensión que él generaba a su alrededor, Faith seguía intuyendo que se ocultaba algo muy peligroso, algún tipo de trastorno de la personalidad. Como Phoebe no demostró tener ninguna intención de dejarlo, ni de que quisiera poner punto final al control obsesivo que ejercía sobre ella, Faith sabía que no podía hacer nada al respecto. Y en cuanto estuvieran casados, Phoebe estaría a su merced y sin ningún apoyo.

Dos días antes de la boda, Faith lo inspeccionó todo junto al encargado del catering del club. Revisó cada plato que iban a servir en la cena y las preferencias de cada invitado. Echó un vistazo a la mantelería que los del club pretendían utilizar y se percató de que algunas servilletas y algunos manteles no estaban tan limpios como deberían, ya que tenían unas manchas muy visibles. La misma mañana de la boda, en cuanto estuvieran preparadas las mesas, tenía previsto verificar que todo estuviera colocado en su sitio. Le aseguró a Doug que todo iba bien, pero como él siguió llamándola para comprobar «solo una cosa más» hasta que ya no pudo soportarlo, le dijo a Violet que a partir de entonces contestara ella cuando llamase Doug y que la excusara alegando que estaba ocupada.

El día anterior a la boda, Faith fue al piso de Phoebe para echar un último vistazo al vestido, para cerciorarse de que no se fueran a llevar una sorpresa desagradable el día de la boda, como que le faltara un botón o algo así.

En cuanto Faith le abrochó el vestido, pudo ver que la pobre Phoebe parecía una momia. Doug había obligado a las costureras a ceñírselo tanto que ahora a duras penas podía caminar con él puesto; además, se estaba asfixiando con ese cuello de encaje que le llegaba hasta la barbilla, el cual había sido reforzado con unas varillas para mantenerlo rígido. Tanto en el cuello como en el corsé había unas varillas muy afiladas. Más que un vestido, era un instrumento de tortura. Faith le sugirió a Doug que debían aflojárselo un poco, pero él insistió en que no hacía falta, y Phoebe estuvo de acuerdo. La tenía tan sometida que no iba a llevarle la contraria.

Phoebe había decidido que iba a recorrer el pasillo de la iglesia sola, ya que no contaba con ninguna figura masculina importante en su vida a la que hubiera podido pedir que la acompañara al altar. Su hermana no podía irse de San Diego porque tenía que cuidar de su madre, tal y como Phoebe se había imaginado que iba a suceder desde un principio, y su madre estaba demasiado enferma como para poder venir. A Phoebe le hubiera encantado que la boda tuviera lugar en San Diego para que su madre pudiera verla casarse, pero Doug había insistido en celebrarla en Nueva York, donde estaban todos sus amigos. Phoebe no tenía ninguno en la ciudad, salvo las enfermeras con las que trabajaba, a quienes Doug no le había dejado invitar. Había puesto como excusa que se habría sentido incómodo, porque eran sus empleadas. Pero incluso

Phoebe era consciente de que, en realidad, Doug pensaba que no eran lo bastante elegantes y eso podría dañar su imagen. Tampoco le había dejado invitar a sus compañeras de piso. A la boda, solo iban a acudir los amigos de Doug.

La noche anterior a la boda, Phoebe se quedó en su antiguo piso con sus compañeras, para que Doug no la viera, y Faith permaneció con ella ahí para ayudarla a vestirse. Esa mañana, a primera hora, Faith ya había estado en el club para ver cómo lo preparaban todo. Llevaba un sencillo vestido largo de seda de color azul marino que solía vestir en las bodas. Era muy poco llamativo y le permitía perderse en la multitud; de ese modo, no daba la impresión de que estuviera compitiendo con los invitados por ver quién destacaba más.

Cuando llegó allí, vio que Phoebe estaba histérica y sus compañeras no estaban en el piso. Como no las habían invitado a la boda, no se habían quedado para ayudarla a vestirse. A Faith le hubiera gustado contratar a una peluquera y una maquilladora para Phoebe, como solía hacer con todas sus novias. Pero después de que Doug despidiera a la peluquera, no le había permitido contratar a otra. Afirmaba que prefería que tuviera un aspecto natural a que una peluquera le hiciera un peinado tan elaborado que pareciera una fulana. Se había recogido el pelo en un sencillo moño francés y estaba muy guapa, a pesar de no haber contado con una ayuda profesional. Era tan bonita que nada opacaba su belleza.

—El club ha quedado genial —le dijo para calmarla.

Phoebe asintió y miró a Faith a los ojos. Faith vio dolor y miedo en su mirada, así como decepción.

—Jamás me imaginé que este día sería así —afirmó con tristeza—. Quería que mi hermana y mi madre me vieran casarme, así como las chicas con las que trabajo y mis compañeras de piso. Todas están enfadadas conmigo por no invitarlas, pero no he podido hacerlo. Doug no me ha dejado. El vestido me queda tan prieto que no sé si voy a poder recorrer el pasillo si no tengo a alguien a quien agarrarme. ¿Y si me tropiezo o hago el ridículo?

—No lo harás. Tú, simplemente, camina despacio —le sugirió Faith con dulzura—. ¿Quieres que te acompañe al altar?

Phoebe dudó y luego asintió.

—¿Lo harías?

—Por supuesto. No sería la primera vez.

—Doug quiere que vaya sola al altar, pero con este vestido, creo que no voy a poder. Tenía una abertura en la espalda, pero Doug les ordenó que la cosieran. Dijo que le parecía vulgar.

Había hecho todo lo posible para que se sintiera incómoda e insignificante. Ni siquiera era capaz de esperar a haberse casado para controlarla y torturarla. Había convertido su boda en un evento que únicamente él disfrutaría, así como sus asociados y amigos. Para él, la novia no era importante, solo era un elemento accesorio.

A pesar de todo lo que le había hecho, seguía estando muy guapa con ese vestido austero. Se la veía majestuosa ahí de pie, mientras el estrecho cuello victoriano casi la ahogaba. Solo podía dar unos pasos minúsculos. Con su propio maquillaje, Faith le pintó los ojos a Phoebe para resaltárselos y le aplicó un poco de colorete en las mejillas. Estaba tan blanca como el vestido de novia que llevaba puesto. Faith tenía esperando abajo a un chófer que la ayudó a meter a Phoebe en el coche, aunque para eso tuvieron que hacer un esfuerzo digno de un atleta olímpico. La novia tuvo que dejarse caer hacia atrás y girarse para sentarse, ya que casi no podía moverse por culpa de esa abertura que le habían cosido casi hasta los tobillos. Sacarla del vehículo junto a una entrada lateral del club por la que solían entrar las novias fue más fácil. Faith simplemente tiró de ella para ponerla en pie. Después Phoebe se agarró al brazo de Faith y avanzó renqueando con los taconazos.

Desde el principio, había dicho que quería casarse en una iglesia, pero Doug había vetado esa idea porque era ateo.

Violet, que las estaba esperando en el club para echarles una mano, les comentó que Doug la había estado llamando al móvil cada tres minutos para hacerle preguntas sobre los detalles finales. Era una celebración totalmente distinta a la íntima y elegante boda modesta que Violet había celebrado solo un mes antes, llevando el vestido que Faith le había dado.

—Estás muy guapa —le susurró Faith a Phoebe, justo antes de que salieran de la sala de espera.

Esta sonrió.

—Gracias por hacer todo esto por mí —dijo en voz baja—. No tener aquí a mi madre es más difícil de lo que creí que sería. Me parece que no conozco a ninguno de los invitados. De hecho, Doug no me ha presentado a muchos de sus amigos. Normalmente, no lo acompaño cuando sale.

Faith se preguntó de nuevo por qué él se casaba con ella y se preguntó sobre todo cómo era posible que Phoebe hubiera acabado con un hombre que controlaba todos sus movimientos, hasta el aire que respiraba. El único consuelo que le quedaba era pensar que no podría soportarlo mucho tiempo. En algún momento, sufriría tanto que no podría aguantarlo ya más y explotaría. Faith esperaba que ese momento llegara pronto. Pero, mientras tanto, tenían una boda que celebrar.

Violet les hizo una señal cuando la música cambió, y Faith dio unos pasitos muy medidos mientras agarraba a Phoebe del brazo para ayudarla a mantener el equilibrio. Logró que diera la sensación de que supuestamente debía andar así. Tras cruzar un corredor estrecho que las llevó hasta una puerta, donde ella iniciaría su paseo hasta el altar, Faith pudo ver que la gente miraba fijamente a la novia. A pesar de todo lo que Doug le había hecho, era una novia preciosa. Su naturalidad sin artificios resaltaba todavía más su belleza, que estaba embutida en ese vestido tan sencillo y ceñido que tanto la hacía sufrir.

—Ya vamos por la mitad —le susurró Faith para animarla, pero para entonces, Phoebe tenía los ojos clavados en Doug.

Por la forma en que él la miró, Faith dedujo que era capaz de controlarla solo con la mirada. Se acercó al hombre con quien estaba a punto de casarse como si fuera un robot. Ya no se agarraba con tanta fuerza a Faith, sino que prácticamente parecía flotar ligeramente por encima del suelo, a pesar de que el vestido le apretaba y llevaba unos taconazos.

Faith se la entregó sana y salva, sin ningún percance. Él miró a Phoebe sin comentar nada sobre lo hermosa que estaba, al contrario de lo que hacían casi todos los novios al ver a la novia. Tenía la sensación de que todo lo que hacía Doug tenía un tinte sociopático que a Faith se le había pasado totalmente por alto en un primer momento, pero que ahora le resultaba obvio.

Le ajustó el velo a Phoebe y, a continuación, retrocedió para desaparecer en un pasillo lateral, donde estaría lo bastante cerca como para ayudar si era necesario, pero fuera del campo de visión inmediato de los invitados. Parte de su trabajo consistía en ser invisible, al mismo tiempo que se hallaba próxima para echar una mano si hacía falta.

Los invitados, que habían permanecido de pie mientras Phoebe avanzaba despacio por el pasillo, fueron conminados a sentarse por el sacerdote. Doug se había comprometido a dejar que hubiera uno en la boda. La ceremonia fue breve, tal y como Doug había deseado, y con muy pocas referencias religiosas. Se habían decantado por la versión antigua de los votos que incluía la palabra «obedecer». Faith casi se estremeció al oírla. Y tras lo que a ella solo le parecieron unos instantes, ya habían sido declarados marido y mujer. El destino de Phoebe había quedado sellado. Doug recorrió el pasillo con ella, a un paso ligeramente rápido, por lo cual Phoebe tuvo que dar unos pasitos veloces para que no la dejara atrás, y estuvo a punto de tropezarse. Acto seguido, se pararon ante la cola de invitados que aguardaban para felicitarlos. Faith se colocó directamente detrás de ellos para controlar cómo iban las cosas mientras los invitados les daban la enhorabuena. Inmediatamente después, Doug desapareció entre la multitud para saludar a sus amigos más íntimos y sus socios, y Phoebe se quedó sola, sosteniendo su ramo de orquídeas blancas y con cara de estar desubicada. Al instante, Faith se le acercó y le tendió una copa de champán. La novia le dio un buen trago y unos minutos más tarde parecía estar algo más animada.

Faith no se apartó de su lado hasta que Doug volvió justo antes de que se sentaran a cenar. A los invitados se les veía muy elegantes con sus trajes y a Doug también con el nuevo esmoquin que se había comprado para la ocasión. A Phoebe se la seguía viendo incómoda con ese vestido tan rígido y prieto.

—¿Te lo estás pasando bien? —le preguntó Doug a Phoebe.

Faith tuvo la sensación de que debía estar de broma. ¿Cómo iba a pasárselo bien cuando no conocía a nadie en su propia boda y el novio la había dejado tirada una hora entera? Entraron en el salón de baile del club, donde las flores resplandecían hermosas. Eran un poco menos espléndidas de lo que a Faith le hubiera gustado, pero Doug no había querido gastarse un dineral. Quería calidad, pero solo la justa. El club era un entorno muy bonito y estaba segura de que nadie se estaba fijando tanto en las flores como ella. Le dio la impresión de que Phoebe tampoco se fijaba en la decoración para nada. Estaba abrumada. Ahí había muchísima gente a la que no conocía. Doug iba corriendo de aquí para allá por ese salón para charlar con algunas personas a las que conocía bien y con otras con las que quería estrechar lazos tras darles la bienvenida, sin que en ningún momento se le pasara por la cabeza presentárselas a Phoebe. La boda parecía ser su espectáculo, en lugar de un día especial para ambos, en el que iniciaban una vida en común. Tal y como lo veía Faith, ella era más un apéndice que una parte central del evento. Era la boda de Doug, y su esposa no era más que un accesorio. Cuando por fin Doug se sentó a su lado, Phoebe se calmó un poco.

Faith estaba cerca de una puerta desde donde podía verlo todo de una forma discreta, mientras que Violet, junto al encargado del catering y los músicos, se aseguraba de que todo fuera como la seda. Faith le había enseñado bien.

Algunos invitados dieron unos discursos en los que celebraron los logros de Doug, aunque hubo otro par de ellos, muy ingeniosos y divertidos, que se metieron mucho con él. Nadie mencionó a Phoebe, salvo para desearle lo mejor, porque nadie la conocía. Y en ese salón repleto de desconocidos, con ese vestido tan incómodo con el que era más difícil estar sentada que de pie, Phoebe daba la sensación de ser una figura distante y anodina, era casi como un maniquí. La gente le sonreía y admiraba lo atractiva que era, pero a Faith le sorprendió que nadie hablara con ella. Era Doug quien debía presentarla a esa gente, pero no quería compartir el protagonismo. Por esa razón, los demás la ignoraban.

Más que sorprendida, estaba triste por ella. La boda estaba transcurriendo tal y como había temido. Como en lo demás, todo tenía que girar en torno a él. Faith reparó en que Phoebe no estaba comiendo y en varias ocasiones vio que tenía los ojos llorosos. Estaba pensando en su madre y su hermana, en que ojalá hubiera podido compartir esto con ellas o haberse casado en un entorno menos formal con sus amigos de siempre, pero Doug habría odiado una boda así. La mayoría de los invitados eran unos médicos con los que tenía alguna relación profesional o a los que quería impresionar. Cuando Faith vio que en muchos casos la palabra «doctor» iba por delante de sus apellidos (a veces precedía tanto al del marido como al de la esposa), concluyó que esto parecía más bien una convención médica. Faith se preguntó cuántos de ellos eran amigos de verdad de Doug. Pero lo cierto era que todos estaban contentos de estar allí, en un evento tan hermoso y bien organizado que se celebraba en un lugar impresionante.

El primer baile era un momento muy importante en cualquier boda, ya fuera enorme o modesta, en el que la gente se arremolinaba alrededor de los novios para observarlos y admirarlos y desearles lo mejor. Doug había elegido un vals formal y elegante y le había enseñado los pasos a Phoebe. Aunque la guiaba suavemente por el salón con una gentileza comedida, se movía demasiado rápido para ella, por lo cual se la veía tan incómoda e insegura como se sentía por dentro.

Iban a irse dos semanas de luna de miel a Bali y Vietnam, un viaje que Doug había dicho que siempre había querido hacer. Disfrutarían de una semana de playa para relajarse, y luego él se iría a Pekín, a una convención médica, y Phoebe volvería a casa sola en avión. Faith sabía que ella iba a aprovechar que él estaba fuera para ir a ver a su madre en San Diego. Deseaba tanto verla como irse de luna de miel.

Lo único que esperaba Faith era que de alguna forma todo terminara saliendo bien, que él por fin se portara bien con ella y, por último, que dejara de ser tan tirano con su nueva esposa tras abrirse emocionalmente a ella. Pensaba que era muy poco probable que eso ocurriera, pero tal vez acabara aprendiendo a comportarse y la bondad que Phoebe aportaba a su vida lo hiciera cambiar de un modo positivo. Ahora que Phoebe ya se había casado, Faith esperaba que las cosas le fueran bien. Era una chica encantadora y se merecía tener un esposo que la amara y apreciara. Le costaba imaginarse a Doug desempeñando ese papel. Pero a lo mejor todos se llevaban una sorpresa. En tal caso, Faith sería la más sorprendida. En todos sus años como wedding planner, no podía recordar una novia que le hubiese preocupado tanto, ni un matrimonio del que hubiera dudado tanto.

La boda transcurrió tal y como Doug había deseado. No fue un evento emotivo, pero sí hermoso. Deseaba impresionar a los allí reunidos y lo había logrado. Faith escuchó algunas conversaciones sueltas en las que la gente comentaba lo estupendamente que se lo habían pasado. Nadie mencionó a la novia. Era justo lo contrario a lo que sucedía en muchas de las bodas que organizaba, donde la novia era el centro de atención y el novio pintaba entre poco y nada. Antes de que el sacerdote se marchara discretamente, le había pedido a Faith que firmara el certificado de matrimonio como testigo. El socio de Doug fue el otro testigo. Faith se sintió un tanto culpable al firmarlo, ya que debería haberlo firmado un familiar o un amigo.

Gran parte de los invitados se quedaron hasta el final. Phoebe arrojó su ramo desde un balcón antes de que se fueran. Lo cogió una mujer mayor que parecía estar encantada de haberse hecho con él. Después, Doug y Phoebe se marcharon del club bajo una lluvia de arroz y pétalos de rosa. Se subieron a un Rolls conducido por un chófer que Doug había contratado y eran todo glamour mientras se alejaban. El guapo doctor y la hermosa novia rubia. Tras ver por la ventanilla la cara triste y seria de Phoebe, una apesadumbrada Faith volvió a entrar para comprobar que todo estaba en orden ahora que había concluido el convite. Le parecía que estaba claro qué iba a pasar. Esperaba equivocarse.

El lunes por la mañana, Faith estaba sentada a su escritorio firmando las facturas definitivas de la boda de los Kirk. Sumaban un total que era casi exactamente igual al precio que le había dado. Ninguno de sus proveedores se había desviado nada de lo previsto en sus estimaciones; eso era lo bueno de trabajar con profesionales a los que conocía bien. Podía contar con que iban a hacer lo prometido, a tiempo y a cobrar la cantidad pactada. Nunca la decepcionaban, por eso su negocio funcionaba tan bien y sus bodas iban como la seda. No trabajaba con empresas poco serias que podrían engañarla, o que ni siquiera se dignaban a aparecer.

Acababa de firmar el último cheque cuando Miriam Albert la llamó. Cogió la llamada al instante. Se imaginaba que la llamaba para decirle lo que tanto había estado temiendo, que la boda se había cancelado. Tenía que saberlo ya, no podían seguir así durante más tiempo. Solo quedaban tres semanas.

Respondió con un tono informal. Esperaba escuchar lágrimas al otro lado.

Miriam fue al grano.

—La boda vuelve a estar en marcha.

Aunque nunca había estado cancelada de una manera oficial, Miriam había amenazado muchas veces con cancelarla, para no soportar la humillación pública de tener que celebrar una boda con un esposo que le estaba poniendo los cuernos y viviendo con otra mujer.

—Se ha ido del piso donde vivía con ella y quiere volver a casa. —Parecía que le faltaba el aliento—. Esa putilla se fue ayer a Italia. Mi detective me lo ha confirmado. Si vuelve conmigo, lo mataré si se acerca de nuevo a ella. Dice que quiere volver a casa y arreglar nuestra relación.

Faith tenía la sensación de que lo que había provocado que volviera a sentir cierta devoción por su esposa era que temía que lo desplumara con el divorcio y no que siguiera amándola. Pero si a ellos esto les valía, a ella también. Se alegraba de que fueran a ir a la boda de su hija en vez de divorciarse. Las heridas sentimentales que Miriam había sufrido recientemente debían sanar, lo cual llevaría un tiempo, pero, por su tono de voz, parecía estar más contenta y creer que las intenciones de su marido eran sinceras. Faith sabía que Annabelle se sentiría muy aliviada si sus padres se reconciliaban.

—Me alegro mucho de oír eso —contestó Faith—, y no solo por la boda. Sé que esto ha sido muy traumático para Annabelle y para ti.

Una cosa buena que había tenido todo lo que había ocurrido era que le había dado a Miriam la oportunidad de conocer a su nuevo yerno, de descubrir que era una buena persona. A pesar de que era poco convencional, le caía bien, lo cual era algo bueno, ya que iba a ser el padre de su nuevo nieto; por tanto, Jeremy iba a formar parte de sus vidas para siempre. Ahora sí que sería un miembro más de la familia. Aunque se divorciara de Annabelle más adelante, él seguiría estando presente en sus vidas, pues era el padre de su hijo.

—Jack me ha jurado que nunca volverá a hacerme esto —afirmó Miriam, con un tono esperanzado—. Más le vale que así sea, porque voy a estar vigilándolo. Nunca volveré a creer en él.

A Faith, eso le parecía una forma muy triste de vivir, pero teniendo en cuenta lo que había sucedido y que incluso se había atrevido a invitarla a cenar a ella, era comprensible que Miriam no confiara en él. En cuestiones de faldas, no era muy de fiar; aparentemente, nunca lo había sido.

—Quiero que la boda sea muy hermosa. Gasta lo que quieras, que le cueste un riñón. Hay que hacerle pagar que nos ha tenido a todos al borde de un ataque de nervios mientras esperábamos a ver qué iba a pasar y si había que cancelar o no.

—Nosotras también estábamos inquietas. Esperaba que pudieras resolverlo, por tu bien y el de Annabelle. Tu hija ha estado muy preocupada.

—Lo sé, y eso no es bueno ni para el bebé ni para ella. —Su súbita preocupación por el niño aún no nacido de Annabelle también era algo nuevo; otra cosa positiva que había surgido de su ruptura con Jack—. Creo que, simplemente, tenemos que aceptar que las cosas son como son. Jeremy es un buen chico. Ahora quiere encontrar un trabajo de verdad y ha sido un amor tanto conmigo como con mi hija. Se merecen tener una buena boda, a pesar de lo mal que se ha portado mi esposo. ¿Acaso mi hija debería sufrir por eso y quedarse sin su boda? —Entonces, se detuvo a pensar un instante—. ¿El nuevo vestido que le están confeccionando es muy horrible?

—No, es espectacular. Parece una princesa con él. De hecho, me gusta más que el anterior, y es tan voluminoso que realmente no ves que está…, eh…, ya sabes…

Miriam se echó a reír por primera vez.

—Sí, está enorme. Parece que va a tener trillizos. Yo me puse igual cuando estaba embarazada. Simplemente, algunas mujeres engordan mucho. Luego adelgazas.

Aunque Miriam nunca había perdido todo el peso que había ganado, y Annabelle tal vez tampoco lo perdería. Cuando se había comprometido, ya le sobraban unos cinco kilillos. Y con el bebé había ganado bastantes más rápidamente, pero el nuevo vestido los escondía.

—Aquí lo importante es que Jack y tú estéis bien. Esa es una gran noticia —señaló Faith diplomáticamente y hablaba en serio.

Era mejor para todos que la familia se mantuviera unida. El divorcio habría causado mucho más daño que cualquier otra cosa. Ahora que Jack había vuelto al redil, podían apreciar de alguna manera el embarazo de Annabelle en su justa medida: no era más que un embarazo inesperado y no una tragedia. Si a eso se le hubiera sumado el divorcio de sus padres, la familia se habría hallado en una situación dantesca. Ahora solo estaban lidiando con un embarazo imprevisto. Mucha gente se casaba de penalti; además, la gente dejaría enseguida de estar interesada en su embarazo porque estaría distraída con una boda de fábula. Un divorcio escandaloso provocado por una antigua stripper sí que habría captado su atención durante mucho más tiempo.

—¿Necesitamos volver a confirmarlo todo? —le preguntó Miriam, quien estaba dispuesta a firmar más cheques si tenía que hacerlo, a cargo de la cuenta corriente de su esposo.

—No, todo está en orden. Como no sabía si ibais a cancelar o no, no cancelé nada.

Durante un tiempo, dio la impresión de que seguramente iban a anular la boda, pero Miriam nunca lo había confirmado, puesto que había estado esperando a ver qué hacía Jack con su amante. Ahora parecía dispuesta a darle otra oportunidad, siempre que realmente hubiera dejado a su amante y no hubiera quedado con ella en algún sitio después de la boda. Si no cumplía lo prometido, lo pagaría muy caro, y seguro que era consciente de ello. Faith estaba convencida de que también había tenido que pagarle algo a su amante. Se preguntó si se quedaría a vivir en su piso después del viaje a Italia, y de no ser así, si Jack también la habría compensado por eso. Por el momento, todos habían salido ganando. Miriam había recuperado a Jack, este había evitado un divorcio muy caro y Annabelle iba a celebrar su boda de un millón de dólares. Y lo que la stripper había sacado de todo esto, fuera lo que fuese, era algo que quedaba entre ella y Jack. Faith estaba segura de que había sido generoso.

—Así que todo sigue a toda marcha, ¿eh? Ponte el cinturón de seguridad que allá vamos, Faith. Ahora tengo que retocar mi vestido. Con todo este follón, he perdido seis kilos. El vestido que me compré ahora me queda muy grande.

En verdad, había dejado unas cuantas cosas pendientes que debería haber confirmado ya. Pero aún no se había causado ningún daño irreparable y enseguida podría ponerlo todo en orden de nuevo. Cancelar la boda habría sido trabajoso y muy costoso, pero Faith lo habría encajado sin rechistar. Era una gran noticia que no tuviera que hacerlo y era claramente obvio que muchos factores habían contribuido para que Jack y Miriam volvieran a estar juntos; muchos o gran parte de ellos eran económicos. Pero Miriam tenía la sartén por el mango en este asunto. Jack no tenía ninguna intención de perder más de la mitad de su dinero; además, llevaban casados mucho tiempo. Miriam no quería perder a su esposo. Y Annabelle no quería celebrar una boda en la que sus padres estuvieran en pie de guerra. Todo volvía a su cauce.

En cuanto colgó, entró en el despacho de Violet. Estaba preparando una carpeta con varias propuestas para dos nuevos clientes con los que ya se habían reunido y que pretendían casarse en diciembre. Había vida más allá de la actual remesa de novias y novios. Y siempre habría otra más. Esa era una de las grandes ventajas del negocio de Faith. Siempre habría gente que quisiera casarse y estuviera dispuesta a vivir los dramas que eso acarreaba. Normalmente, era un negocio feliz, salvo excepciones como esta, donde había reinado el caos.

—La boda de los Albert vuelve a reactivarse —le informó Faith a Violet desde la puerta—. Así que manos a la obra.

—Y solo tenemos tres semanas para rematarlo todo —dijo Violet, mirando su calendario.

Pero ya habían colocado las bases para ese evento meses antes. La ruptura de Jack y Miriam les había dado a todos la oportunidad de pensar en qué era lo que les importaba. Sin duda, la boda les importaba, y gracias a eso únicamente la boda tenía sentido. En el mundo real, una boda de un millón de dólares era una insensatez. Pero ellos no vivían en el mundo real. Jack Albert podía pagarla, y ahora estaban todos a una. Eso era lo único que necesitaba Faith para seguir adelante. Ella no era quién para juzgarlos ni para hacer ningún comentario sobre lo que otra persona podría haber hecho con ese dinero. Ahora tenía un trabajo que hacer: organizarles la boda más fabulosa posible, respetando sus deseos. Era lo que se le daba mejor y la razón por la que habían acudido a ella en un principio. Solo tenía que hacer una cosa: organizarles el enlace más grande, más ostentoso, más desmesurado y más hermoso del mundo. Y únicamente le quedaban tres semanas para hacerlo.

Al día siguiente, estaba trabajando en la logística de seguridad de la boda de los Albert cuando Morgan la llamó. Por todo el escritorio, tenía esparcidos horarios, hojas de cálculo y calendarios, y estaba tratando de determinar cuánto costarían sus horas extra.

—¡Está embarazada! —gritó alguien por el móvil.

Por un instante, Faith no estuvo segura de quién era, aunque enseguida se dio cuenta. La madre subrogada estaba embarazada. La cuenta atrás hacia la paternidad había comenzado.

—¡Felicidades! —exclamó Faith—. ¡Bien hecho!

—Saldrá de cuentas en marzo. Qué ganas tengo de que llegue. Alex quiere que nos pongamos ya con el cuarto del bebé. Aunque creo que deberíamos esperar hasta que estemos seguros de que no lo va a perder —dijo.

Por su tono de voz, Faith pudo deducir que no cabía en sí de contento. Habían deseado esto muchísimo tiempo, se lo habían tomado en serio y responsablemente, y ahora al fin estaba sucediendo. Llevaban diez años juntos y habían estado hablando de tener familia los últimos cinco. Se alegraba por ellos. Los dos eran unas buenas personas muy íntegras; además, tenían unos valores sólidos, un gran corazón y una vida estable. En su opinión, iban a ser unos padres geniales.

10

Las tres semanas que transcurrieron entre el día que Miriam
Albert le dijo a Faith que la boda seguía definitivamente adelante y el 4 de julio, la fecha del evento, pasaron volando.
Violet y Faith trabajaron a destajo; confirmando, apuntalan-
do y comprobando dos veces las cosas; rematando detalles,
verificándolo todo y haciendo visitas casi a diario al lugar de
Long Island donde se iba a celebrar la boda. Tardaron tres
días en montar la carpa principal para el convite, la carpa del
catering para preparar las comidas y otra carpa más para bailar a última hora de la noche con el segundo grupo musical,
así como el suelo que había que instalar en ellas, los cables
eléctricos, las lámparas de araña y los generadores que proporcionaban electricidad a todo. Retiraron algunos muebles
de la casa para que hubiera más sitio para los invitados si de-
cidían entrar en ella. Ahí había baños portátiles, camiones
con todo lo que habían alquilado y sillas para el convite y la
ceremonia. Los de la floristería comenzaron a colocar las flores a las cinco de la madrugada del viernes. Ahí había setos
llenos de orquídeas blancas; senderos decorados con delicados árboles topiarios; esculturas hechas con un montón de
flores blancas muy apretadas; y dos enormes caballos blancos, que eran incluso más grandes que uno de verdad, hechos
de rosas blancas, los cuales estaban colocados uno delante del

otro, acariciándose el hocico. También había unos cisnes blancos en el jardín delantero hechos de orquídeas, que serían lo primero que verían los invitados a la boda.

Quinientas cuarenta y siete personas habían aceptado la invitación, de las seiscientas cincuenta que la habían recibido. A Annabelle ya no le importaba lo grande que fuera la boda. El único invitado que quería que estuviera presente para entregarla en el altar era su padre, quien había vuelto a casa el fin de semana anterior y ahora regresaba del trabajo pronto todas las noches. Había vuelto con una maravillosa pulsera de diamantes para su madre como regalo. Nadie mencionó nada sobre la situación caótica que acababan de vivir. Eso era algo que habían dejado atrás, ya que lo único que importaba en estos momentos era la boda.

Jeremy se quedó pasmado al ver cómo iban preparándolo todo; primero montaron las carpas, luego las revistieron, después añadieron el aire acondicionado y por último colocaron las esculturas de las flores. Cada proveedor tenía su propia tarea de la que encargarse y contaban con un número enorme de trabajadores. Había fácilmente unas cien personas en la propiedad creando e instalando cosas. También había muchos camiones aparcados a lo largo de la carretera, para lo que habían tenido que obtener los permisos correspondientes. Todo lo habían gestado y orquestado Faith y Violet. Violet se ocupaba de coordinar todo por teléfono, mientras que Faith estaba organizándolo todo sobre el terreno, exigiéndoles al máximo, buscando la perfección.

A Jack y Miriam los sorprendió lo bien que Faith hacía su trabajo, por eso habían acudido a ella para organizar la boda de Annabelle. Aunque para entonces era visiblemente obvio que estaba embarazada, nadie sacó el tema a colación, puesto que había sido eclipsado totalmente por la aventura de su padre. Ya tendrían tiempo de sobra más adelante para celebrar la llegada del bebé al mundo. Ahora, los protagonistas eran Annabelle y Jeremy. Entretanto, Faith intentaba centrarse en la novia.

Cuando terminaron, Annabelle salió al jardín frontal con Faith para admirar los cisnes hechos de orquídeas.

—Son preciosos —dijo agradecida.

Faith sonrió. Eso había sido idea suya; se había inspirado en las esculturas de hielo que había utilizado como elemento decorativo en otra boda.

—Me alegro de que te gusten. El de la floristería pensaba que estaba loca. Ahora quiere copiarme la idea para otros eventos.

—Son fantásticos —afirmó Annabelle.

Ya le habían entregado el vestido. Se lo había probado y le quedaba perfecto. Caía de sus hombros desnudos en unos elegantes pliegues de gruesa seda de faya francesa y contaba con una larga cola, así como con un delicado velo. A nadie le iba a importar si estaba embarazada, ya que había muchas otras cosas que mirar. Los dos caballos blancos gigantes hechos con rosas eran la cosa más hermosa que jamás había visto nadie. Daba la impresión de que estaban hechos de nieve y esa pose, en la que se acariciaban con los hocicos, era maravillosa y romántica. A pesar de su tamaño, casi parecían ser de verdad.

Cuando las mesas ya estuvieron colocadas y con los manteles puestos, Violet colocó las tarjetas con los nombres de cada comensal y con los números de cada mesa. Iban a dejar unas tarjetas en la entrada con el nombre de cada invitado en donde se le indicaba el número de la mesa que le correspondía y habían colocado unos cuantos mapas en varios lugares para que la gente pudiera encontrar sus asientos. Todo eso contaba con una caligrafía muy hermosa. Cada detalle estaba muy pensado y lo habían ejecutado de la manera más creativa posible.

Mientras todo iba cobrando forma, Annabelle revisaba lo

que estaban haciendo. Iba a ser la boda del siglo. Faith había exprimido al máximo el generoso presupuesto que le había dado el padre.

Esa noche, iba a haber una cena de ensayo, pagada por los padres de Jeremy, quienes también eran ricos, pero estaban menos dispuestos a tirar la casa por la ventana; se habían negado a pagar una cena para casi seiscientas personas, ya que les parecía excesivo. Solo estaban invitados los familiares y las personas que venían de sitios muy lejanos. La cena tuvo lugar en un hotelito muy exclusivo y fue para cien invitados. Daba la sensación de que eran unas personas simpáticas que vivían bien, pero no a un nivel tan exagerado como el de los Albert. Amaban a su hijo y les caía bien Annabelle, y estaban visiblemente abrumados por lo colosal, lujosa y ostentosa que iba a ser la boda. La madre de Jeremy reconoció en un momento que estuvo a solas con Faith que al principio el inesperado embarazo no les había hecho ninguna gracia, pero que lo habían acabado aceptando. Fue una cena relajada y divertida en la que toda la gente joven se lo pasó muy bien.

Terminó pronto, como suele ser normal en las cenas de ensayo, tal y como explicaba Faith en su libro donde hablaba sobre el protocolo y la etiqueta que hay que seguir en las bodas, y no hubo baile. Esa noche Jeremy se quedó en casa de sus padres, para no ver a Annabelle al día siguiente, antes del enlace.

El día de la boda, un ejército de peluqueros, maquilladores y manicuros llegó para peinar y maquillar a Miriam y Annabelle, así como a las damas de honor y a su hermana Eloise, que era su madrina. Alucinaban con todo lo que estaban montando ahí fuera. Estuvieron preparándose toda la tarde, y cuando Annabelle se puso el vestido, su madre y ella se echaron a llorar. Se veía arrebatadora con él. Faith y Violet estaban ahí para ayudarlas. Faith iba vestida con su «uniforme» azul marino, como ella lo llamaba; una ropa sobria y apropiada para la ocasión. Como casi siempre, llevaba el pelo recogido en un moño prieto bajo, a la altura de la nuca. Estaba muy guapa porque lo era, pero quería seguir teniendo un aspecto lo más neutral posible para que nadie centrara en ella su atención durante el convite. A las doce damas de honor de Annabelle se las veía muy bien peinadas, minuciosamente maquilladas y llevaban unos vestidos de organdí de color topo que combinaban bien entre sí y eran sencillos a la par que muy elegantes. Jack también había pagado esos vestidos, ya que formaban parte del presupuesto. El de su hermana tenía un tono ligeramente más oscuro. Faith también las había ayudado a elegirlos, para que tuvieran un color que a todo el mundo le sentara bien, y sus zapatos de satén de Manolo Blahnik también los habían teñido para que quedaran a juego y se les habían añadido unas hebillas con diamantes de color coñac. Todas las damas de honor estaban muy elegantes.

A los invitados se les había indicado que llegaran a las siete en punto, ya que la boda iba a comenzar a las siete y media. No se sirvió alcohol antes de la ceremonia, tal y como dictaba la tradición. Los cócteles se iban a servir en el enorme jardín delantero; y la cena, en algún momento entre las nueve y media y las diez, que sería cuando la banda de música empezaría a tocar. Jeremy y Annabelle habían escogido sus canciones favoritas.

Los quinientos invitados ya estaban sentados a las siete y veinticinco. Annabelle necesitó unos cuantos minutos más para serenarse. Tenía algo prestado, los pendientes de perlas y diamantes de su madre, y algo azul, una liga de satén azul por debajo del vestido. Faith le dio un centavo para que se lo metiera en el zapato y le trajera buena suerte. Llevaba una moneda de esas a cada boda para dársela a la novia, ya que todo el mundo se olvidaba de esa parte de la tradición, «y una moneda en el zapato».* También le había dado una a Phoebe, y a su madre cuando esta se había casado con Jean-Pierre. A su madre le había hecho gracia este detalle y se la había metido en uno de los zapatos de Chanel para que atrajera la buena suerte.

Las damas de honor recorrieron el pasillo, que en este caso era una alfombra larga de satén blanco que llevaba hasta la carpa preparada para la ceremonia. Eran justo las ocho menos cuarto cuando una elegante y magnífica Annabelle lo recorrió del brazo de su padre. Atravesó las cortinas blancas de la carpa y sonrió tímidamente cuando Jeremy la vio. Estaba preciosa. Con los ojos llorosos, Jack se la entregó a Jeremy y le levantó el velo. Acto seguido, le dio unas palmaditas en el brazo a su yerno. Cuando su marido se sentó a su lado, Miriam estaba llorando y secándose los ojos con un pañuelo de encaje. Ella también estaba muy hermosa con su vestido de satén de color verde esmeralda. Llevaba su nueva pulsera de diamantes en la muñeca y unos pendientes con esmeraldas en las orejas. Al ver a los Albert en este instante, nadie habría sospechado que habían vivido una experiencia traumática recientemente. De alguna forma, Miriam había logrado salvar su matrimonio y su dignidad, a pesar de todo lo que había ocurrido, y Faith la respetaba por eso. Tras esa ropa llamativa y esos grandes diamantes, había algo más. Había una mujer fuerte con corazón y agallas que no estaba dispuesta a perder a su esposo.

La ceremonia, que fue oficiada por un sacerdote al que conocían, salió a la perfección. Annabelle había elegido el mismo voto que la madre de Faith cuando esta se había casado con Jean-Pierre, y tuvo un significado especial cuando Anna-

---

* Según la tradición, si la novia lleva «algo nuevo, algo viejo, algo prestado y algo azul» tendrá buena suerte. En algunos países, también se añade una moneda en el zapato (*N. del T.*).

belle lo dijo, ya que su hijo nonato reforzaba el vínculo que había entre los contrayentes.

—Con mi cuerpo, te adoro…

A continuación, un emocionado Jeremy repitió las mismas palabras con una voz temblorosa. La ceremonia fue muy emotiva. Tras haber sido declarados marido y mujer, recorrieron el pasillo juntos con rapidez, mientras sus amigos los jaleaban. Después Jeremy la besó en el jardín delantero ante los dos caballos hechos de rosas y le dijo que era la mujer más bonita del mundo. Faith y Violet se sonrieron desde sus puestos, con sendos intercomunicadores en las orejas. Después de haber vivido unos meses turbulentos organizándola, la boda estaba yendo bien. A partir de entonces, fue una celebración muy alegre, en la que disfrutaron de unos vinos excelentes, de una deliciosa comida, de un grupo de música que hizo bailar a todo el mundo y de otro aún más animado que tocó más tarde esa misma noche. La tarta nupcial fue algo mágico. Faith estaba muy satisfecha con todo, y los Albert le repitieron varias veces que había hecho un trabajo increíble.

Los fotógrafos de *Vogue* que habían cubierto la boda con mucha discreción se marcharon pronto. La fotógrafa que Faith había contratado para los Albert contaba con cuatro ayudantes que sacaron fotos a todo el mundo durante la noche.

La fiesta se prolongó hasta las cuatro de la madrugada y, como siempre, Faith se quedó hasta el final. Cuando ya se iba, los equipos encargados de desmontarlo todo se estaban preparando para iniciar su trabajo. Los novios se habían despedido alrededor de las tres. Annabelle no había querido retirarse, pero estaba agotada. Una de sus amigas había cogido el ramo, y su hermana se había ido con uno de los amigos del novio alrededor de las dos.

Faith se ofreció a llevar a Violet en coche a la ciudad. Su ayudante estaba tan agotada que diez minutos después de haber cruzado las puertas del hogar de los Albert, ya estaba profundamente dormida y no se despertó hasta que Faith la dejó en casa.

Esta se encontraba inmersa en esa gran sensación de paz y de satisfacción que siempre sentía cuando había hecho bien un trabajo. Organizar esa boda había sido uno de los mayores retos que había afrontado y no podía haber salido mejor. Había sonreído cuando había visto a Jack y Miriam en la pista de baile y él la había besado.

La tarta nupcial había sido especialmente bonita y había estado coronada con dos figuritas de los dos caballos blancos. Sí, había pensado en todo. Jack y Miriam le habían dado efusivamente las gracias antes de irse a su habitación, bastante después de las dos de la madrugada. Había llegado el momento de ceder el testigo de la fiesta a los jóvenes. Faith pensó que ojalá todas sus bodas pudieran salir tan bien como esta, a pesar de todo el dramón que había vivido por culpa del embarazo de Annabelle y la infidelidad de Jack. Pero rara vez iba a trabajar con un presupuesto tan grande como este y era consciente de que eso no volvería a suceder en un futuro próximo.

El espectáculo pirotécnico celebrado a medianoche había sido tremendamente espectacular y había animado todavía más la fiesta.

Eran casi las seis de la madrugada cuando se estaba desvistiendo en su silenciosa casa. El sol aún no había salido, y podía escuchar los pájaros trinar, ya despiertos, a la espera del amanecer. Sabía que recordaría esa noche y a los Albert durante mucho mucho tiempo.

El lunes recibió una cajita que le habían enviado los Albert. Estaba sobre su escritorio cuando llegó a la oficina a las diez en punto, y Violet se refirió a la caja de un modo enigmático. Jack había pasado por ahí en persona para dejárselo camino del trabajo.

Faith la abrió, y una pulsera de diamantes muy estrecha la deslumbró con su brillo. Iba acompañada de una nota de Jack y Miriam que decía: «Para la mejor organizadora de bodas del mundo. ¡Has hecho un trabajo fabuloso! Con cariño, Jack y Miriam».

Miró asombrada a Violet. Nunca nadie le había regalado algo así. Violet la ayudó a ponérsela. Era una delicada y fina hilera de diamantes, una pulsera de piedras preciosas enlazadas.

—Te lo has ganado —dijo Violet con un enorme respeto—. Jamás había visto una boda como esa.

—He tenido un gran presupuesto con el que trabajar —aseveró, profundamente conmovida por el generoso regalo. Eran buenas personas, aunque tan toscas como unos diamantes sin pulir, pero al final le habían llegado a caer bien, incluso Jack, a pesar de sus coqueteos y miradas lascivas; no obstante, tenía la sensación de que ese hombre, de ahora en adelante, no iba a volver a las andadas.

—No ha sido una cuestión de dinero —objetó Violet—. Los caballos hechos de flores eran alucinantes y los cisnes también. Todo era tan bonito y nos lo pasamos tan bien. Me encantó.

—Yo también. Y creo que a Annabelle y a Jeremy también les encantó, a pesar de que en un principio no querían una gran boda. Lo aceptaron y han sabido llevarlo bien. Procuré evitar que fuera demasiado agobiante y darle a todo un toque muy personal, lo cual no fue fácil con casi seiscientos invitados.

—Fue algo mágico —afirmó Violet.

Entretanto, Faith se volvió a sentar con la pulsera en la muñeca. Había sido un gesto totalmente inesperado, pero significaba mucho para ella.

Todavía estaba sonriendo y no se fijó en que Violet volvía a su escritorio con lágrimas en la cara. Tenía algo que decirle a Faith, pero no quería estropearle este momento tan feliz.

Morgan y Alex llamaron a Faith dos días después de la boda. Sabían que la gran boda de Long Island se había celebrado ese fin de semana y le preguntaron cómo estaba. Les contó un poco cómo había ido todo y les dijo que estaba orgullosa de los caballos hechos de flores, pero ahora tenía que dejar de pensar en la boda que había organizado con tanto éxito para centrarse en la de ellos. Quedaban solo seis semanas, y quería que fuera algo inolvidable para ambos novios. Como ya sabían que la madre subrogada estaba embarazada y la espera hasta marzo se les iba a hacer muy larga, Morgan y Alex se estaban centrando de nuevo en su boda. Dos de los embriones no se habían implantado, lo cual era un alivio, así que sabían que esperaban un solo bebé y que además era una niña. Habían estado nerviosos porque temían que podrían tener trillizos o gemelos, ya que la madre subrogada había estado dispuesta a correr ese riesgo cuando le introdujeron los tres embriones fertilizados. Pero habían visto en una ecografía que solo estaba embarazada de uno. El especialista al que habían acudido utilizaba técnicas de última generación y solía obtener unos resultados excelentes. Hasta ahora todo había ido bien.

La invitaron a cenar ese viernes por la noche, y ella aceptó la invitación con sumo gusto. Les dijo que contestaría entonces cualquier pregunta nueva que les surgiera. Tenía una semana tranquila por delante, en la que se iba a recuperar de la boda de los Albert e iba a cerrar los últimos flecos de ese evento.

Tenía muchas ganas de ver a Alex y Morgan.

Faith le había contado a Hope todo lo que había que contar sobre la boda de los Albert y le había enviado algunas fotos de la decoración que había sacado con el móvil. Había decidido que era la boda más bonita que había organizado hasta ahora, incluso más que el bodorrio del año anterior, que había sido más grande, pero al que no había podido dar un toque tan artístico o tan personal, y en el que no logró estrechar lazos con la novia. Con los Albert, había acabado envuelta en sus dramas familiares y, en consecuencia, había tenido una relación más cercana con ellos.

Alex y Morgan le habían dicho que podía ir a cenar en vaqueros, ya que iba a ser una cena informal en el jardín. Cuando llegó, se sorprendió al ver ahí a Edward, el hermano de Morgan. Como no le habían comentado que él fuera a venir, se preguntó si esto era una encerrona, lo cual la hacía sentirse levemente incómoda, a pesar de que ya lo conocía.

—Espero que no te importe que me haya incorporado a la cena —dijo Edward amablemente—. Anoche me enteré de que tenía que acudir a la ciudad para una reunión que me han puesto por la mañana, así que les he preguntado a los chicos si podía venir aquí a pasar el rato. Como mañana vuelvo a casa, no iba a tener otra oportunidad para verlos; además, mi hijo se ha ido a los Hamptons a pasar el fin de semana, así que no tenía nada que hacer.

—No me importa para nada —contestó una sonriente Faith.

Charlaron un poco. Edward le contó que había encontrado un piso, no muy lejos de casa de Faith. Le gustaba y le quedaba cerca de la oficina. Para empezar la jornada, prefería ir andando al trabajo, pues sabía que se pasaría todo el día encadenado al escritorio. Morgan comentó que a su hermano le encantaba jugar al tenis y que había ganado algunos campeonatos de joven.

—Gracias por advertídmelo. —Faith sonrió de oreja a oreja—. A duras penas soy capaz de golpear la pelota. Los deportes nunca fueron lo mío. Yo era la estudiante; y mi melliza, la atleta. Y lo sigue siendo.

A Edward le resultaba fascinante que su hermana y ella hubieran nacido en el mismo parto y no fueran idénticas. Faith contestó que en la variedad está el gusto. Durante la cena, les mostró algunas de las fotos que había hecho en la boda de los Albert, y los tres se quedaron impresionados.

—Si has diseñado esa decoración, tienes una creatividad extraordinaria —dijo Edward con admiración—. Esos caballos son increíbles, parecen reales.

—Mi florista sí que es un artista. Todo el mérito es suyo —afirmó Faith con modestia—. A mí se me ocurrió la idea, y él le insufló vida. A todos les encantó.

También le mostró los cisnes.

—Ojalá nosotros pudiéramos tener algo parecido, pero no hay sitio suficiente en la casa que nos han prestado, incluso contando con el salón de baile.

—Vuestra boda será igual de especial y será un reflejo de quiénes sois los dos —les aseguró Faith. Y sería más elegante, en el sentido más clásico del término, y menos exagerada, lo cual encajaba con la personalidad de ambos.

Durante la cena, hablaron de diversos temas. En el jardín, a la luz de las velas, disfrutaron de un ambiente relajado y agradable. Tenían pasta y ensalada para cenar, y pollo servido frío. Era una comida simplemente perfecta para una noche calurosa. Cuando llegaron al postre, Alex lanzó un gran suspiro y afirmó que debían tomar una decisión difícil. A Faith le preocupó que algo malo le hubiera ocurrido a la madre subrogada.

—No estábamos seguros de qué camino tomar, si el de la adopción o el de la gestación subrogada —explicó Alex—, así que decidimos optar por ambos y ya veríamos cuál daba resultado antes. A los dos nos gustaba la idea de tener un bebé mediante subrogación que fuera genéticamente nuestro, o de uno de nosotros al menos. Pero estábamos igualmente abiertos a la opción de adoptar un bebé con el que no tuviéramos nada que ver biológicamente. El proceso de adopción era más lento y ninguno de los dos queríamos esperar tres o cuatro años para que llegara el crío idóneo. Hace tiempo que estamos preparados para esto. Acabamos dando con una madre subrogada maravillosa, así que seguimos adelante por esa vía.

—¿Ha pasado algo? —preguntó una preocupada Faith, que pensaba que a lo mejor había perdido al bebé, o a lo mejor habían descubierto algo malo sobre la madre subrogada, que se drogaba o hacía cualquier otra cosa igual de peligrosa, o que fuera a plantarles cara legalmente, ahora que estaba embarazada de su hija, cuando ya se habían hecho a la idea de que iban a tener un bebé.

—Sí, ha pasado algo —contestó Morgan, quien todavía no había tenido la oportunidad de contarle nada a su hermano—. Anoche recibimos una llamada de una agencia de adopción privada de Florida con la que habíamos contactado en su día. Tienen un bebé que, según parece, sería ideal para nosotros. Es un niño. La madre es una chica de buena familia. Está estudiando en la universidad el primer año de carrera y ha estado con el mismo novio desde que tenía dieciséis años; además, tiene unos buenos padres; son unas personas respetables y con formación universitaria; su padre, en concreto, es médico. Se ha quedado embarazada; nunca entiendo cómo eso puede pasar hoy en día, pero pasa. No se dio cuenta de que lo estaba hasta que ya se encontraba de cinco meses. Es una chica atlética e ingenua que se negaba a aceptar la realidad.

»Dijo que quería quedárselo, pero ha roto con su novio y se ha dado cuenta de que no podrá criarlo ella sola. Él ha conocido a otra chica en la universidad a la que va, por lo cual su relación ha terminado. Solo son unos niños. Según parece, los dos tienen que madurar mucho antes de tener hijos. Ella y sus padres han decidido que lo mejor tanto para el niño como para la madre es dar al bebé en adopción a unas personas que puedan ofrecerle una buena vida, y el padre del bebé está de acuerdo.

»Florida es uno de los mejores estados para adoptar. El proceso es sencillo y relativamente rápido. Además, en Florida no existe el periodo de revocación. El consentimiento para la adopción es permanente e irrevocable desde el momento en que está firmado. Según la agencia, hay otras dos parejas interesadas, pero para ninguna de ellas es un buen momento. Tampoco lo es para nosotros. Ya tenemos un bebé en camino y no queríamos dos a la vez, como si hubieran sido gemelos; aunque si hubiera ocurrido de un modo natural, lo habríamos aceptado, pero he de reconocer que es un alivio que no sea así. La chica sale de cuentas en dos semanas y podría tenerlo cualquier día. Tienen que saber nuestra respuesta ya. Les gustaría poner el proceso de adopción en marcha antes de que ella dé a luz. Lo más sensato sería decir que no, pero no sabemos qué hacer.

Se los veía muy serios a los dos y era obvio que les estaba costando mucho tomar una decisión.

—Tenemos la sensación de que este bebé es para nosotros —añadió Morgan—. Pero se llevarían ocho meses. Queremos un segundo bebé, pero no ahora mismo. Sería como tener toda una familia de repente, y ni siquiera nos hemos preparado todavía para el primero.

Se miraron el uno al otro.

—Si aceptáramos, seríamos padres dentro de dos semanas —continuó—. Queríamos tener más tiempo para nosotros. Lo hemos planificado todo muy minuciosamente. Es que sería tan rápido y tan pronto… Para marzo, nos daría tiempo a tenerlo todo organizado. ¿Puedes prepararte para tener un bebé en solo dos semanas? Ya nos evaluaron en su momento, por lo que tenemos el visto bueno para ser padres adoptivos. En Florida, la madre puede firmar el consentimiento para la adopción cuarenta y ocho horas después del nacimiento del bebé. Tendríamos que esperar unas dos semanas para hacer todo el papeleo que requiere una adopción interestatal y luego podríamos llevarnos al bebé a casa. Y tres meses después, la adopción pasaría a ser firme e irreversible. Y como no hay un lapso de revocación en Florida, la madre biológica no podría cambiar de opinión, que es una posibilidad que siempre hemos temido si acabábamos recurriendo a la adopción. Hemos hablado con el padre de la chica y dice que ella ha decidido que lo mejor para el niño es entregarlo en adopción.

»Me siento como si le estuviéramos robando a alguien su bebé. Ella quiere saber dónde está, para poder conocerlo algún día, dentro de mucho tiempo, pero ahora no quiere que haya ningún contacto, lo cual nos simplifica las cosas. No quiero adoptar también a la madre.

—Así es la vida —dijo Edward con una sonrisa irónica—. La vida es lo que pasa mientras haces planes. Morgan ya sabe lo que me pasó a mí en su día. Yo estaba en la universidad, como esta chica. Cuando tenía diecinueve años, mi novia se quedó embarazada. Como ella les tenía tanto miedo a sus padres, no le contó nada a nadie, ni siquiera a mí. Resumiendo mucho las cosas, nos terminamos casando y tuvimos a Wesley cuando yo tenía veinte años. Su madre era una chica muy dulce, pero no teníamos nada en común salvo nuestro hijo. El matrimonio duró dos años. Nos separamos en cuanto nos licenciamos y luego nos divorciamos. Y no fueron dos años muy felices. Es mejor que a los niños los críe gente madura y no otros críos. Los primeros años de vida de Wes fueron complicados. Después de la universidad, su madre se enganchó a las drogas. Al final logró desengancharse, pero como eso llevó un tiempo, el niño estuvo viviendo por temporadas con sus abuelos paternos, con sus abuelos maternos y conmigo. Por aquel entonces, yo ya estaba en la Facultad de Derecho y no podía cuidarlo. Al final, su madre recuperó la custodia, pero incluso ahora sigue siendo una inmadura y un poco alocada. Hasta que Wes no fue un adolescente, él y yo no llegamos a conocernos de verdad. Ahora tenemos una relación estrecha, pero tardamos mucho en lograr que fuera así. Yo aún tenía que madurar mucho cuando él nació. Así que creo que esta chica está tomando la decisión correcta. La pregunta que hay que hacerse aquí es: ¿cuál es la decisión correcta en vuestro caso?

»No debería daros mi opinión, pero os la voy a dar. Seréis unos padres excelentes, da igual que empecéis a serlo en marzo o en julio. Estáis preparados. Ambos sois unas personas responsables y maduras. Queréis tener dos hijos, pero ¿qué más da si se llevan un año, o dos u ocho meses? Me parece que se os ha presentado una situación ideal que no suele darse a menudo. ¿Que el bebé va a poner patas arriba vuestras vidas? ¡Pues claro que sí! —Sonrió—. Constantemente, durante los siguientes cuarenta o cincuenta años. Nada pondrá vuestras vidas tan patas arriba como vuestro hijo, ni os traerá tanta alegría. Este va a llegar antes de lo esperado. Si queréis saber mi opinión, yo votaría que sí, aceptad al bebé y no miréis atrás, y en marzo, la familia que tanto deseáis se completará. Os hincharéis a poner pañales una temporada y luego os olvidaréis de ello.

Él se rio, y Morgan sonrió de oreja a oreja.

—Mi hermano siempre es capaz de resumir las cosas sin dejarse ningún punto importante sin tocar. Nosotros también opinamos lo mismo. Simplemente, no lo esperábamos. De algún modo, esto desbarata todos nuestros planes. ¿Creéis que deberíamos posponer la boda y centrarnos en lo otro? —les preguntó a los dos.

—¿Por qué vais a posponer la boda? —le preguntó Edward—. Ahora vais a tener más cosas que celebrar. Además, estáis entusiasmados con la boda, así que… ¡celebradla! Vale, ya habrá un bebé en casa. ¿Y eso qué más da? Vuestros hijos os sorprenderán a los dos el resto de vuestra vida. Simplemente, este va a empezar antes de lo previsto. Tenéis que hacer lo que os diga vuestra intuición. Nadie puede deciros cómo obrar. Habladlo entre vosotros y haced caso a vuestro corazón.

Se trataba de un buen consejo. Era un hombre afectuoso, sensato y pragmático. A Faith le caía bien y le gustaba lo que decía. Había estado esperando hasta entonces para intervenir, aunque no estaba muy segura de qué iba a decir.

—Por si mi opinión os sirve de algo, he de decir que siempre me ha encantado ser una melliza. Esos críos solo se van a llevar ocho meses de diferencia, así que va a ser como si fueran mellizos. Yo tengo una relación muy pero que muy estrecha con mi hermana y me sentiría perdida sin ella. Es mi mejor amiga.

Alex y Morgan asintieron y se quedaron meditabundos.

Como tanto Edward como Faith se quedaron hasta altas horas de la noche, cuando se marcharon, compartieron un taxi.

—Es difícil saber qué deberían hacer —dijo una pensativa Faith—. La vida siempre es así. Todo sucede a la vez. O no te pasa nada o te viene todo de golpe.

—¿Tienes hijos? —le preguntó Edward.

Faith hizo un gesto de negación con la cabeza.

—Siempre he tenido la sensación de que eso no es para mí. Estuve comprometida dos veces y nunca llegué a casarme. Supongo que soy una mujer egoísta, caprichosa e independiente. Mi melliza va a tener su cuarto hijo y está encantada de la vida. Creo que prefiero ser tía antes que madre, ya que eso supone asumir una gran responsabilidad. —Edward admiraba su sinceridad—. Mis novias son como mis hijas hasta la boda y luego se independizan. —Faith sonrió—. Crecen tan rápido…

—Fue difícil tener un hijo a los veinte años. Es el único

que tengo. A veces me arrepiento de ello y otras veces no. Al igual que tú, soy un tipo caprichoso e independiente. Tienes que renunciar a tantas cosas para ser un buen padre. Con veinte años, yo no estaba preparado para tener una esposa y un hijo. Aquello fue un desastre total. Pero los chicos lo harán bien. Están preparados. Espero que sigan adelante y adopten a este bebé.

—Yo también —dijo Faith, mientras pensaba en ello—. Ya nos veremos en la boda y gracias por compartir el taxi.

Ella le sonrió cuando llegaron a su casa. Había sido una noche muy agradable.

—A lo mejor te veo antes en el bautizo —contestó Edward.

Y ambos se rieron. No podían saber qué iban a hacer los chicos.

Edward pidió al taxi que esperara hasta que ella entrara sana y salva en casa, mientras Faith pensaba en Morgan y Alex y se preguntaba cuál sería su decisión.

Más tarde, en su nuevo piso, a unas pocas manzanas de distancia, Edward estaba pensando en ella. Le gustaba lo valiente, enérgica y sincera que era, y su gran creatividad. La boda que les había mostrado había sido espectacular, y los caballos hechos de rosas que había diseñado eran una obra de arte. Esperaba conocerla mejor. Sería estupendo tenerla como amiga, y se alegró de haberla conocido.

Esa noche, cuando ya estaban en la cama, Morgan y Alex estuvieron hablando un buen rato sobre qué decisión iban a tomar respecto al bebé que les habían ofrecido.

—¿Te sientes preparado? —le preguntó Alex a Morgan, quien se quedó pensativo.

—No lo sé. A veces. A veces creo que seré un padre estupendo y otras veces me aterra ser un desastre.

—No lo serás. —Alex le sonrió—. Creo que todos los padres se sienten así. No vamos a estar más listos en marzo de lo que estamos ahora.

Tenía razón.

Mientras hablaban del tema, se fueron quedando dormidos. Una llamada los despertó a las seis de la mañana. Al descolgar, Morgan oyó la voz de alguien que no conocía.

—Siento despertarlo. Soy el doctor Greenville de Miami. La agencia contactó con usted para hablarle sobre mi hija, Heather Greenville, que espera un bebé. Sé que se lo estaban pensando y no sé qué han decidido. La agencia me ha dado su número. Salía de cuentas dentro de dos semanas, pero ya está de parto. Ahora mismo, estamos en el hospital. Las primerizas suelen tardar en dar a luz. Quería informarles por si acaso se están planteando la posibilidad de adoptarlo y si es importante para ustedes estar presentes en el nacimiento. No hago esto para presionarlos, solo quería darles la oportunidad de estar presentes, si así lo desean.

Un atónito Morgan miró fijamente a Alex con los ojos como platos.

—Es todo un detalle por su parte, doctor. ¿Me da un minuto? —Morgan tapó el móvil con la mano y miró a Alex—. La chica ya está de parto. El bebé ya viene. Quieren saber si queremos estar ahí cuando nazca.

—¿Ahora? —preguntó Alex, a quien parecía que Morgan le hubiera echado un cubo de agua fría encima mientras asentía.

—Hagámoslo —dijo un envalentonado Morgan—. ¿Te parece bien?

Alex sonrió ampliamente y asintió.

—Sí —contestó.

Acto seguido, se levantó de la cama de un salto, mientras Morgan le decía al doctor Greenville que iban para allá y que llegarían lo antes posible. El doctor le informó a Morgan de en qué hospital estaba ingresada y se despidió diciéndole que los vería en breve.

Después añadió con una voz quebrada por la emoción:

—Les doy las gracias en nombre de mi hija y del bebé. Que Dios los bendiga.

Morgan tenía los ojos llenos de lágrimas cuando respondió:

—Vamos a tener otro bebé en marzo. Creo que se podría decir que van a ser mellizos «en diferido».

Dijo eso riéndose a la vez que lloraba. Unos segundos más tarde, ambos colgaron. Morgan fue corriendo al baño para cepillarse los dientes y lavarse la cara. Luego se dirigió rápidamente al armario para vestirse. Se puso unos vaqueros, una camisa Oxford azul y unos mocasines de Gucci. Alex, que se había puesto una camiseta y unos vaqueros, cogió una chaqueta de sport. Morgan lo miró.

—¿Adónde vas tan elegante?

—Voy a ser padre, debe parecer que soy un tipo respetable —contestó.

Morgan se rio.

—Te amo. Los dos estamos locos, lo sabes, ¿verdad?

Alex sonrió y asintió. Tres minutos después, cogieron sus carteras y salieron a todo correr por la puerta. Alex se alisó el pelo, ya que se le había olvidado peinarse. Tras dar con un taxi, se dirigieron al aeropuerto de LaGuardia. El taxista los llevó allí en veinte minutos a cambio de una gran propina. Cogieron el vuelo de las siete y veinte a Miami, que justo estaba embarcando, y se sonrieron el uno al otro cuando se sentaron. Su vida en común siempre había sido una aventura y desde luego también lo era ahora. La boda que estaban organizando no era nada comparado con esto. Esto era algo COLOSAL.

Morgan cogió su móvil y les envió el mismo mensaje de texto a su hermano y a Faith: «Ya llega el bebé. Estamos volando a Miami. Con cariño, papá y papá».

11

El avión aterrizó en el aeropuerto internacional de Miami a las diez menos diez sin ningún retraso. Cogieron un taxi que los llevó al hospital y, en cuanto llegaron, se acercaron corriendo al mostrador de información.

—Tenemos que ir a la sala de maternidad. Vamos a tener un bebé. ¿Dónde está esa sección? —preguntó Alex, que había estado muy nervioso desde que habían aterrizado. Morgan se sentía más tranquilo.

—¿Ya ha dado a luz? —inquirió la mujer de información.

—No, está de parto. ¿Dónde está la sala de maternidad?

—Si su esposa está de parto, estará en la sala de partos.

Les indicó adónde ir y fueron corriendo al ascensor.

Alex miró a Morgan después de que este presionara el botón que los llevaría a esa planta.

—¿Estoy hecho un desastre? —preguntó. Llevaba puesta la chaqueta de sport que había cogido al salir.

—Sí —contestó Morgan—, los dos lo estamos. Yo no me he peinado, y tú te has manchado la camisa de café en el avión. Creo que es normal estar hecho un desastre cuando llega un bebé. Eso forma parte de la experiencia. Todo varón pasa por lo mismo.

—Todo esto es tan de adulto. ¿Estamos preparados para algo así? —le preguntó Alex.

—Sí —respondió Morgan con mucha seguridad, lo cual calmó a Alex.

—Pensaba que cuando llegara nuestra bebé, lo tendríamos todo muy organizado y la llevaríamos a casa en coche, montada en su nueva silla para niños, con su vestidito rosa. Con las pintas que llevamos, parece que acabamos de salir de la cárcel.

—Eso ya lo haremos en marzo. Esta situación es muy distinta —señaló Morgan, cuando llegaron a la planta.

Al instante, se acercaron apresuradamente al mostrador de recepción. Pudieron oír gritar a lo lejos a una mujer en una de las salas de parto. Se sintieron como si estuvieran dentro de una serie de televisión.

—Veníamos a ver al doctor Robert Greenville y a su hija Heather.

La enfermera que estaba en recepción sonrió cuando Morgan le dijo cómo se llamaban.

—Los están esperando —dijo tranquilamente con una sonrisa—. Aún le queda mucho. El parto va lento. Todavía está en la primera fase.

Los llevó a una salita y les dio unos pijamas quirúrgicos. Luego señaló el lavabo donde se podrían lavar y una taquilla donde podrían guardar cualquier prenda que se fueran a quitar.

—Voy a avisarlos de que están aquí.

Se limpiaron en el lavabo y acto seguido se pusieron los pijamas sobre los vaqueros y la camisa. Alex dejó su chaqueta de sport en la taquilla. Luego se encajaron en la cabeza algo similar a unos gorros de ducha y unas fundas de papel en los zapatos, mientras Alex miraba a Morgan presa del pánico.

—¿Vamos a asistir al parto?

—Espero que no —contestó un sonriente Morgan.

—Creía que solo íbamos a verlo en la sala de recién nacidos después del parto.

—No tengo nada claro qué nos espera.

En cuanto Morgan pronunció esas palabras, un hombre de aspecto agradable de cuarenta y tantos, que iba vestido con la misma ropa quirúrgica que ellos, entró en la habitación y se quedó mirándolos a ambos.

—Gracias por venir. Soy el padre de Heather. —Les estrechó la mano a los dos, y Alex volvió a sentirse como un adulto—. Todavía está en la primera etapa del parto. Ahora su madre está con ella. Le van a inyectar la epidural, pero como aún es muy pronto, tendrá que aguantar un rato más. Se ha puesto de parto poco antes de que los llamara. Las madres primerizas pueden tardar mucho en dar a luz, pero la epidural le facilitará las cosas. Si se la administran demasiado pronto, el parto se detendrá. Si quieren entrar en la habitación, Heather no pondrá ninguna pega, siempre y cuando se coloquen detrás de ella. Solo tiene dieciocho años, y esto es muy duro para ella. Soy tocólogo, pero no voy a traer al bebé al mundo. Estoy aquí únicamente para ofrecer apoyo moral y asegurarme de que el parto vaya bien. Mi hija se alegra de que ustedes vayan a adoptar al bebé. Quiere saber si tendrá un buen hogar. La agencia le ha hablado muy bien de ustedes.

—Sí, lo tendrá —respondió Alex con un tono muy serio.

Morgan asintió. A continuación, siguieron al doctor Greenville hasta otra habitación que se encontraba unas cuantas puertas más allá, en cuya cama había una joven muy guapa vestida con una bata de hospital. Parecía tener unos catorce años y tenía el pelo largo y rubio. Miró a Morgan y Alex. Estaba tapada con una sábana y una manta, y había varios monitores conectados que no paraban de pitar.

—¿Más médicos, papá? ¿Es que algo va mal?

—No. Estos son Alex y Morgan, los dos neoyorquinos de los que hablamos. Los padres del bebé —contestó, con un nudo en la garganta.

Su esposa estaba sentada al lado de su hija con la misma

ropa que llevaban ellos. Era una mujer muy guapa con un aspecto bastante juvenil. Heather, que la agarraba de la mano, hizo súbitamente una mueca de dolor. El monitor indicó que acababa de tener una contracción. Su padre les explicó qué mostraba cada monitor; uno, las contracciones; otro, los latidos del corazón del bebé, que según él eran estables y fuertes. La contracción fue tan intensa que se echó a llorar y pidió la epidural. Su padre le dijo que era demasiado pronto. Entonces, entró una enfermera y les pidió a todos que salieran, ya que iba a ver cómo estaba Heather para comprobar cómo progresaba el parto. Su madre se quedó con ella, y los tres hombres salieron al pasillo.

—No queremos molestar. Si nuestra presencia en la habitación hace que su hija lo pase todavía peor, no volveremos a entrar —dijo Morgan.

De repente, todo era muy real y el parto iba a ser complicado. Tenían previsto estar presentes cuando la madre subrogada diera a luz, pero aún no sabían mucho sobre partos ni qué esperar en una situación así. Iban a ir a una clase en enero. Pero ahora mismo no estaban preparados para esto.

—Fue idea suya llamarlos para preguntarles si querían estar aquí cuando naciera el bebé —les explicó el padre de la chica.

—No tenemos que estar en la habitación si no quiere que estemos ahí dentro —insistió Alex—. ¿No pueden darle algo para aliviarle el dolor?

Odiaba pensar en lo que esa joven iba a sufrir para luego irse a casa con las manos vacías, mientras ellos se llevaban a su hijo. De repente, ambos fueron conscientes de lo que realmente implicaba todo esto. Su madre subrogada tenía un marido y dos hijos propios y ya había pasado por un proceso de gestación subrogada dos veces. Había un contrato firmado y le iban a pagar un dinero. Además, le doblaba a Heather la edad. Esto era muy distinto; se trataba de una adolescente asustada que estaba de parto, que sufría mucho dolor y que iba a entregar a su bebé a unos desconocidos, a dos hombres que no conocía de nada. A ambos les parecía que eso debía de ser muy duro, aunque se alegraban de estar allí y le estaban muy agradecidos por haberlo sugerido. Ahora más que nunca, eran conscientes de que esto era algo tremendamente importante; no se trataba de un mero plan o una idea, sino de una persona, de una chica que había llevado nueve meses a este bebé en su vientre, al que tal vez amara, al igual que había amado a su novio, y que ahora les iba a ceder a su bebé. En toda su vida, jamás iba a hacerle un regalo tan valioso a nadie. Querían facilitarle las cosas tanto como fuera posible, y ambos sintieron una honda gratitud y amor por ella, a pesar de que no la conocían.

La enfermera salió unos minutos más tarde y dijo que el parto seguía avanzando. Dijo que ya iba por los cuatro, y Robert Greenville les explicó a Morgan y Alex qué había querido decir con eso: que su cuello uterino se había dilatado hasta alcanzar los cuatro centímetros. Tenía que llegar a los diez para poder dar a luz, para que el bebé pudiera salir. Las contracciones obligaban al cuello uterino a abrirse; sí, estaban cumpliendo su cometido.

—Debería tratar de descansar entre una contracción y otra, para no agotarse —les dijo.

La enfermera había bajado la intensidad de las luces de la habitación, y Heather tenía los ojos cerrados, mientras su callada madre seguía sentada a su lado en una silla. Los tres hombres entraron silenciosamente en la habitación. Morgan y Alex se colocaron en una esquina situada detrás de la cama, donde una enfermera había dejado dos sillas, y observaron los monitores a cierta distancia. Morgan señaló hacia el monitor que controlaba las contracciones cuando este de repente mostró un pico, y Heather abrió los ojos para dar un grito de dolor. La contracción se prolongó durante lo que pareció ser una eternidad. La muchacha, que había estado apretando la mano de su madre, gimió y volvió a cerrar los ojos. Cuatro minutos más tarde tuvo otra muy intensa y después pasó a sufrirlas cada tres minutos. Cuando pasaron a producirse cada dos minutos, los chicos pudieron ver en el monitor que las contracciones se estaban volviendo más fuertes y más largas. La enfermera volvió a entrar para comprobar cómo estaba. En esta ocasión, su padre se quedó para escuchar lo que la enfermera tenía que decir. Alex y Morgan salieron de la habitación y, cuando ya estaban en el pasillo, se miraron.

—Esto es horrible. ¿Por qué no le dan algo? Pobrecilla. Solo es una cría —dijo Alex, muy preocupado por esa chica, que parecía ser más joven de lo que realmente era.

—Su padre ha dicho que aún no pueden darle nada, ya que, si no, el parto será todavía más lento.

Morgan tenía la sensación de que estaban participando en una especie de milagro, pero Alex solo podía pensar en la agonía que esa chica estaba sufriendo y esperaba que le dieran algo enseguida.

Su padre salió unos minutos después y les informó de que, como ya había dilatado seis centímetros, le iban a poner la epidural. El anestesista iba para allá. Después de eso, no notaría las contracciones. Cuando hubiese dilatado diez centímetros, podría comenzar a empujar y daría a luz al bebé. Lo hacía parecer facilísimo, cuando a ellos les parecía que era justo lo contrario. Estuvieron de acuerdo en que debían quedarse en el pasillo hasta que le facilitaran la epidural y la oyeron sollozar cuando su padre entró de nuevo en la habitación.

El anestesista llegó cinco minutos después y estuvo ahí veinte minutos. Entonces, el doctor Greenville los volvió a llamar. Le habían insertado una aguja en la columna para administrarle la epidural, de modo que ya no sentía nada por debajo de la cintura. Mientras regresaban a la esquina, Heather les sonrió y los saludó. Se la veía mucho más feliz que unos minutos antes. Podían ver las contracciones en el monitor, pero ella ya no las notaba. Estaba hablando con su madre en voz baja y le comentó que sentía una gran presión, que tenía la sensación de que el bebé quería salir.

La enfermera volvió y la examinó bajo una sábana que la tapaba por entero. Sonrió cuando le dijo a Heather que ya había dilatado diez centímetros y enseguida podría empezar a empujar. Se fue a buscar al médico, que entró al instante y saludó con una leve inclinación de la cabeza al padre. Se conocían. Tras examinar a Heather, se hizo cargo del parto desde ese momento. La enfermera se quedó al lado del doctor, y el padre se acercó a su esposa.

La madre de Heather estaba junto a ella, peinándole el cabello hacia atrás, cuando vieron una contracción enorme en el monitor. Sin quitarle la sábana que la tapaba, le colocaron los pies en unos reposapiés. Cuando el médico le dijo a Heather que empujara, Alex y Morgan no pudieron ver nada, salvo las caras de las personas que estaban en la habitación. El doctor le pidió a la enfermera que aplicara presión cuando se produjera la siguiente contracción y a la madre que sujetara de los hombros a su hija mientras esta empujaba. Las contracciones se producían a intervalos de un minuto, y ella tenía que empujar cada vez que tenía una. Como vieron que estaba exhausta, la enfermera le colocó una máscara de oxígeno en la cara; y con cada contracción, la enfermera, el médico y sus padres le gritaron que empujara. Heather empujó y no pasó nada; mientras tanto, la enfermera presionaba para que el bebé descendiera. El médico la vigilaba de cerca y su padre parecía preocupado.

Parecía que llevaban ahí una eternidad, cuando solo había transcurrido una hora. Aunque no sentía dolor, la joven madre estaba agotada y no paraba de repetir que ya no podía empujar más. Los dos médicos se miraron, y mientras Morgan y Alex se preguntaban qué significaba esa mirada, el doctor le dijo de un modo afectuoso a Heather:

—Tienes que ayudarnos, Heather. Quiero que empujes lo más fuerte posible. No quiero hacerte una cesárea con tu primer bebé. Sé que podrás lograr que salga de ti.

Ella asintió y empujó aún más fuerte con las siguientes contracciones. La enfermera también asintió. El bebé se estaba desplazando hacia abajo. Sí, estaban consiguiéndolo. Parecía que a Heather la había atropellado un tren, y Morgan le estaba agarrando la mano a Alex. Ninguno de los dos hacía el más mínimo ruido en esa esquina de la habitación, situada bastante detrás de la cama de Heather. Después de estar otra media hora más empujando, el médico le dijo a Heather que ya quedaba muy poco. El bebé estaba prácticamente fuera, solo tenía que dar unos pocos empujones más y todo acabaría. Heather hizo un esfuerzo sobrehumano, mientras Alex y Morgan se preguntaban si el bebé llegaría a salir alguna vez, y de repente, todo se aceleró. La enfermera apartó ligeramente la sábana para que el doctor pudiera ver mejor. Después de que la muchacha diera un empujón colosal más, el médico dijo que podía ver la cabeza del bebé. En medio de un silencio total, Heather empujó otra vez, y el bebé salió de ella llorando. Era un llanto potente y vigoroso. Heather se desplomó y la cabeza se le hundió en la almohada. En cuanto nació el bebé, le metieron algo en la vía intravenosa para calmarle el dolor, y el médico sonrió a los dos hombres que estaban en la esquina.

—¿Les gustaría cortarle el cordón? —les preguntó.

Los dos hicieron un gesto de negación con la cabeza. Estaban llorando. Era un niño tan grande y hermoso, y su madre había tenido que esforzarse tanto para traerlo al mundo y luego entregárselo. Su hijo era un regalo, un milagro.

El médico le cortó el cordón, y la enfermera le preguntó con delicadeza a Heather si quería sostenerlo en brazos, pero ella movió la cabeza de un lado a otro. Aunque ya estaba atontada por lo que le habían suministrado, contestó que no. Entonces el pediatra entró en la habitación acompañado por una enfermera, que enseguida lo pesó.

—Cuatro kilos y doscientos gramos —anunció.

Todos se quedaron pasmados. Para entonces, Heather ya estaba adormilada por culpa del medicamento que le habían dado. Mientras tanto, la enfermera remataba su trabajo en esa zona. Luego el médico la suturó. Había sufrido un ligero desgarro durante el parto, lo cual no era de extrañar con un bebé de ese tamaño. Mientras le daban puntos, se quedó totalmente dormida, y sus padres hablaron en voz baja. También era un momento muy emotivo para ellos, ya que se trataba de su primer nieto, a quien nunca volverían a ver. Robert le acariciaba suavemente la espalda a su esposa, que había estado junto a Heather en todo momento. Entonces el pediatra les preguntó a los dos nuevos padres si les gustaría sostener a su hijo en brazos. Todos los presentes estaban al tanto de la delicada situación que se estaba viviendo en esa habitación y la habían abordado tratando con sensibilidad y comprensión a los implicados.

Alex fue el primero en dar un paso al frente y extender los brazos mientras una enfermera le entregaba a su bebé, a su primogénito. En ese instante, ambos se dieron cuenta de que daba igual quién te hubiera dado a luz o cómo hubieras nacido, el mero hecho de estar ahí era un regalo y al instante amaron a ese bebé envuelto en una manta. Como ya lo habían limpiado, Alex lo besó. Luego se lo entregó con delicadeza a Morgan, quien sostuvo al bebé cerca de sí y lo miró maravillado. Estaban felices de haber estado ahí y de que Heather les hubiera permitido compartir con ella ese instante sagrado; para ella serían sus primeros y últimos momentos con ese niño, que también era su hijo. Alex y Morgan compartirían toda su vida con él; Heather, únicamente unas horas, que ella también había querido compartir con sus futuros padres. Ninguno de los dos era capaz de imaginarse un regalo más generoso.

Una enfermera los condujo hasta la sala de recién nacidos, mientras empujaba la cuna de plástico transparente en la que trasladaba al bebé. Dejaron a Heather a solas con sus padres. Pronto se la llevarían a la sala de recuperación, donde dormiría varias horas gracias a la medicación que le habían dado.

En la sala de recién nacidos, se fueron turnando para sentarse en una mecedora con el niño en brazos y se miraron maravillados. Gracias a una decisión que habían tomado en una fracción de segundo catorce horas antes, esta personita iba a formar parte de su vida para siempre, cuando dos días antes ni siquiera sabían de su existencia. Era como un regalo del cielo que había caído en sus manos.

Robert Greenville fue a verlos tanto a ellos como al bebé y les dio las gracias de nuevo.

—¿Cómo está Heather? —le preguntaron los dos a la vez.

—Está dormida. Ha sido un parto duro, ya que el bebé es muy grande y muy hermoso. Si le dan el alta mañana, alguien de la agencia vendrá con los papeles para que Heather los firme. O al día siguiente. Pueden llevárselo a un hotel mientras esperan a que todo el papeleo interestatal se resuelva. El pediatra les informará de cuándo podrá volar el niño en avión con ustedes, pero seguramente podrá volar para cuando todos los documentos estén en orden. El padre renunció a sus derechos sobre el niño hace un mes. Es un buen chico. Los conocemos bien tanto a él como a su familia. Empezaron a salir en el primer curso del instituto. Las cosas se les fueron de las manos. Ella no se enteró de que estaba embarazada hasta que fue demasiado tarde. Los dos son unos críos. Han sido ellos quienes han tomado la decisión de entregarlo en adopción. Y nosotros creemos que han hecho lo correcto.

—¿Y qué va a ser de Heather? —le preguntaron—. ¿Cómo va a afrontar esta situación?

Querían hacer lo que fuera mejor para ella.

—Ha dicho que no quiere verlo. Pero su madre y yo creemos que debería despedirse de él. Lo va a pasar muy mal durante un tiempo. Es una decisión difícil, pero será lo mejor para el crío y a la larga también para ella. Heather no está preparada para asumir esta responsabilidad, y el padre del bebé tampoco.

Los dos nuevos padres asintieron, pero aun así, la chica les daba muchísima pena. Estaba haciendo un gran sacrificio, estaba renunciando a compartir su vida con un ser humano que era sangre de su sangre. En cuanto firmara los documentos, su decisión sería irrevocable. Ahora entendían mejor lo que suponía eso.

—Los dos se han portado maravillosamente bien —les dijo el padre de Heather.

—Al igual que usted, su esposa y Heather. Lo siento, ha sido tan duro para ella. Ha sido muy valiente.

—Sí, lo ha sido —admitió.

Se le veía triste, y Morgan y Alex no se lo podían echar en cara. Era un día muy feliz para ellos y muy triste para su familia y para él. Era uno de los momentos más crueles que uno podía vivir en la vida, y Heather estaba pagando muy caro un desliz juvenil.

Alex y Morgan abandonaron el hospital un tanto aturdidos y fueron a registrarse a un hotel. Fueron a uno donde se habían alojado anteriormente, cuando habían ido a Miami a pasar un fin de semana. En realidad, no era la clase de ciudad que a ellos les gustaba, pero se lo habían pasado bien. Ahí siempre había muchos conciertos, fiestas y bailes; sí, reinaba un ambiente festivo en todas partes. El hotel donde se hospedaban era un sitio un poco más tranquilo.

Alex miró a Morgan y se rio.

—Me acabo de dar cuenta de que solo hemos traído la ropa que llevamos puesta.

Morgan se detuvo a pensarlo y asintió. Se habían ido de Nueva York con lo puesto y ni siquiera habían cogido un cepillo de dientes.

—Pues tienes toda la razón.

Fueron a la tienda de regalos del hotel y se compraron unos pantalones cortos, un bañador para cada uno, unas camisetas que tenían impreso el nombre del hotel y unos cepillos de dientes, incluso pasta de dientes y unas maquinillas de afeitar; cualquier cosa que les hiciera falta. A continuación, subieron a la habitación.

—Me siento como si estuviera en un sueño —afirmó Alex—. Después de tanto sufrimiento, ha llegado ese hermoso bebé, y de repente soy papá; bueno, lo somos los dos. Hemos estado hablando sobre este tema durante años y ahora aquí estamos, y dentro de un par de semanas volveremos a Nueva York con un bebé que alguien nos acaba de entregar. Ni siquiera tenemos una cuna para que duerma. Habrá que comprar toda clase de cosas. No sé ni qué necesitamos.

—Yo sí —dijo Morgan—. Vamos a pedir algo al servicio de habitaciones. Necesitamos comer.

No habían comido nada en todo el día, salvo unos tentempiés en el avión, porque no habían querido abandonar la habitación por temor a perderse la llegada del bebé. Pidieron unas hamburguesas con queso y champán y se sentaron a la mesa sonriéndose mutuamente. No habían echado ni una ojeada a sus móviles en todo el día. Morgan tenía un mensaje de texto de Faith y otro de su hermano. Su hermano le había escrito: «¡No me jodas! ¡Buena suerte!». Y el de Faith decía: «¿Alguna NOTICIA?». Primero la llamó a ella y le contó todo sobre la llamada que habían recibido a las seis de la mañana y el bebé, y le dijo que pesaba cuatro kilos y doscientos gramos y que su madre era una niña muy dulce y sus padres, encantadores. Alex se puso al móvil, y Faith también lo felicitó. Después, Morgan volvió a hablar con ella.

—Necesito que nos hagas un favor enorme. No hemos comprado nada para el bebé. Nada de nada. ¿Puedes ir a una tienda para bebés y comprarnos lo que necesitamos: unos bodis, unos biberones, unos pañales, una mochila portabebés, un cochecito? Te pagaré en cuanto llegue a casa. Ah, y algún tipo de cuna en la que pueda dormir.

—Eso va a ser divertido. Le pediré a mi hermana Hope que me haga una lista. Tampoco yo sé mucho sobre qué necesita un bebé —afirmó, y ambos se rieron—. ¿Cuándo vais a volver?

—Eso se lo tenemos que preguntar a la agencia. Van a acelerar el papeleo, pero en las adopciones interestatales suelen tardar unas dos semanas. La madre biológica firmará los documentos cuando salga del hospital, y en cuanto los documentos interestatales estén en orden, podremos llevárnoslo a casa. Y noventa días más tarde, la adopción será firme e irreversible. Ella es muy joven. No quiere verlo.

—Eso es muy triste. Pero me alegro mucho por vosotros dos. Ha sido cosa del destino. Os conseguiré todo lo que necesitáis.

Morgan le dio las gracias y a continuación llamó a su hermano. Edward ya había vuelto a Chicago.

—Estoy muy contento de que hayas decidido asumir este reto —dijo—. A mí también me parece que has hecho lo correcto.

Morgan le contó cómo había ocurrido todo: desde el momento en que el padre de Heather les había llamado a las seis de la mañana hasta el instante en que nació el bebé, gracias a lo cual ya tenían un hijo.

—Ya eres tío.

—Ya era hora. Por cierto, que sepas que me gusta tu amiga. Me gusta mucho. Faith es una mujer extraordinaria.

—Sí, lo es. La verás en nuestra boda —le recordó Morgan.

—Igual la veo antes. A lo mejor no quiero esperar un mes para verla. Es una persona tan encantadora.

—Pues le acabo de pedir que nos compre todas las cosas que necesitamos para el bebé. Pensé que iba a tener ocho meses para prepararme, no dos semanas.

Además, tenían que comprar todo lo que iban a necesitar mientras estuvieran en Miami.

—¿Sabéis ya cómo lo vais a llamar? ¿Ya le habéis puesto un nombre? —le preguntó Edward.

—Todavía no nos hemos planteado eso. Alex y yo todavía estamos que no nos lo creemos.

—Pues felicidades, hermanito; bueno, a los dos. Vas a ser un gran papá. Seguro que mejor que yo cuando tenía veinte años.

—Wesley te quiere, y ahora eres un gran padre para él —le recordó Morgan.

—Ya, pero empecé a ejercer de padre muy tarde. Aunque creo que estos últimos años he recuperado el tiempo perdido. Pero vosotros dos sí estáis listos para ser papás. Qué ganas tengo de ir a ver al bebé la próxima vez que esté en la ciudad.

—Él también estará en la boda —comentó un sonriente Morgan—. Mira, otra cosa que no teníamos prevista.

—Una cosa que tengo muy clara —le dijo su hermano— es que la vida siempre te sorprende. Eso es lo mejor que tiene. Disfrútala.

—La estoy disfrutando —le aseguró Morgan.

Colgaron un minuto después. Sin lugar a dudas, su hermano mayor tenía razón. En toda su vida, nunca había sido más feliz.

Heather mostraba peor aspecto el día posterior al nacimiento. Tenía unas ojeras muy oscuras y parecía que había estado llorando. Como todavía estaba dolorida por el parto, le estaban suministrando calmantes. Para casi todas las mujeres que daban a luz, la emoción que sentían al ver a su bebé compensaba las molestias posteriores. Heather no tenía nada que compensara la agonía que había sufrido. No tenía ninguna recompensa. Solo dolor y la peor sensación de pérdida que un ser humano pudiera sentir, ya que estaba renunciando a su hijo y al futuro que podría haber compartido con él. Pero ella sabía que si se quedaba con él, estaría tomando la decisión equivocada. El mayor sacrificio que podía hacer como madre era renunciar a su hijo, porque era lo mejor para él.

Alex y Morgan se reunieron con la gente de la agencia de adopción el domingo por la mañana. Tenían que firmar unos documentos legales para la adopción interestatal que debían enviarse a la agencia adecuada de Nueva York. Gracias a ellos, Heather les estaba entregando a su bebé, pero la adopción interestatal tenía que ser autorizada por ambos estados. Ella aún podía cambiar de opinión antes de firmar. Era joven y estaba destrozada física y emocionalmente. Incluso a su edad, tenía derecho a quedarse con su bebé y cuidarlo si quisiera. Sus padres parecían ser unas buenas personas y la apoyaban. Morgan tenía la sensación de que la ayudarían si decidiera quedarse con el bebé. Alex y Morgan no querían robárselo. Querían quedárselo solo si ella deseaba renunciar a él, no podía ser de otro modo.

Aunque Heather seguía negándose a ver al bebé, podría verlo y sostenerlo en sus brazos si se decidía a hacerlo. Eso dependía totalmente de ella. Tras ver a la gente de la agencia de adopción, Alex y Morgan estuvieron una hora en la sala de recién nacidos del hospital abrazando a su niño. Luego fueron a ver al pediatra, quien les dijo que podrían llevárselo a casa en cuanto se resolviera todo el tema del papeleo. Era un bebé sano y normal, y el vuelo a Nueva York era corto; además, para entonces, ya tendría dos semanas de edad.

Después de ver al pediatra, fueron en taxi a un centro comercial, donde compraron todo lo que iban a necesitar para cuidar de él en el hotel y para llevarlo a casa. Unos pijamitas, unos bodis, unos pañales, unos biberones. En la tienda, tenían un montón de artículos para bebés. Necesitaban una silla de coche para niños para cuando saliera del hospital y compraron un cochecito en el que encajaba esa silla. Todo era plegable, muy práctico y multiusos, con no menos de cinco o seis funciones. Morgan era incapaz de entender cómo funcionaba, pero a Alex se le daba bien.

—Tienes que ser un ingeniero para comprender esto —se quejó Morgan, a quien se le plegaba el cochecito cuando quería que se quedara abierto, o tenía que intentar abrirlo por la fuerza después de haberlo bloqueado al haberlo puesto en modo viaje.

—No es tan difícil.

Alex se rio de él.

—El crío estará en la universidad para cuando yo sea capaz de hacer esto —afirmó un frustrado Morgan—. ¿Por qué no podemos comprar uno de esos hermosos y gigantescos cochecitos ingleses, como esos con los que paseaba la reina de Inglaterra a sus hijos?

—Porque no es práctico, y tienes que ser moderno.

Alex le mostró una amplia sonrisa.

—Pues este chisme tan «moderno» no solo es feo, sino que no hay quien lo entienda. Este maldito trasto tiene un soporte para biberones, y soy incapaz de ver dónde tengo que ponerlo.

Habían adquirido una maleta para meter en ella todas las piezas de repuesto, la ropita y el resto de cosas del bebé, y

Faith les había enviado un mensaje de texto en el que decía que había comprado todo lo que iban a necesitar en Nueva York, gracias a una lista que había elaborado su hermana. Ya estaban preparados. Cuando regresaron al hotel, lo hicieron cargados con cosas como para cuidar de diez bebés, y en Nueva York les esperaban todavía más.

Esa noche, Morgan le escribió una carta a Heather, en la que le decía lo importante que había sido para ellos estar presentes en el nacimiento y ser ahora los padres de su bebé. Le prometió que lo protegerían y lo amarían eternamente. Alex también escribió unas pocas frases. Las emociones que sentía eran tan intensas que le costaba expresarlas con palabras. A Morgan eso se le daba mejor que a él. Se complementaban, siempre lo habían hecho.

—Supongo que no tener madre no le va a hacer ninguna gracia, ¿no? —le preguntó Alex esa noche, mientras estaban tumbados en la cama viendo la televisión.

—Nos tendrá a los dos. Eso equilibrará las cosas de alguna forma. Y como tendrá una hermana, contará con una presencia femenina en su vida. Por cierto, ¿qué nombre le vamos a poner?

Llevaban todo el día dándole vueltas y por ahora ninguno les convencía. Necesitaban saberlo para rellenar su certificado de nacimiento cuando abandonaran el hospital al día siguiente. No querían llamarlo simplemente «Bebé». De momento, habían decidido que iban a combinar sus apellidos, con lo cual se apellidaría Phillips-Bates. Pero aún no habían decidido cuál iba a ser su nombre, ya que debían tener en cuenta que su apellido iba a ser difícil de pronunciar.

—¿Qué te parece Blake? —sugirió Morgan, mientras cambiaban a otro programa en la televisión.

Alex se lo pensó un momento y asintió.

—Me gusta. Suena bien. —Habían estado hablando sobre nombres de niñas hace poco, pero no habían pensado en ninguno de niño—. ¿Qué te parece si le ponemos un nombre compuesto como Blake Andrew? Me parece que pegan bien, ¿no? Se llamaría Blake Andrew Phillips-Bates.

Era un gran nombre para un niño pequeño.

Regresaron al hospital a la mañana siguiente, para estar ahí presentes cuando el pediatra examinara de nuevo al bebé. Este afirmó que estaba sano y podían llevárselo ya del hospital. La enfermera le entregó a Morgan una carpeta con la lista de vacunas que debían ponerle cuando fueran a ver al pediatra de Nueva York. Les recomendaron que dentro de dos semanas fueran al pediatra, cuando ya estuvieran en casa, salvo que surgiera algún problema antes. Les explicaron cómo debían alimentarlo y bañarlo. Les dieron leche de fórmula para que se la llevaran a casa. Alex y Morgan habían traído una silla de coche para niños, para poder transportarlo de vuelta al hotel de una forma segura en un taxi. También habían traído unos pijamitas de algodón de color azul, y una manta azul y un gorrito de algodón de color azul claro para que no se le enfriara la cabeza. Le mostraron a la enfermera todo lo que habían traído, y ella les dio el visto bueno con una sonrisa. También les había explicado cómo sostener, cambiar y dar de comer al bebé.

Después vieron a los padres de Heather por la ventana de la sala de recién nacidos, y Morgan y Alex salieron para hablar con ellos.

—¿Les gustaría verlo? —preguntó Alex—. Acaban de examinarlo y se va a ir ya a casa.

La madre de Heather asintió. Se les veía tristes a los dos. Entraron juntos en la sala de recién nacidos, y ella se sentó en la mecedora para sostenerlo en brazos. Estaba vestidito y envuelto en una manta. Su abuela lo miró como si estuviera intentando que su cara se le quedara grabada a fuego en la memoria para siempre.

—¿Podríamos hacerle una foto? —les preguntó Robert.

Morgan respondió al instante:

—Por supuesto. Por cierto, ¿qué tal está Heather?

Esto último lo preguntó con tacto.

—Mal. Y las hormonas que se le han disparado después del parto no ayudan en nada.

Todavía no le había subido la leche, lo cual tardaría otro día más o menos, y eso también iba a ser difícil para ella. No había escogido un camino fácil. Pero estaba decidida a no desviarse de él.

Su madre, Betty, fue a preguntarle de nuevo si quería verlo antes de que se marcharan con él. A Heather también iban a darle de alta en el hospital esa mañana y firmaría los documentos antes de irse. Si ella hacía lo que había previsto, nunca volvería a ver a su hijo, excepto tal vez cuando fuera ya un adulto, y siempre que él quisiera conocerla, para entender mejor por qué había decidido renunciar a ser su madre. Para entonces, todo tendría más sentido, siempre que ella hubiera vivido una buena vida y tuviera otros hijos. Ahora mismo, lo único que había era un hueco allá donde su bebé y su corazón habían estado durante nueve meses. Ni siquiera podía contar con el padre de la criatura para compartir ese dolor, para que la consolara por lo que no podían hacer. Habían roto cuando él se había ido a la universidad, donde se había enamorado de otra persona. Le había enviado un mensaje de texto para contarle que el bebé había nacido, y los dos habían llorado cuando él la había llamado, pero seguían estando de acuerdo en que estaban haciendo lo correcto.

Heather contaba con el apoyo de sus padres, lo cual era muy importante, pero eso no bastaba en una situación así. Este era un momento que requería más madurez que ningún otro, y ella estaba tratando de estar a la altura de ese reto. Era una forma muy difícil de madurar, puesto que estaba tomando una decisión que marcaría su vida para siempre.

Cuando Betty volvió, lo hizo acompañada por Heather, para sorpresa de todos. A Alex y Morgan los aterraba que si ella veía a Blake, o lo sostenía en brazos, pudiera decidir no entregárselo y se negara a firmar los documentos, pero sabían que debían darle esa oportunidad. No podían robárselo. Los documentos estaban en la habitación del hospital de la joven esperando a que los firmara.

—Me gustaría verlo —dijo Heather en voz baja—. No quiero abrazarlo. Solo quiero verle la cara una vez.

Alex le había dado a su padre la carta que le habían escrito. Sus padres habían tenido un comportamiento moralmente intachable en todo momento, se habían mostrado compasivos y bondadosos.

—Sacaremos unas fotos para que las guardes de recuerdo —dijo su madre con dulzura.

Una enfermera sostuvo al bebé en brazos, y Alex y Morgan se apartaron. Heather clavó la mirada en él. Se le llenaron los ojos de unas lágrimas que le recorrieron las mejillas, y tanto Alex y Morgan como la madre de Heather también lloraron. El padre de la muchacha mantuvo mejor la compostura, pero le temblaron los labios al contemplar el dolor de su hija.

—Sé un buen chico —le susurró Heather—. Ten una vida feliz. Siempre te recordaré… Por favor, trata de acordarte de mí un poco.

Le acarició suavemente la mejilla con la punta de un dedo y salió de la sala de recién nacidos con la cabeza gacha. Unas lágrimas descendían por sus mejillas, mientras sus padres la seguían, y Alex y Morgan, que también estaban llorando, la veían marchar. Alex rodeó a Morgan con un brazo y lo abrazó. Se quedaron así unos cuantos minutos hasta que se calmaron, haciendo suyo el dolor de Heather, mientras Blake dormía inocentemente en los brazos de la enfermera. Diez minutos después, el padre de Heather regresó con su copia del documento de renuncia. El representante de la agencia también estaba presente para ocuparse del papeleo de ahí en adelante. Robert, Alex y Morgan se dieron la mano y luego se abrazaron. Entonces Robert volvió con su hija, y ellos cogieron a su hijo.

Recogieron todas las cosas del bebé y bajaron con la enfermera a la calle, donde los esperaban la furgoneta y el conductor que habían contratado. De este modo, se lo llevaron al hotel. El resto del día, se lo pasaron sentados contemplándolo, como el milagro que era. Los dos días que llevaban hasta ahora en Miami habían sido los más emotivos de sus vidas.

Durante las dos semanas siguientes, mientras esperaban a que el papeleo se tramitara, fueron aprendiendo cuáles eran sus necesidades y cómo tenían que alimentarlo y cambiarlo y bañarlo ahora que la cicatriz del cordón umbilical ya se había curado. Solo dormían cuando él dormía. En cuanto llegaron los documentos, se fueron al aeropuerto. Ambos llevaban bolsos cambiadores con leche de fórmula y pañales, y varias mudas de su minúsculo pijamita azul, así como unas mantas extra para el avión. Estuvo dormido todo el vuelo; solo se despertó una vez con hambre y Morgan logró darle de comer de una manera magistral. Alex le cambió el pañal. Se sonrieron el uno al otro y, a continuación, lo ataron de nuevo en la silla de coche para niños que habían colocado en el asiento que había entre ambos. Viajaban en primera clase en tres asientos. Para los tres, solo era el comienzo de esta aventura. Y Blake Andrew Phillips-Bates iba de camino a casa, con sus dos padres.

12

Para cuando Alex y Morgan llegaron a casa, Faith les había traído toda la ropa y el resto de cosas de bebé que había comprado para ellos. Lo metieron todo en el cuarto de los invitados, que iba a pasar a ser el cuarto del bebé antes de lo esperado. Y tenían otra habitación que estaba destinada a ser la de su hija en marzo. Metieron al bebé en un pequeño moisés en el dormitorio que compartían, y lo visitaban cada pocos minutos a ver cómo estaba. Se quedaban mirándolo como si temieran que fuera a desaparecer.

—Me siento como un ladrón de niños —reconoció Alex ante Morgan—. Me pregunto cómo estará Heather.

Habían pensado en ella a menudo a lo largo de las dos últimas semanas.

—Creo que su padre tiene razón. Esto va a ser muy duro para ella durante mucho tiempo.

Estas eran las consecuencias de la adopción en el mundo real, por eso habían elegido primero la vía de la gestación subrogada. Pero al menos ya no tenían que preocuparse de que su madre cambiara de opinión. La adopción sería firme e irreversible noventa días después de que regresaran a su hogar. Habían oído historias de terror sobre madres que habían cambiado de opinión y habían logrado recuperar a sus bebés. Ya amaban a Blake. Y Heather había admitido que era demasiado joven para ser una buena madre. Tras solo dos semanas, lo querían con locura y habían llegado a saber cuáles eran sus necesidades y lo que significaban sus llantos. Tenían una cita con el pediatra para su revisión de las dos semanas al día siguiente.

Habían pedido la cita cuando estaban en Miami y habían llamado a una agencia para contratar a una niñera. Estaban de acuerdo en que querían tener una unos meses y en que lo más lógico sería que se quedara hasta que naciera la niña e incluso otros cinco o seis meses más. Por suerte, ambos podían permitirse el lujo de tener contratada una empleada a tiempo completo, ya que tenían unos trabajos muy bien remunerados. La llegada repentina de Blake iba a cambiarles mucho la vida. Pero Morgan había decidido que su hermano tenía razón: que ese cambio se produjera ahora o dentro de siete meses daba un poco igual. Los dos habían pedido tres semanas de permiso en el trabajo y tenían previsto contratar a la niñera a la semana siguiente; además, en cuanto la adopción fuera definitiva e irrevocable, informarían a todos de que ya tenían un niño; sí, se morían de ganas de hacerlo.

Durante la última semana de su inesperado permiso de paternidad, sacaron a Blake a pasear en cochecito entre una comida y otra y se hicieron con el vigilabebés que se les había olvidado comprar en Miami y que Hope no había incluido en su lista. Como adquirieron uno que podían utilizar incluso cuando no estaban en casa, también podrían usarlo para controlar a la niñera cuando ya la hubieran contratado. De repente se enfrentaban a todos los problemas habituales entre los padres, pero sin haber tenido tiempo para prepararse para ninguno de ellos. Tras volver a casa, al segundo día, emplearon a una niñera que les gustó a los dos. Costaba una fortuna, tenía unas referencias excelentes y estuvieron de acuerdo en que merecía la pena gastarse ese dinero.

La misma noche que volvieron a casa, Faith los había lla-

mado para ver cómo estaban y se había quedado impresionada con la calma que transmitían. Estaban convirtiendo el
cuarto de los invitados en el cuarto del bebé, iban a encargar
unos muebles de bebés en una elegante tienda francesa y al
día siguiente iban a entrevistar a las candidatas a niñera. Se
estaban adaptando a su nueva vida rápidamente. Alex guardó
el cubrecama confeccionado con *toile de Jouy* que habían
comprado en París para la habitación de invitados, así como
las pequeñas antigüedades con las que habían decorado ese
cuarto. Iban a guardar los muebles en un trastero por si acaso
se acababan mudando a una casa más grande; una idea que
cada vez les convencía más, ya que el segundo bebé llegaría
enseguida. Ese siempre había sido su plan a largo plazo, pero
ahora tenían que adelantarlo todo. En dos semanas, ya se habían acostumbrado a ser padres y les encantaba desempeñar
ese papel. Morgan afirmó que era como si Blake siempre hubiera formado parte de sus vidas. No podían imaginarse la
vida sin él. Ahora él formaba parte de ellos.

Faith entró en el despacho de Violet para contarle con todo
detalle lo de Blake. Hasta entonces no había tenido la oportunidad de referírselo y pensaba que era una historia increíble que ilustraba perfectamente cómo la vida podía cambiar
en un instante, para bien o para mal.

Mientras se lo contaba, se percató de que estaba muy pálida.

—¿Estás bien? ¿Te sientes mal? —Ese día hacía un calor
sofocante y el aire acondicionado de la oficina había estado
funcionando solo a ratos—. Hace un calor brutal.

Violet había faltado unos días al trabajo la semana anterior porque había estado con gripe y aún no se la veía recupe-
rada.

—No es por el calor —contestó Violet y, de repente, se
echó a llorar.

—Oh, Vi, ¿qué te pasa? —preguntó Faith, mientras rodeaba el escritorio para darle un abrazo—. ¿Te has peleado con Jordan?

Violet negó con la cabeza.

—No, es aún peor —respondió con un tono triste—. No me lo puedo creer. Me he quedado embarazada en la luna de miel. Unas semanas después de regresar, me empecé a sentir mal y pensé que eso era por el estrés de la boda, pero entonces me acordé de que se me olvidó tomarme la píldora en nuestra noche de bodas. Estoy embarazada de tres meses. Me enteré justo después del enlace de los Albert. Como estabas tan contenta por cómo había ido todo, no quise venirte con esta mala noticia. No quería darte un disgusto; además, ni yo misma me lo podía creer. Saldré de cuentas dentro de seis meses, en febrero. Esto es lo último que deseaba. No podemos permitírnoslo y no quiero pedirte un permiso. Te prometo que trabajaré hasta el último día y que solo cogeré cuatro semanas de permiso de maternidad después de que nazca. Luego llevaremos al bebé a una guardería o algo así.

Se la veía tremendamente disgustada, pero aliviada al mismo tiempo por habérselo contado a Faith.

—Dios mío, esto es una epidemia. Annabelle Albert va a tener a su bebé en noviembre; mi hermana, en Navidad; tú, en febrero; y la niña de Alex y Morgan llegará en marzo. Por no hablar del niño que están adoptando ahora. Espero que esto no sea algo contagioso. ¡No te acerques a mí!

Hizo una cruz con los dedos como si quisiera espantar a un vampiro, y Violet se rio entre lágrimas.

—Me siento tan estúpida. A Jordan tampoco le ha hecho ninguna gracia. No podemos permitírnoslo y no quiero tener un bebé ahora. Dentro de unos años, ya veremos. Adoro mi trabajo. Además, pareceré un elefante cuando tenga que ayudarte con todas las bodas de Navidad.

Aunque todavía no tenían muy ocupadas esas fechas, pronto comenzarían a llover los encargos. De momento, solo tenían que organizar un bodorrio espectacular que les habían encargado ocho meses antes y que se iba a celebrar a finales de diciembre. Iban a empezar a trabajar en eso en septiembre. Se iba a celebrar en la casa de los padres de la novia en Locust Valley, en Long Island, por lo cual no tenían que buscar un lugar para el convite. Dispondrían de un gran jardín que Faith iba a llenar de esculturas de hielo para intentar que aquel lugar recordara al palacio de un zar. Ya tenía algunos bocetos que iba a mostrarles después del Día del Trabajo, pero quería centrarse primero en la boda de Alex y Morgan. Además, tanto la novia que se iba a casar en diciembre como su familia iban a estar en su casa del sur de Francia hasta ese primer lunes de septiembre en que se celebra esa festividad.

—Todo irá bien —le aseguró Faith, aunque a ella tampoco le hacía ninguna gracia la situación, pero como Violet era una apasionada de su trabajo y una trabajadora incansable, tenía muy claro que no dejaría que la llegada del bebé afectara a su rendimiento. Esta le dijo que Jordan se encargaría de cuidarlo los fines de semana cuando ella tuviera que trabajar en las bodas. Su esposo le había prometido que la ayudaría.

Iba a demostrarle a Faith que su embarazo no afectaría a su rendimiento en el trabajo, aunque había tenido unas horribles náuseas matutinas el último mes, que era lo que le había llevado a sospechar que estaba encinta. A pesar de que la semana anterior no había tenido gripe, había estado vomitando sin parar; no obstante, se había sentido un poco mejor a lo largo de los últimos días, pero todavía estaba muy mareada y había devuelto unas cuantas veces esa misma mañana. Ahora todos los días arrancaban así para ella.

—Tengo cita para hacerme una ecografía mañana. Iré a la hora de comer. No tardaré mucho. Solo quieren comprobar que todo está bien y asegurarse de que he calculado las fechas correctamente. Pueden saberlo con el ordenador. Es la primera que me hago.

No parecía estar muy emocionada, sino simplemente enfadada. No era una buena noticia ni para ella ni para Jordan, y todo había pasado demasiado rápido. Ni siquiera habían tenido tiempo de disfrutar de su matrimonio, y ahora iban a tener a un bebé llorando en su casa, que no les dejaría pegar ojo en toda la noche; además, ambos tenían unos trabajos muy exigentes.

Faith intentó tomárselo lo mejor posible, pero esa noche habló con Hope sobre ello.

—Ni siquiera he podido quejarme porque ella está mucho más disgustada que yo.

Faith le había contado a Hope lo del bebé que Alex y Morgan habían tenido que adoptar en un visto y no visto cuando la había llamado para que le diera la lista de cosas que iban a necesitar para cuidar de un recién nacido.

—Me da que últimamente estás rodeada de bebés —comentó Hope en broma—. Ten cuidado, no vaya a ser que acabes teniendo uno, o a lo mejor mamá también se anima.

—Qué graciosa eres. Yo seguramente tendría mellizas.

—A mí me encantaría —afirmó Hope—. Sí, me encantaría tener una niña como tú. Pero ya me han dicho que solo voy a tener uno. Pueden verlo en la ecografía. Espero que sea una niña.

No sabían qué iba a ser porque habían decidido que querían llevarse una sorpresa. A pesar de que estaba de cinco meses, apenas se le notaba, pero como era tan alta y delgada, en todos sus embarazos no había sido obvio que estaba encinta hasta la recta final.

Después de que Violet se lo contara, Faith se había dado cuenta de que ya le sobresalía un poco la barriga, lo cual explicaba por qué había estado llevando unas blusas tan holgadas el último mes. Faith había creído que era por el calor.

Al día siguiente, Violet volvió de la ecografía pálida y con muy mala cara. Faith se dio cuenta al instante y le preguntó si habían visto algo malo.

—Sí, han visto algo malo. —Miró fijamente a su amiga y jefa—. Son gemelos. ¿Qué voy a hacer? No podemos permitirnos el lujo de tener uno y mucho menos dos. Jordan me va a matar.

Pero no la mató, sino que se emocionó cuando se lo contó por el móvil. Como no había estado presente en la ecografía porque no podía faltar al trabajo, Violet había recibido la noticia sola.

—¿Estás loco? ¿Qué vamos a hacer?

A Violet la aterraba la idea de tener gemelos.

—Ya se nos ocurrirá algo. Pediré un aumento de sueldo. Y mis padres nos prestarán dinero —le contestó para animarla. Él se había llevado un disgusto al saber que estaba embarazada, pero pensaba que tener gemelos era algo estupendo—. ¿Son idénticos?

—Sí —respondió ella con un tono triste.

—¿Cómo lo saben?

—Porque solo hay un saco amniótico. Según parece, los embarazos de gemelos idénticos pueden tener más complicaciones. Me han dicho que los últimos cuatro o cinco meses igual tengo que hacer reposo en cama. Jordan, eso es dentro de dos meses. Si eso ocurre, Faith me despedirá; necesita contar con una ayudante en todo momento —le dijo con la puerta de su despacho cerrada.

—No, no te despedirá. Puedes hacer llamadas desde casa. Faith te adora y sabe que eres fantástica. Por cierto, ¿han podido ver si son niños o niñas?

—No, todavía no pueden verlo, pero lo sabré en unas semanas. Pueden averiguarlo con un análisis de sangre.

Con veintinueve años, era demasiado joven como para necesitar una amniocentesis; además, no había nada en la ecografía que indicara que algo estuviera mal. Las fechas que le habían dado coincidían con los cálculos que había hecho ella, pero le habían dicho que probablemente tendría a los gemelos antes de salir de cuentas, lo que en su caso significaría que los tendría en enero. Que Jordan no se hubiera llevado un disgusto era un alivio, pero ella estaba más disgustada que nunca. No estaba en absoluto contenta ni tampoco la animaba que todos los demás también estuvieran teniendo bebés, como la hermana de Faith, la hija de los Albert, y Morgan y Alex mediante una madre subrogada y un proceso de adopción. Pero ¿a ellos qué más les daba? Todos podían permitírselo. Jordan y ella no; ni siquiera podían permitirse el lujo de tener un bebé, y mucho menos dos a la vez.

Alex y Morgan se habían adaptado a sus nuevas circunstancias con una facilidad sorprendente. Habían contratado a Helen, su niñera, al segundo día de empezar las entrevistas. Era británica, había obtenido el permiso de residencia permanente en Estados Unidos y les había dejado tremendamente impresionados. Sus referencias eran excelentes. Tenía una amplia experiencia y treinta y ocho años de edad. Trataba con mucho cuidado al bebé. Les enseñó a cuidarlo y se sentía muy a gusto trabajando para dos hombres homosexuales. Había sido la empleada de una pareja gay con anterioridad. Morgan y Alex la habían contratado por un año.

«Da la impresión de que Helen es una niñera mucho más eficiente que la de Hope», pensó Faith cuando los visitó. Ya no había ningún mueble en el cuarto de invitados. Blake seguía durmiendo en el moisés, pero el sábado llegaría la cuna. En la habitación, había un baúl con un osito de peluche pintado, y todas las cosas del bebé, sus cochecitos y su ropa estaban ahí, guardados de un modo muy ordenado. La niñera vivía con ellos en casa e iba a dormir en la habitación del niño hasta que naciera la niña, con quien pasaría luego a dormir. En un futuro, tendría libres los fines de semana y se quedaría con su novio en Nueva Jersey, por lo cual Alex y Morgan se encargarían de cuidar al bebé esos días. Durante el primer mes, nunca se tomaba ni un día libre hasta que el recién nacido ya se había adaptado a su entorno, y como no iba a librar hasta después de que Alex y Morgan volvieran de su luna de miel, por ahora estaba allí siempre, enseñándoles todo lo que necesitaban saber sobre su hijo. Estaban tan contentos con la niñera que llegaron a afirmar que valía la fortuna que se estaban gastando en ella. Faith estaba impresionada. En ese hogar no reinaba el caos, y el bebé solo lloraba cuando tenía hambre. Daba la sensación de que era un niño muy tranquilo. Una semana después de regresar de Miami, los dos ya habían vuelto al trabajo tras tres semanas muy ajetreadas.

—Hacéis que parezca tan fácil, chicos —los felicitó Faith cuando fue a verlos unos días después de que hubieran vuelto a casa. Blake ya tenía tres semanas y su vida bien organizada apenas había cambiado, después del shock inicial que había supuesto su llegada. Hablaban sobre Heather a veces y se preguntaban qué habría sido ella y de cómo estaría. Aún se sentían culpables, pero adoraban a su bebé.

Ya estaban haciendo planes para bautizarlo en octubre y montar una gran fiesta para celebrar tanto el bautizo como la adopción. Le pidieron a Faith que fuera su madrina y le dijeron que Edward iba a ser su padrino. Así tendrían dos buenas razones para verse en un futuro próximo: la boda y el bautizo. A Faith le gustó la idea y le comentó algo a Hope sobre lo atractivo que era Edward.

—¿Se está gestando una historia de amor? —le preguntó Hope.

—No, simplemente, es un tipo muy simpático. Se parece mucho a Morgan, pero tiene diez años más y no es gay. Está divorciado y tiene un hijo, que está haciendo la carrera de Derecho.

—Me da que es un buen partido. ¿Debería encender unas velitas?

—No, y no se lo digas a mamá, que se emocionará. No hay nada entre nosotros. Solo es un tipo simpático. ¿Y para qué ibas a encender unas velas?

—Para que te cases. No me gusta que estés sola siempre. Lo único que haces es trabajar —contestó Hope con cierto tono de preocupación.

—Me gusta mi trabajo y no quiero casarme. Me da miedo. Angus y tú sois la única pareja feliz que conozco.

—Mamá parece ser muy feliz con Jean-Pierre.

Las dos eran conscientes de ello y se alegraban por ella. Se lo habían pasado de maravilla en la luna de miel, y él se sentía bien, ya que su problemilla cardiaco no le había vuelto a dar guerra desde la operación.

—Todavía están en la fase de luna de miel —replicó Faith—. Y sus tres matrimonios anteriores fueron un desastre, incluso el de nuestro padre. A la cuarta ha ido la vencida. Si yo tuviera que casarme cuatro veces para acertar, eso me mataría.

—Bueno, ya veremos cómo va todo con el hermano de Morgan y no lo descartes tan rápido.

—No lo descarto para nada. Podemos ser amigos. Vamos a ser los padrinos del bebé de Alex y Morgan.

Hope decidió que no iba a seguir discutiendo con ella. Sabía que si insistía, su hermana se cerraría en banda.

Ahora Faith estaba muy atareada rematando los últimos detalles de la boda de Alex y Morgan. Todo estaba confirmado y en orden.

Cuando llegaron los padres de Morgan, que venían de Chicago, se emocionaron al ver al bebé; ya tenían algo más que celebrar aparte de la boda. Cuando a Faith le presentaron a los padres de Morgan, pudo ver que su madre estaba entusiasmada con el bebé. Blake era como un bebé de anuncio, y Morgan comentó que estaba muy desarrollado para tener solo cinco semanas y que estaba dentro del percentil en todo. Faith sonrió cuando oyó a Morgan decir eso. Había hablado como un padre orgulloso. Blake, que era un bebé regordete y juguetón de muslos rollizos, les regaló su primera sonrisa la misma mañana de la boda.

Todos estaban entusiasmados con el casamiento. Helen los estaba ayudando muchísimo en diversos frentes. Era sumamente competente y muy británica. Ayudó a ambos novios a prepararse, atendió las llamadas de teléfono y le puso al niño un faldón que Morgan le había comprado en su tienda francesa favorita de ropa para bebés. Daba la impresión de que Blake también iba vestido para acudir a una boda. Helen iba a llevar al bebé a la ceremonia y al cóctel posterior para que todos pudieran verlo. Iba vestida con su uniforme marrón oficial y su delantal blanco almidonado; además, llevaba todos los distintivos de enfermera de la exclusiva escuela de enfermería en la que se había licenciado, cuyo nombre era Norland. Por eso era tan cara. Se había formado en la mejor escuela de niñeras de Inglaterra y se consideraba que eso era una carrera universitaria de verdad. Había hecho prácticas en un hospital como enfermera y en un colegio como maestra, y como además tenía el permiso de residencia permanente, valía su peso en oro. Blake parecía estar muy contento con ella. Helen sabía cómo entretenerlo y había conseguido que se adaptara a un buen horario. Aunque ya dormía seis horas por las noches, la niñera estaba intentando que durmiera siete. Le caían bien sus jefes y pensaba que trataban de una forma maravillosa al bebé. Tenía muchas ganas de que la niña llegara dentro de siete meses.

La casa que les había prestado su amigo el actor para la boda era incluso más bonita de lo que recordaban, ya que Faith la había llenado de flores y velas y le había dado su toque mágico. Iba a ser una boda mucho más sobria y tradicional que la de los Albert, pero elegante, estilosa y con personalidad propia. Los invitados vestían con tanta distinción como los dos hombres que iban a contraer matrimonio. Había muchas mujeres entre los asistentes y también parejas. Ahí se mezclaba de un modo impresionante gente muy diversa; debido a los trabajos de ambos novios, muchos de ellos eran del mundo de la moda o del de la producción cinematográfica. Había orquídeas por doquier y un grupo de música fabuloso iba a tocar en el salón de baile después de la cena para animar a todos a bailar.

La ceremonia, que tuvo lugar en el salón de baile, fue muy emotiva. También utilizaron en ella el voto favorito de Faith; ese que la conmovía cada vez que lo oía. «Con mi cuerpo, te adoro». A ambos novios les había encantado desde el mismo instante en que lo habían leído. Durante la recepción con champán, donde el espumoso Cristal corrió como el agua, Helen se fue abriendo paso entre el gentío para mostrarles al bebé. Después volvió a casa con Blake justo cuando los invitados se sentaron a cenar bajo el dosel de lirios y orquídeas que se alzaba sobre el jardín provisto de aire acondicionado. Una vez más, Faith había cuidado mucho los detalles, sabía hasta dónde iba cada flor; había pensado mucho en cada momento del evento y lo había organizado todo con un gusto sublime. La boda fue glamurosa y sofisticada y contó con unos invitados de renombre.

A petición de los novios, Faith había contratado a una banda de salsa, para animar el final de la velada. Tanto Alex como Morgan eran unos bailarines estupendos. Los padres de Morgan se habían retirado después que acabara la actuación del primer grupo de música. Habían sido los testigos de boda, tanto de Morgan como de Alex, y Edward había sido el padrino, al que, por cierto, le quedaba fabuloso el esmoquin. Tenía cuarenta y cuatro años, pero parecía diez años más joven.

Morgan y Alex se habían encargado de asignar los asientos a los invitados, y habían colocado a Edward al lado de Faith, ya que habían insistido en que debía sentarse a la mesa como una invitada más, lo cual la conmovió. Eso era algo que ella rara vez hacía. Violet se encargó de supervisar a los camareros y se aseguró de que la exquisita tarta llegara en el momento preciso. Faith había encargado un adorno para el pastel, que consistía en tres figuritas de dos hombres y un bebé, lo cual les hizo mucha gracia.

Una vez más, no se le había pasado por alto ni un solo detalle y, milagrosamente, nada salió mal. No hubo ningún fallo técnico. Compartir mesa con Edward fue divertido, tal y como Faith se había imaginado. Bailaron mucho y les cayeron muy bien el resto de los comensales. Edward era un bailarín tan fantástico como su hermano. Ambos novios bailaron con Faith, y también lo hicieron Morgan y el padre de Edward, antes de que el primer grupo se retirara para dar paso a la banda más salsera. La fiesta se prolongó hasta las cuatro de la madrugada, y de ahí prácticamente no se había ido nadie. Los más trasnochadores pudieron disfrutar de un sofisticado banquete a las tres de la madrugada que consistía en quesos y embutidos, tortillas y huevos Benedict, *sacchetii*, sándwiches, patatas rellenas de caviar y copas de martini llenas de puré de patatas. La comida tenía muy buena pinta y sabía aún mejor. Todo lo que se veía estaba exquisito y estéticamente era muy bonito. Había varias celebridades entre los asistentes; algunas estrellas de cine con las que trabajaba Alex y dos famosos diseñadores de moda a los que Morgan había invitado. Tanto los novios como los convidados se lo pasaron genial en la boda. Y todos habían podido admirar al bebé.

Edward y Faith disfrutaron de lo lindo en la pista de baile, sobre todo cuando la banda tocó samba y música sudamericana. Cogieron algo de comida del banquete que se sirvió a las tres de la madrugada y se volvieron a sentar juntos. Prácticamente, no se habían separado en toda la noche.

—Has organizado la mejor boda en la que he estado jamás —comentó Edward muy contento, tras saborear un excelente caviar—. ¿Cómo lo haces? —le preguntó mientras la miraba con admiración.

—Adoro lo que hago. Eso siempre ayuda.

Y en este caso, también adoraba a los novios y quería que todo saliera perfecto en su enlace.

—Aunque ser el socio principal de un bufete de abogados no es tan emocionante como esto, yo también adoro mi trabajo.

También era muy inteligente y tenía un gran sentido del humor, algo que a ella le encantaba.

A las tres y media, Faith le dijo a Edward que se iba a convertir en calabaza. Estaba tan cansada que no podía dar ni un paso más en la pista de baile. Había sido un día muy largo. Había tenido que supervisar la instalación final a las seis de la mañana y había estado liada desde entonces.

Súbitamente, se mostró serio y pensativo y la cogió de la mano.

—¿Quedamos para cenar esta semana? —le preguntó, como si le estuviera proponiendo algo muy importante.

—Eso me encantaría —contestó Faith.

Edward sonrió.

—Seguramente yo también debería irme —dijo.

Para entonces, los novios ya se habían retirado. Más que bailar, la gente hablaba y bebía en las mesas de estilo cabaré. El convite estaba llegando a su fin de manera sosegada.

Edward compartió un taxi con ella. Cuando llegaron a casa de Faith, la acompañó hasta la puerta, mientras el taxista esperaba. Entonces se quedó mirándola hasta que la abrió con la llave.

—Me lo he pasado muy bien contigo esta noche —le dijo Faith a modo de halago.

Él asintió y sonrió lentamente, al mismo tiempo que le brillaban los ojos.

—Yo también —contestó—. Ha sido la mejor boda a la que he asistido nunca.

Ella sabía que hablaba en serio. Por un instante, se quedó ahí quieto, sonriendo. Entonces se agachó y la besó. Fue un beso delicado y sensual que hizo que Faith deseara más. Su amistad se acababa de adentrar en un territorio interesante. Tras la boda, Edward acababa de lograr que su relación iniciara una nueva etapa, y esto era un anticipo de lo que traería el futuro. Fue un beso lleno de promesas aún por revelar.

Entonces se marchó, y una sonriente Faith se fue a dormir pensando en él. Había sido una noche fabulosa y una de sus mejores bodas; una que había organizado para unas personas con las que realmente se lo pasaba bien y a las que había llegado a querer, lo cual había hecho que todo fuera aún mejor.

La mañana posterior a la boda de Alex y Morgan, Faith se estaba despertando poco a poco cuando su madre la llamó. En cuanto oyó la tensa voz de su madre, se despertó de golpe.

—¿Qué pasa, mamá?

Echó un vistazo al reloj. Eran las nueve de la mañana y se había acostado a las cuatro y media. Había sido una noche muy corta para ella, pero la fiesta había sido genial; además, esa noche Violet se había ocupado de todos los detalles, ya que Faith había sido una invitada más.

—Estamos otra vez en Lenox Hill —dijo una Marianne hecha un manojo de nervios—. Jean-Pierre sufrió otra arritmia anoche. Ahora tiene que tomar medicación. Si le vuelve a pasar, le tendrán que poner un marcapasos. Él no quiere, pero es posible que acabe necesitándolo. Aunque ayer estaba bien, anoche tuvo palpitaciones sin ningún motivo. Insistió en que se encontraba bien, pero en realidad se sentía fatal, así que lo llevé al hospital.

—Deberías haberme llamado —la regañó Faith, a la vez que se incorporaba.

—Hope me dijo que anoche teníais la boda de esos dos hombres tan atractivos que han adoptado un bebé.

—Sí, fue fabulosa. Otra gran boda. La celebramos en una increíble mansión cuyo dueño es un actor famoso.

Para entonces ya sabía quién era, pero como era discreta, prefirió no revelar su identidad.

—Siempre te superas a ti misma —afirmó su madre con orgullo.

—Fue una buena boda, sin duda. Gracias sobre todo al lugar donde se celebró y a dos grupos de música geniales. Estuve bailando toda la noche. Ahora tengo los pies que parecen un par de balones de fútbol. Estaré ahí en media hora, mamá, y dale todo mi cariño a Jean-Pierre.

Faith se dio cuenta de que en esta ocasión no se trataba de una emergencia grave, ya que, si no, su madre no habría estado hablando de otras cosas, como la boda. Aun así, sabía que estaba preocupada. Era muy feliz con él. No quería perderlo. Se amaban de verdad. Al fin se había casado con el hombre adecuado.

Llegó al hospital tres cuartos de hora más tarde y se encontró a su madre sentada en una silla al lado de la cama de Jean-Pierre, que estaba leyendo la edición dominical de *The New York Times*. Este sonrió cuando vio entrar a Faith, que se sentía un poco mareada desde que se había levantado y estaba más pálida que él. Tras la boda, tenía una ligera resaca.

—Te veo bastante bien —le dijo Faith a su padrastro.

Él sonrió.

—Pues tú no tienes pinta de estar muy bien. ¿Estás mala?

—Anoche fui a una boda estupenda, en la que actuaron dos grupos musicales. Creo que bebí demasiado champán, pero me lo pasé genial.

—Eso está bien. Tu madre me ha dicho que trabajas demasiado.

Faith asintió. Estaba de acuerdo.

—También tienes que divertirte —añadió Jean-Pierre—. Cada instante es muy valioso.

Miró a su esposa mientras decía esto. Y Faith se dio cuenta de que le estaba diciendo que disfrutara de la vida al máximo, que gozara de cada momento, que exprimiera el día, que viviera, amara y riera, y no se limitara a trabajar. Daba la impresión de que él tenía la lección bien aprendida. Su madre nunca había tenido mejor aspecto. Faith fue consciente de lo que estaban haciendo. Disfrutaban del presente ahora que aún podían, de cada instante, de cada día. El futuro ya llegaría. El destino decidiría, como siempre. Faith se marchó una hora después. Le iban a dar el alta y ya no la necesitaban ahí. El susto había pasado y les dijeron que podría irse a la hora de comer. Podrían apañárselas solos. Tenía la sensación de que lo preferían.

Mientras iba a casa en taxi, recibió una llamada de Morgan.

—¡Fue la mejor boda de la historia! Nos encantó. Vamos de camino al aeropuerto. Nuestro vuelo a París sale en tres horas. Vamos a cenar como reyes allí, a pesar de que muchos restaurantes están cerrados en agosto. Después de eso, iremos a Mónaco, para navegar en un velero que hemos alquilado. En las fotos, parece realmente precioso. Qué ganas tengo de subir a bordo. Helen, la niñera, se ha quedado en casa, al mando del fuerte. Le he dado tu número por si surge alguna emergencia. Vamos a echar de menos al bebé, pero está en buenas manos. Y en serio, gracias por organizar una boda tan increíblemente hermosa, Faith. Y por todo lo demás.

Se había fraguado una gran amistad entre ellos.

—No me des las gracias. Has pagado una fortuna por ello. Por cierto, hoy tengo resaca. Creo que bebí mucho champán.

—Yo también. Fue una boda perfecta en todos los sentidos. Y la música estuvo genial. ¿A qué hora te fuiste?

—A eso de las tres y media. Y luego me puse a revisar mis correos electrónicos cuando llegué a casa.

—Ese es un mal hábito. Tienes que dejarlo.

—Disfrutad de una luna de miel fabulosa. Pasadlo bien. Olvidaos de Nueva York. Dejad todos los problemas aquí.

Estaba pensando en cómo Jean-Pierre y su madre exprimían el día, disfrutaban de la vida y se amaban. En la vida, las cosas buenas nunca llegan fácilmente, pero cuando se presentan, no puedes dejar que se escapen.

13

Faith estaba dormida como un tronco cuando sonó el móvil. Para estar pendiente de Hope, de su madre y ahora de Jean-Pierre y su frágil salud, siempre dejaba el móvil encendido. Y como Morgan y Alex estaban de luna de miel y la niñera tenía su número por si surgía alguna emergencia, quería estar disponible a todas horas. Cogió el teléfono y, mientras se despertaba de un sueño profundo, respondió mascullando:

—¿Sí? ¿Diga...?

Le costó despertarse. Lo único que podía oír era un llanto. Pensó que debía de ser su madre y que Jean-Pierre volvía a estar ingresado en el hospital.

—¿Mamá? ¿... Mamá? ¿Eres tú...? —Entonces oyó unas palabras confusas, pronunciadas por alguien que no conocía. Daba la impresión de que era una mujer joven y no mayor como su madre. Se le pasaron mil cosas por la cabeza. ¿Era Violet? ¿Había perdido a los bebés?—. ¿Hola? ¿Quién eres? Háblame —suplicó.

Quienquiera que fuese estaba en serios apuros.

—Soy yo..., Phoebe... —Intentó recobrar la compostura y sollozó—. Siento llamarte en plena noche. Tenías razón. Está loco.

—¿Quién? —preguntó ya totalmente despierta.

—Doug. Me acusó de acostarme con nuestro vecino de al

lado, al que nunca he visto. Supongo que es un chico joven y guapo. Dijo que le había hecho una mamada. Está loco.

Faith, que estaba sentada en la cama escuchándola, encendió la luz.

—¿Te ha pegado? ¿Estás bien?

—Ahora sí. Estoy en una casa de acogida. Creo que me habría dado una paliza si me hubiera quedado. Se puso como loco mientras me acusaba. Temblaba de ira. No es la primera vez que pasa algo así. Ha estado comportándose de esta forma desde que nos casamos. —Habían transcurrido dos meses exactamente desde su boda—. Me sacó de la cama tirándome del pelo y me arrastró por el suelo hasta la puerta de la entrada. Me echó del piso, a pesar de que yo estaba en camisón. No tenía dinero, ni llevaba mi bolso e iba descalza. Estaba prácticamente desnuda. Entonces bajé al portal, y el portero llamó a la policía. Subieron a hablar con él, mientras yo me quedaba abajo. Me dijeron que estaba totalmente tranquilo y que fue muy educado con ellos. Les contó que estábamos jugando y que me había quedado encerrada fuera. Pero no me dejó volver para coger mi bolso o mi ropa. La policía me trajo a una casa de acogida. Eso pasó hace cuatro días y desde entonces no me ha dejado entrar en casa. Me ha despedido otra vez y no me quiere pagar lo que me debe.

»No quiero que mi madre se entere de esto, porque se llevaría un gran disgusto. Llamé a mi hermana y me ha enviado algo de dinero. Supongo que volveré a San Diego. No quiero que me encuentre. Solo quería decirte que tenías razón en todo lo que me dijiste. Me decía qué debía ponerme, qué debía comer y no me dejaba ver a nadie. Me dijo que si le contaba algo a las enfermeras con las que trabajo, o a cualquier otra persona, me mataría, aunque de todas formas nadie me creería. No sabe dónde estoy. Una vez comenté algo sobre ti, sobre que quería llamarte únicamente para mantener el contacto, y me dijo que si alguna vez contactaba contigo, nos mataría a las dos.

—Es todo un encanto —dijo Faith, mientras la ira bullía en su interior. Ese tipejo había intentado destrozar a esta muchacha dulce, bondadosa, decente y hermosa—. Tienes que alejarte de él y no volver con él jamás. Es peligroso, Phoebe. No sé hasta dónde sería capaz de llegar realmente o si es el típico matón al que se le va la fuerza por la boca, pero no puedes correr ese riesgo.

—Por fin me he dado cuenta de todo eso. En cuanto pueda, voy a pedir el divorcio. Pero ahora no sé qué hacer. Intenté probar suerte llamando a una agencia de empleo especializada en enfermeras de esta ciudad, pero ha logrado que todas me incluyan en una lista negra. Le dijo a una agencia que tengo un grave problema de adicción a la heroína y que estaba robando morfina. A otra, que le di el instrumental erróneo durante una operación porque estaba borracha. Estoy vetada. He llamado a San Diego y no tienen vacantes en este momento, e incluso si las tuvieran, tendría que enviarles algunas referencias. He pensado que, si conoces a alguien, haré lo que haga falta; envolver paquetes, abrir cajas, fregar pisos, pasear perros. Necesito ganar algo de dinero antes de irme a casa. No puedo pedirle más a mi hermana otra vez; bastante tiene ya con mi madre, que está cada vez peor.

—Puedo prestarte algo —dijo Faith con calma. Se estaba acordando de cuando habían ido a verla para que les organizara la boda. Se había llevado la impresión de que eran una pareja muy atractiva y que Doug era un tipo muy cuerdo y sensato. Pero incluso entonces, le había parecido que era bastante controlador.

—No quiero dinero —replicó Phoebe, muerta de vergüenza—. Necesito un empleo. Soy una enfermera de quirófano especializada en cirugía plástica, pero como él ha movido los hilos para que todo el mundo me vete, no encuentro trabajo. Nunca podré volver a trabajar sin una buena referencia suya, y nunca me la va a dar.

—Tienes que ir a ver a un abogado para saber qué puedes hacer al respecto.

—Siento haberte llamado en plena noche. Estaba sentada aquí, pensando en qué hacer, y me ha entrado el pánico. Nunca me había sentido tan sola. Sigo en la casa de acogida a la que me llevó la policía. Llamé a las chicas con las que compartía piso y se lo conté todo. Pero no puedo pagar el alquiler y no me quieren allí. Tienen miedo de que vaya a buscarme y les haga daño.

—Yo no le tengo miedo. Puedes quedarte en mi casa.

—No quiero ser una carga ni causarte problemas, pero si sabes de algún trabajo que pueda hacer, te lo agradecería mucho, aunque sea poca cosa. Estoy en una casa de acogida y no podré quedarme en ella mucho tiempo. En estos centros, las plazas de más duración se las conceden a las mujeres con hijos. Supongo que podría recibir algún tipo de asistencia social, o trabajar de camarera o algo así.

Estaba tan alterada que no podía pensar con claridad. Lo único que sabía era que Doug era un hombre terrible y peligroso que estaba trastornado. La había acusado de casarse con él por su dinero, y había llegado a afirmar que lo de que su madre estaba enferma y era pobre seguramente era una milonga. Phoebe jamás le había pedido dinero para quedárselo ella.

—¿Por qué no te pasas por aquí esta misma mañana para ver si se nos ocurre algo? —Para entonces, ya estaba totalmente despierta. Eran las cinco de la madrugada—. ¿Tienes dinero para venir en metro?

—No te preocupes, llegaré. Y lo siento. Mi aspecto es espantoso. La única ropa que tengo para ponerme es la que saqué de la caja de reparto solidario de la casa de acogida.

A Faith le vino al instante la imagen de Phoebe el día de su boda, embutida en ese incómodo vestido que parecía una armadura y con el que a duras penas podía andar, ese que Doug le había comprado y que le ordenó que llevara, en vez de aquel otro que era más bonito y que tanto le había gustado a ella. Todos los regalos que él le había hecho habían sido un arma de doble filo.

Tras haber recibido la llamada de Phoebe, Faith ya no pudo pegar ojo, así que canceló su clase de ballet, se duchó, se vistió y para las siete ya se encontraba en la oficina. Estaba tratando de pensar en toda la gente a la que podía llamar para echar una mano a Phoebe. A sus proveedores de catering, a su florista favorito, a la pastelera que hacía tartas nupciales, a algunos de sus viejos clientes que tenían numerosas ayudantes en plantilla y a menudo con una alta rotación. Aunque era una enfermera talentosa, experimentada y con una formación muy especializada, estaba dispuesta a trabajar de lo que fuera. Faith hizo una lista. Phoebe le daba mucha pena. Era una chica dulce y una persona decente. No se merecía esto. Estaba segura de que Doug la había elegido porque era muy dócil, confiada e ingenua y estaba totalmente sola en Nueva York. Phoebe le había dicho que, en cuanto llegó a la ciudad, él había ido detrás de ella y que todo había ocurrido muy rápido. Además, era muy guapa. Él era un hombre muy enfermo, pero como Faith había escuchado historias parecidas anteriormente, lo había calado enseguida. Phoebe había estado empeñada en casarse con él y muy enamorada. Al principio se había dejado engañar por su amabilidad, pero luego se transformó en un monstruo.

Tenía unas doce personas en su lista cuando Violet llegó al trabajo. Aunque solo estaba embarazada de tres meses y medio, se le empezaba a notar, y Faith se preguntó cuánto tiempo podría seguir trabajando. Le habían advertido que, al ser gemelos, sobre todo cuando eran idénticos y compartían el mismo saco amniótico, podría acabar teniendo que hacer reposo en cama, incluso a una fecha tan temprana como los cuatro meses de embarazo. Y quedaban solo un par de semanas para eso. Violet estaba tan comprometida con su trabajo que había jurado que iba a estar al pie del cañón hasta el último día antes del parto, pero tal vez eso no fuera posible. La madre de Faith había tenido que guardar cama durante tres meses antes de que Hope y ella nacieran prematuramente, ya que se adelantaron un mes. Era habitual que eso pasara en un embarazo de gemelos, así como que surgieran otro buen número de complicaciones. Ahora lo que le preocupaba era qué ocurriría si Violet tuviera que guardar reposo de repente, sin previo aviso, cuando tenían que hacer malabarismos para sacar adelante varias bodas. Diciembre siempre era un mes muy ajetreado para ellas, ya que la gente quería casarse en una fecha próxima a la Navidad o a la Nochevieja. En ese caso, Faith quedaría abandonada a su suerte. Dependía totalmente de ella, e incluso ahora mismo, eso era una fuente de preocupación. Como Faith había sido una invitada más en la boda de Alex y Morgan, había sido Violet quien se había tenido que quedar a supervisarlo todo hasta las cuatro de la madrugada, y al día siguiente había tenido que volver para controlar el desmontaje de todo lo que habían alquilado. Durante los días siguientes, la había visto muy agotada, hasta el punto de que parecía enferma. Nunca se había quejado, pero era inevitable que las cosas empeoraran aún más antes de mejorar. Faith no quería que esto repercutiera negativamente en su salud ni que pusiera a sus bebés en peligro.

Le contó lo de la llamada de Phoebe, y Violet se mostró consternada. Había estado tan preocupada por ella como Faith antes de la boda. Para alguien que no estaba bajo su dominio, era fácil darse cuenta de que Doug era extremadamente controlador. A él no lo soportaba y por Phoebe sentía lástima.

—¿Conoces a alguien que esté dispuesto a contratar en este momento? ¿O que necesite una ayudante de algún tipo? Él ha movido hilos para que no pueda conseguir trabajo como enfermera. Es una comunidad pequeña, y Doug ha logrado que la veten en todas las agencias. Quiero que vaya a ver a un abogado, para ver si podemos revertir la situación. Pero sin referencias, lo va a tener complicado. Cuando a un trabajador lo despiden siempre dice que su jefe estaba loco, pero en su caso sí lo está.

—No sé de nadie que necesite gente ahora mismo, pero a veces nos llaman para ver si sabemos si hay alguien disponible.

Violet se quedó pensativa.

Faith llamó a Hope para ver si se le ocurría alguna idea.

—Vamos a necesitar a una niñera en diciembre, pero eso será dentro de cuatro meses y me da que precisa un trabajo ya. Realmente, eres la organizadora de bodas más completa que existe. Acabas ejerciendo de madre, padre y psiquiatra de algunas de estas chicas, por no hablar de que, gracias a ti, tienen la boda de sus sueños.

—Esta terminó teniendo la boda de sus pesadillas, lo cual estaba cantado, pero fue incapaz de verlo. Traté de advertírselo. Su novio incluso rompió con ella durante un tiempo, pero volvió con él.

—Tengo entendido que la mayoría de las víctimas de abusos suelen volver con su maltratador. A veces con resultados trágicos —señaló Hope con seriedad.

—No quiero que eso le pase a ella.

—Quizá debería regresar a la Costa Oeste para empezar ahí de cero.

—Dice que ha sido incapaz de conseguir trabajo en San Diego, pero que probablemente sí lo encontrará en Los Ángeles, pero ahí se volverá a topar con el problema de las referencias. Creo que necesita hacer otra cosa por un tiempo, hasta que esto se resuelva y pueda trabajar de nuevo como enfermera.

—Lo siento por ella —dijo Hope. No todas las mujeres

tenían la suerte de contar con una pareja como Angus, que era un gran marido y padre y una buena persona.

—Yo también —contestó Faith. Por el móvil, Phoebe había sonado desesperada.

—¿Cómo les va a tus dos papás con su nuevo bebé?

—Pues les va asombrosamente bien. La renuncia ya es firme y la adopción se confirmará en octubre. Han contratado a una niñera inglesa increíble, que se formó en una elegante escuela de niñeras de Inglaterra y que tiene el permiso de residencia permanente. Estuvo casada con un estadounidense, pero se divorció. Ahora mis amigos están de luna de miel, en un yate en el sur de Francia. Y el bebé número dos, al que va a dar a luz la madre subrogada, nacerá en siete meses. Son unos tipos estupendos y van a ser unos padres maravillosos. Parece que van descubriendo poco a poco en qué consiste la paternidad y se las van apañando muy bien; además, quieren locamente a su bebé, que es adorable.

—Yo también me las apañaría muy bien si contara con la ayuda de una niñera inglesa muy elegante —comentó Hope entre risas.

Su empleada doméstica trataba muy bien a los niños, pero habían tenido varias niñeras que no eran de fiar y que nunca se quedaban mucho tiempo. Como eran jóvenes y se aburrían en Connecticut, se iban a trabajar a Nueva York.

Alex y Morgan habían contratado a una profesional sumamente competente y muy cara. En su caso, había sido una buena decisión contratarla. Ambos tenían unos trabajos muy exigentes y necesitaban dejar a sus hijos en manos de alguien en quien pudieran confiar y que fuera un portento en su trabajo.

—Están planteándose la posibilidad de irse de la ciudad después del nacimiento del nuevo bebé. Su piso de ahora es muy elegante, pero se les ha quedado pequeño. No está pensado para que vivan niños en él. Es un dúplex y cuenta con una lujosa escalera de mármol, que se convertirá en todo un peligro cuando los bebés empiecen a andar. No, sería demasiado peligroso.

—Por eso nosotros nos mudamos aquí, donde es más fácil vivir con niños, sobre todo si tienes más de uno.

—¿Cómo va la fábrica de bebés?

Como había estado embarazada tantas veces y lo hacía parecer tan fácil, aunque seguramente no lo era, a Faith a veces se le olvidaba preguntarle sobre su embarazo. Hope nunca se lo echaba en cara; además, sabía que a su hermana en realidad todo lo relacionado con los bebés le daba igual, ya que nunca había vivido esa experiencia y no podía identificarse con alguien que sí la había vivido. Simplemente, no era un tema que le interesara; no obstante, quería a su melliza más que a nada en el mundo, incluso más que a su madre. Hope sentía lo mismo por ella. Además, tenía a Angus para poder hablar sobre sus bebés y a sus amigas, que tenían hijos y bebés de la misma edad que los suyos y que se quedaban embarazadas tan a menudo como ella. No le hacía falta hablar de ello con Faith y por eso nunca intentaba sacar el tema. Faith lo ignoraba todo sobre el mundo de los bebés, aunque quería a sus sobrinos y pensaba que Blake era un bebé muy dulce. Pero todo lo relacionado con la maternidad no le interesaba lo más mínimo.

—Si me entero de alguna persona que necesita contratar a alguien —dijo Hope—, tendré en cuenta a tu amiga la enfermera.

—Gracias, Hopie. Te quiero, hablamos luego.

Cuando Phoebe llegó y llamó al timbre de la oficina, tenía peor aspecto que el que Faith se había imaginado. Llovía a cántaros y estaba calada hasta los huesos. Se encontraba de pie bajo la lluvia, vestida con la ropa desparejada que había sacado de la caja de reparto solidario de la casa de acogida.

Calzaba unas chanclas y tenía su larga melena rubia enmarañada y apelmazada. Había llegado a la zona alta de la ciudad en metro, gracias a un bono transporte que le habían proporcionado en la casa de acogida. Pero incluso con ese aspecto y sin maquillaje, era muy hermosa, aunque su mirada era la más triste que Faith jamás había visto. Durante los dos últimos meses, desde que se había casado con Doug, había visto el lado más desagradable de la vida, había experimentado cosas que nadie debería tener que experimentar jamás. Se la veía deprimida, desesperada y destrozada.

—Lamento tener unas pintas tan desastrosas —dijo, mientras se detenía empapada en el recibidor de la casa de Faith y dejaba en el suelo una bolsa de papel mojada, que contenía las pocas cosas que le habían dado en la casa de acogida.

Era increíble. Doug no le había dejado llevarse ninguna de sus pertenencias y le había arrancado la alianza de diamantes y el anillo de compromiso de la mano la noche que la había echado de casa. Había hecho lo mismo la primera vez, como si ella fuera una ramera barata que posiblemente los vendiese o los empeñara.

—Acabo de ver mi reflejo en la estación de metro. He sido incapaz de reconocerme —le confesó, mientras Faith la llevaba a la cocina para prepararle un té.

Violet se unió a ellas. También la sorprendió el aspecto de Phoebe. En la vida todo tenía solución y se acabaría recuperando con el paso del tiempo, pero por ahora estaba en el fondo de un pozo muy oscuro, del que no sabía cómo salir.

Phoebe le sonrió a la ayudante, ya que se alegraba de verla. Solo le sacaba unos años a Violet y le había caído bien cuando estaban organizando su boda.

—He oído que vas a tener un bebé —le dijo Phoebe—. Felicidades.

Al menos esa era una buena noticia; prefería centrarse en eso y no en el lado sórdido de la vida que por desgracia le había tocado ver. Se acordaba de que Violet se había casado justo antes que ella. Faith le acababa de comentar que Violet estaba embarazada justo antes de que entrara en la habitación.

—Sí, ya. No creemos que sea una gran noticia. No queríamos tener un bebé ahora, sino que hubiésemos preferido esperar. Teníamos un plan a cinco años, y esto nos lo ha desbaratado. Me he llevado un buen disgusto. Y encima son gemelos. Soy incapaz de imaginarme cómo será eso, o cómo vamos a arreglárnoslas.

—Tengo entendido que cuando tienes gemelos el primer año o los dos primeros son los peores, pero que después de eso, comienza la diversión —comentó Phoebe de forma compasiva.

—Mi hermana y yo proporcionamos muchos momentos de diversión a mi madre —afirmó Faith, lanzando un resoplido, y las tres se rieron—. Pero sobrevivió. Aunque nunca tuvo más hijos. Supongo que por nuestra culpa.

—Lamento que hayas vivido una experiencia tan dura, Phoebe —dijo Violet con dulzura.

No quería entrometerse ni ser indiscreta, pero a Phoebe se la veía tan triste y desaliñada que le pareció que eso era lo más adecuado que podía decirle. Había adelgazado y estaba pálida, su mirada reflejaba un terrible sufrimiento y tenía unas ojeras profundas. No había dormido como es debido desde hacía dos meses, y la casa de acogida tampoco había sido un lugar precisamente acogedor, ya que ahí se refugiaba una amplia gama de víctimas de maltratos, algunas de las cuales habían salido recientemente de prisión y tenían sus propios malos hábitos. Era un segmento social con el que Phoebe nunca había tratado antes, y le daba la sensación de que ahí ella era la única que no tenía ninguna malicia. Como podían ver lo ingenua que era a kilómetros, algunas de esas mujeres intentaron aprovecharse de eso o adoptaron una actitud agresiva con ella. Se sintió aliviada al llegar a la casa de

Faith, donde se sentía segura. No se había sentido segura desde su boda.

Hablaron en la cocina sobre las posibilidades que Phoebe tenía de encontrar trabajo. Faith quería concertarle una cita con su abogado, y a ella le pareció bien la idea. Se estaba preguntando si Phoebe debería presentar una demanda contra él y solicitar una orden de alejamiento.

—No podré pagar a un abogado si no tengo un trabajo —le recordó.

—Tú, simplemente, ve a hablar con él para ver qué piensa que deberías hacer. Ya te lo pagaré yo —dijo Faith.

Phoebe se lo agradeció de todo corazón y fue a ponerse unos vaqueros que no estuvieran tan calados, llevándose consigo la bolsa de la compra mojada. La bolsa estaba tan empapada por la lluvia que daba la sensación de que estaba a punto de deshacerse. Desde la última vez que la habían visto, Phoebe había tocado fondo. Este no era el tratamiento que Faith daba a sus clientes tras la boda, pero se alegraba de poder echarle una mano.

Revisó su agenda y vio que estaba libre hasta las dos de la tarde. Cuando Phoebe volvió a la planta de abajo, Faith llamó a un Uber y le pidió a Violet que telefoneara al abogado para conseguir una cita para Phoebe lo antes posible. Le había indicado que subiera a una pequeña habitación de invitados que se encontraba en la planta de arriba. A Phoebe le había parecido que ese cuartito acogedor de color amarillo, que contaba con un baño rosa, era el paraíso. Faith sacó uno de sus chubasqueros de un armario y se lo cedió a Phoebe. Le quedaba corto, pero como estaba tan flaca, le quedaba bien.

—¿Vamos a ir a ver al abogado ahora? —preguntó sorprendida.

—No, aún no. Ahora mismo tenemos una pequeña misión que cumplir: lograr que te sientas como Phoebe Smith otra vez, y no como una víctima del infame doctor Kirk y mister Hyde.

El Uber llegó en cuanto se pusieron los chubasqueros. Faith cogió un paraguas y fueron hasta la puerta. Entonces dijo al conductor una dirección: la de Bloomingdale's, que no estaba lejos. Phoebe protestó en un primer momento, pero Faith se negó a hacerle caso. En menos de dos horas, tenía unos suéteres, unas blusas, unas camisetas, unos vaqueros nuevos, unas zapatillas deportivas, unos zapatos planos y otros de tacón alto por si tenía una entrevista de trabajo. Encontraron allí unos bonitos vestidos de algodón rebajados, una chaqueta, dos bolsos sencillos, ropa interior, unos camisones, maquillaje y un sombrero de paja que le quedaba estupendo. Llevaban tantas bolsas que les costó salir por la puerta. Nada más llegar a casa de Faith, Phoebe le dio un abrazo.

—Te lo pagaré todo en cuanto consiga un trabajo, te lo prometo.

—Ni hablar.

No se habían gastado una fortuna, y en cuanto Phoebe se puso una ropa decente y se maquilló, volvió a sentirse como un ser humano. Daba la sensación de que volvía a ser ella misma, salvo por esa mirada tan triste, pero estaba sonriendo de nuevo. Sí, estaba muchísimo mejor ahora que cuando había llegado, tras haber abandonado la casa de acogida.

Faith tenía una cita a las dos y media con una nueva novia que quería casarse en Nochevieja. Estaba divorciada y tenía dos hijos. Tanto su pareja como ella querían alquilar un yate por una noche para celebrar una boda modesta. El novio tenía tres hijos, todos adolescentes. Ambos querían invitar a unos cuarenta amigos para que disfrutaran a bordo del barco de una boda memorable. A Faith le pareció que sería fácil organizar esa boda. Después entró en el despacho de Violet, donde las dos jóvenes estaban hablando. Ambas alzaron la vista al verla entrar. Phoebe llevaba un suéter con el cuello en

V de color lavanda claro que habían comprado esa mañana, unos pantalones de algodón del mismo color y unas sandalias con unas margaritas estampadas que le encantaban.

—He tenido una idea. A ver qué opináis las dos. Madame Violet es una bomba de relojería en su estado actual. Esperamos que pueda trabajar hasta el último minuto, cuando la tenga que llevar al hospital para que no se ponga a parir en mi oficina, pero la verdad es que —dijo, mirándola— podrías acabar guardando reposo en cama en cualquier momento si esos gemelos se portan mal, y los gemelos tienen cierta tendencia a portarse fatal, a cualquier edad.

Sonrió de oreja a oreja y todas se rieron.

—Phoebe necesita un trabajo ahora —continuó—. Y nosotras podríamos tener un problemón si Vi tiene que guardar cama de repente, lo cual podría ser un desastre si tenemos la agenda llena. Ya hay un montón de bodas programadas para otoño, y una gigantesca en Locust Valley en Navidad; se trata de unos amigos de los Albert, así que será una de esas bodas a lo grande. Sé que tienes la mejor de las intenciones, pero dudo mucho que puedas trabajar después de las Navidades, Vi; además, quieres tener cuatro semanas de baja por maternidad y tal vez necesites más. Y hasta que consigamos que tu marido acabe en la cárcel o limpiemos tu reputación, Phoebe, vas a estar de año sabático como enfermera. ¿Qué os parece a las dos que Phoebe se incorpore ahora, para que aprenda lo básico y sepa dónde está todo y tenga acceso a todos los datos de las bodas, para que cada vez que Vi deba guardar reposo, no nos quedemos tiradas? Además, así Vi no tendrá tanta carga de trabajo ahora y tal vez no acabe encamada. ¿Qué pensáis?

Las dos clavaron la mirada en ella. Phoebe sonreía y Vi asentía con la cabeza. Esta también lo había pensado, pero no creía que Faith quisiera pagar a dos ayudantes a tiempo completo solo «por si acaso».

—Creo que es una gran idea. ¿Violet? —Faith no quería

hacerlo sin el visto bueno de Violet. No quería que se sintiera excluida en la toma de esa decisión—. Solo sería hasta marzo, es decir, siete meses, para darle tiempo a Vi a tener a los gemelos y recuperarse. Después Phoebe volverá a echar una mano en esas operaciones de estiramiento facial o levantamiento de senos o lo que sea; seguro que yo necesito desesperadamente hacerme alguna de esas operaciones, pero no quiero saberlo, así que, por favor, no me lo digas.

Las tres se rieron, sonrieron y hablaron a la vez. Faith anotó una cifra en una hoja, la dobló y se la dio a Phoebe; era el salario que estaba dispuesta a pagarle. Phoebe la leyó y se le pusieron los ojos como platos.

—Con eso, podría alquilar un pequeño estudio amueblado y me sobraría para comer, ir de compras de vez en cuando, hacerme la manicura e ir al cine.

Era menos de lo que ganaba como enfermera de quirófano altamente cualificada, pero era más que suficiente y necesitaba el trabajo desesperadamente. Faith le estaba salvando la vida.

—¡Sí! —exclamó. Al instante, se levantó de la silla de un salto para abrazar a Faith y Violet—. Sí, sí, sí, gracias.

Se abrazaron las tres. Faith también estaba sonriendo.

—Como se suele decir, no hay mal que por bien no venga. Problema resuelto para las tres. ¡Señoras, trato hecho! Estás contratada —le dijo a Phoebe.

Violet le había concertado una cita con el abogado para el día siguiente, así sabría qué pasos debía dar contra Doug y si debía denunciarlo o no, así como si debía pedir la anulación del matrimonio o el divorcio y si podía obtener una indemnización por impedirle encontrar empleo en el campo de la enfermería, donde era una trabajadora experimentada, especializada y con una gran formación técnica. Violet también le había concertado una cita para obtener un nuevo documento de identidad.

Prometió que, en cuanto pudiera, alquilaría un estudio y se iría a vivir allí. Le envió un mensaje de texto a su hermana para decirle que por ahora había conseguido un trabajo como ayudante de oficina, que iba a hablar con un abogado y que iba a arreglar las cosas. Iba a devolverle el dinero que le había prestado. En un solo día, todo en su vida había cambiado a mejor gracias a Faith. Incluso Violet parecía sentirse aliviada y no consideraba a Phoebe una amenaza para su futuro laboral. Había estado muy preocupada por lo que podría suceder si al final tenía que guardar cama. No quería decepcionar a Faith. Además, sería divertido tener una compañera de trabajo para variar. Y encima Phoebe y ella se llevaban bien.

Edward Phillips, el hermano de Morgan, llamó a Faith esa noche y la invitó a cenar, lo cual sería su primera cita de verdad. Se mudaba al fin a Nueva York a la semana siguiente para llevar las riendas de la sucursal de su bufete en la ciudad y quería celebrarlo con ella. Faith sonrió cuando él le sugirió que podían cenar en un animado restaurante italiano que ella ya conocía y le gustaba, el cual no estaba muy lejos, en la Segunda Avenida. Le dijo que la recogería a las ocho y que tenía muchas ganas de verla. También le contó que había recibido un mensaje de texto de Morgan. Habían ido a Portofino en el barco y se lo estaban pasando genial. Faith había estado allí una vez con su melliza en un viaje que habían hecho a Italia, cuando Hope trabajaba como modelo en Milán, y les había encantado el sitio. Era un pueblito portuario con unas tiendas muy monas y unos buenos restaurantes, que era increíblemente romántico; todo estaba iluminado por las noches y sobre el puerto se alzaban un castillo y una iglesia. Las dos habían prometido que volverían allí algún día con el amor de sus vidas, pero nunca lo habían hecho. Era un lugar perfecto para una luna de miel, y mejor aún para navegar en un velero.

Como habían hecho las cosas bien, el bebé se encontraba perfectamente atendido mientras ellos estaban de viaje. Faith llamaba todos los días a Helen para asegurarse de que todo estaba en orden, y Blake estaba creciendo fuerte y sano.

La cita con Edward sería dentro de diez días y la esperaba con impaciencia.

Al día siguiente, Phoebe se reunió con el abogado y todo fue bien. Era un hombre mayor, franco y pragmático, al que Faith había recurrido durante años para que se encargara de sus contratos y todos sus asuntos legales.

Le explicó a Phoebe que, en cuanto al divorcio, tenía pocas opciones, ya que Nueva York había adoptado unas leyes varios años antes por las que no hacía falta demostrar que el cónyuge demandado había incumplido las obligaciones maritales para pedir el divorcio, y que daba igual si optaba por solicitar el divorcio o la anulación, salvo psicológicamente, y que eso lo debía decidir ella. Pero, además, le aconsejó que presentara una demanda civil contra Doug por la pérdida de ingresos y sueldo que había sufrido, por el daño que había ocasionado a su reputación por culpa de sus difamaciones, por el chantaje, por las amenazas, por la agresión y por el daño psicológico derivado del trauma y por la pérdida de todas las posesiones que él no le había permitido recuperar; además, el abogado quería obtener una orden de alejamiento contra él. El informe policial de la noche en que la había echado y la declaración del portero, así como los testimonios de la gente de la casa de acogida y Faith serían de gran ayuda para obligar a Doug a llegar a un acuerdo, ya que él no querría que nada de esto saliera a la luz y dañara su reputación. Le sugirió que debía demandarlo por un millón de dólares y que podría darse por satisfecha si conseguían la mitad. Le comentó que no se llevaba una comisión según el resultado del caso, sino que cobraba por horas como los abogados respetables. Dijo que no sería complicado presentar esa demanda, al mismo tiempo que la del divorcio, y que no creía que sus honorarios fueran a superar los veinte mil dólares. Pensaba que Doug tendría prisa por llegar a un trato para poder enterrar el asunto antes de que se corriera la voz.

Como lo que escuchó la convenció, antes de irse del despacho le dio un anticipo para que pudiera empezar a trabajar en su caso. Volvía estar en deuda con Faith, y esta vez por algo mucho más importante que organizar su elegante boda con un tarado. Pensó que ojalá le hubiera hecho caso a su wedding planner, pero se sentía reconfortada por todo lo que el abogado le había sugerido hacer, puesto que ahora tenía la sensación de que por fin se haría justicia.

14

Charles Allbright, el abogado que Phoebe había visto, redactó rápidamente los documentos legales en los que se acusaba a Doug y los envió a su clínica. El día que los recibió, Phoebe comenzó a recibir sin parar llamadas y mensajes de texto de él. Como la amenazaba físicamente en esos mensajes, Phoebe le envió varias capturas de pantalla a su abogado. Doug no sabía dónde estaba viviendo, así que no podía ir a por ella; además, la orden de alejamiento ya estaba en vigor, lo cual la tranquilizaba.

En la demanda civil que había puesto, en el apartado de presentación de pruebas, Charles había incluido una lista con las personas que testificarían en contra de Doug y corroborarían las alegaciones de la demandante, en la que estaban incluidos los agentes de policía. Charles le había advertido a su cliente que el acusado se lo tomaría muy mal, pero él le pararía los pies enseguida, ya que se enfrentaba a una demanda civil de un millón de dólares y había gente dispuesta a testificar en su contra. El abogado pensaba que llegarían a un acuerdo con rapidez. Phoebe se sentía satisfecha.

Había encontrado un estudio amueblado a unas doce manzanas de la casa de Faith, el fin de semana siguiente a que esta la contratara y, gracias a un anticipo de su salario, había podido mudarse ahí de inmediato. Le agradecía mucho a su organizadora de bodas que le hubiera proporcionado cobijo, la hubiera puesto en contacto con su abogado y le hubiera dado un empleo. Le encantaba su trabajo, y a Violet y ella les gustaba trabajar juntas. Estaban muy ocupadas con las nuevas bodas que les habían encargado a finales del verano. Algunas eran para el verano del año siguiente; otras para antes, para otoño y fin de año. Varias, para Navidad.

La noche de su cita con Edward, Faith se vistió con esmero. Hacía calor y estaba emocionada porque iba a verlo. Había estado muy atareada y el verano estaba dando sus últimos coletazos. Septiembre estaba a la vuelta de la esquina y siempre era un mes muy ajetreado para ella. Pero aún no estaba demasiado agobiada y, como ahora contaba con dos ayudantes muy eficientes, en su oficina reinaba el orden, por lo que no estaba ni agotada ni estresada. Faith se encontraba de muy buen humor cuando él se presentó para ir a cenar. Edward vestía una camisa Oxford azul y unos pantalones caqui, así como una chaqueta de sport de lino de color azul marino, y la organizadora de bodas, un vestido blanco de algodón con bordados perforados y unas sandalias de tacón alto; también llevaba su larga cabellera suelta, lo cual era raro en ella. Hope solía decir que su hermana trataba a su pelo como si fuera su mayor enemigo y que por eso cada vez que se lo recogía en un moño parecía que lo estaba crucificando, lo cual hacía reír a Faith, quien reconocía que eso era cierto. Tenía un pelo largo, sedoso y bonito que nadie veía nunca. Cuando fue a buscarla, Edward se detuvo un instante a admirar su melena. Era una noche muy bonita, y Faith se alegraba de verlo.

—¿Qué tal ha ido la mudanza? —le preguntó Faith a Edward mientras iban en Uber al restaurante, que estaba abarrotado y animado cuando llegaron y que también tenía unas mesas en la acera. Él había indicado en la reserva que querían cenar en una de ellas. Era uno de los restaurantes favoritos de ambos.

—Pues ha ido bastante bien —contestó—. No se ha roto ni se ha perdido nada. Todavía tengo que colgar algunas cosas. Mudarse a Nueva York es una aventura muy emocionante. Aunque me planteé esa posibilidad cuando acabé la carrera de Derecho, al final me quedé en Chicago. Pero lo que es la vida, ahora estoy aquí.

Ya sabían bastante sobre sus respectivos trabajos, pero la parte más personal de sus vidas seguía siendo un misterio para ambos. Él le contó que solo había estado casado una vez, a los diecinueve años, cuando se vio obligado a contraer matrimonio, lo que le había hecho descartar la idea de volver a casarse durante mucho tiempo. Cuando finalmente superó ese trauma, diez años después, volvió a entusiasmarse con la idea y se enamoró de Julie, una compañera de su bufete, una chica estupenda. Cuando se estaban planteando la posibilidad de casarse, a ella le diagnosticaron la enfermedad de Hodgkin. Aunque, de todos modos, él quería casarse con ella, Julie no quiso porque el futuro era demasiado incierto. Falleció tres años después a los treinta y dos años. Después de eso, había habido otras mujeres en su vida, pero no había querido casarse con ninguna. A estas alturas, pensaba que ese barco ya había zarpado para él. Eso había ocurrido doce años antes. Ahora tenía cuarenta y cuatro años, y lo de casarse «ni se lo planteaba». Tenía un hijo con el que mantenía ahora una relación muy estrecha, pero se había perdido gran parte de su infancia porque no había estado preparado para ser padre. Además, ya no tenía ninguna prisa por casarse ni le parecía necesario.

—A menos que vuelva a conocer a alguien que se convierta en el amor de mi vida. La verdad es que ahora estoy muy cómodo viviendo como vivo. Me gusta lo que hago. Juego mucho al tenis y veo a mis amigos cuando quiero. Me encanta mi trabajo. Y ahora que estoy aquí, voy a pasar más tiempo con Morgan y Alex y voy a disfrutarlo. Le saco diez años a mi hermano. Mis padres no buscaban tener otro niño a esa edad. Fue una sorpresa. Como él todavía era un crío cuando me fui a la universidad, también me perdí muchas cosas de su infancia. Ahora disfruto recuperando el tiempo perdido. He tardado en afianzar mis relaciones con la gente que es importante en mi vida, después de que en algunas cosas fuera demasiado precoz, como en ser padre. Ahora me dejo llevar y disfruto. Me encantaría compartir mi vida con alguien, pero si eso no ocurre, no pasa nada. No ardo en deseos de casarme. Tengo una buena vida.

—Yo también. Y creo que ese barco también zarpó para mí, pero en realidad ya no me importa. Supongo que también he madurado tarde. Y soy una adicta al trabajo, según mi hermana, pero adoro lo que hago.

—Y eso se te da de fábula, a juzgar por la boda tan tremendamente fantástica y elegante que le organizaste a mi hermano —dijo Edward, sonriéndole.

—Gracias. En mi caso, como estuve comprometida dos veces y todo salió mal, se me quitaron las ganas de casarme. Después de eso, ya no me parecía una idea tan genial. Tomé malas decisiones, tuve mala suerte, el karma me castigó y no elegí bien; me equivoqué sobre todo con el segundo, que era muy mala persona. El primero era gay y me aseguró que no fue consciente de ello hasta una semana antes de la boda, cuando se dio cuenta de que no podía seguir adelante porque se había enamorado de un bailarín ruso. No, no me lo he inventado. Es imposible inventarse estas mierdas —dijo, y él se rio—. Fue increíble. Creo que eso me afectó a nivel emocional durante mucho tiempo. Después estuve a punto de casarme con otro que era un maniático del control, pero hui a tiempo. Y seguí huyendo, y un día me percaté de que realmente estaba disfrutando de la vida y no me importaba estar sola. He tenido algunas relaciones pasajeras, pero no he perdido la cabeza por ninguno de esos hombres. Simplemente me he dejado llevar y, como tú mismo has dicho, un día me di cuenta de que ese barco ya había zarpado; sí, yo no iba a bordo de esa arca de Noé en la que viajaban todas las parejas del mundo y, la verdad, me daba igual. De todas formas, creo que me habría mareado. La idea de tener hijos siempre me ha aterrado. Es una responsabilidad ENORME. ¿Cómo puede asumirla la gente sin pensar que puede meter la pata hasta el fondo? Hace falta mucho valor. Yo no soy tan valiente, al menos no lo soy a la hora de tener hijos y casarme.

—Opino igual. Ya le había fastidiado la vida a mi hijo al darle la espalda a los veintiún años, así que no quería volver a hacer lo mismo porque temía meter la pata de nuevo. Cuando tenía diecinueve años, mi esposa de dieciocho me dijo que era un marido lamentable y me lo creí. Solo quise intentarlo otra vez, pero ella murió. Los últimos doce años han pasado volando. Soy como esos imanes de nevera en los que se puede leer: «Uy, se me ha olvidado casarme».

Faith se rio.

—Yo también soy así. Y suelo enviarle esos imanes a mi madre.

—Supongo que después de lo de Julie nunca me he vuelto a enamorar. A lo mejor eso solo sucede unas pocas veces en la vida. A lo mejor solo tienes una oportunidad, aunque no me gusta pensar que eso pueda ser cierto. Pero sí me gusta esa idea de que uno siente mariposas en el estómago cuando está enamorado de verdad, y esa vez sentí eso. El resto de las veces no sentí nada de nada.

—Mi madre acaba de casarse por cuarta vez hace unos meses. Este es el adecuado para ella, el que hace que sienta mariposas en el estómago, y son muy felices juntos. Ella tiene sesenta y siete años; y él, setenta y siete; y se lo pasan genial y están dispuestos a exprimir la vida al máximo, dure lo que dure. Los matrimonios anteriores de mi madre fueron un desastre, y el de mi padre no fue la excepción. Pero esta vez, da gusto verlos. Así que a lo mejor el barco aún no ha zarpado para nosotros. A lo mejor para algunos de nosotros viene con retraso. Prefiero coger el último barco que subirme al equivocado. Tal vez haya un barco especial para gente como nosotros, que aparezca en el muelle más tarde, después de que toda la chusma se haya subido a los primeros barcos.

A Edward le gustó el modo en que expresó esa idea y su forma de ver la vida. No buscaba con desesperación un marido; de hecho, la idea de tener un esposo no la seducía precisamente, lo cual la hacía aún más atractiva. Daba la impresión de que si el hombre adecuado no aparecía hasta que ella tuviera sesenta y siete años, como le había pasado a su madre, tampoco se llevaría un gran disgusto. Y si nunca aparecía, tampoco sería un drama. Él, a su vez, había llenado ese vacío en su vida convirtiéndose también en un adicto al trabajo. Al menos, ninguno de los dos estaba perdiendo el tiempo.

Se sintió genial hablando con ella, y la noche pasó volando. Habló de lo mucho que admiraba a su hermano por ser capaz de hablar abiertamente sobre su homosexualidad y de ser sincero al respecto con su familia. También sentía pena por Alex, cuya familia había sido tan cruel que lo había rechazado. Costaba creer que hubiera personas que todavía trataran de esa manera a sus hijos hoy en día, pero así era. Eso había marcado a Alex y le había hecho sufrir mucho, pero Morgan y su familia habían logrado mitigar ese dolor y sanar sus heridas con el paso del tiempo. Pensó que era genial que tuvieran un bebé por gestación subrogada y que se hubieran atrevido a adoptar a Blake cuando se les presentó la oportunidad.

—Mi hermano sí que es un hombre que se viste por los pies —afirmó con orgullo—, en el mejor sentido de la expresión. Van a ser unos padres estupendos, no como lo fui yo.

Todavía se sentía culpable por aquello y a ella le gustaba que hubiera asumido toda la responsabilidad. No era un cobarde y no culpaba a los demás de sus errores.

—No conozco a nadie que sea un gran padre a los diecinueve o veinte años —señaló Faith, quien jamás le habría echado eso en cara.

Parecía ser un hombre muy decente, sincero, abierto y afectuoso; en eso, se parecía mucho a Morgan, aunque como le sacaba diez años, era un poco más de la vieja escuela, lo cual le gustaba. Le gustaba lo tradicional que era. No era un tipo desaliñado que iba sin afeitar y con tatuajes, que rechazaba todos los valores tradicionales que le habían inculcado, que no sabía lo que era el honor ni la integridad y que era incapaz de reconocer sus debilidades y errores. Todos tenemos defectos; eso es lo que nos hace humanos. Faith tampoco había ocultado los suyos, lo cual también la llevaba a albergar cierta indecisión sobre tener hijos. Sospechaba que moralmente no estaba preparada para tenerlos ni para actuar como si siempre tuviera la razón. Por otro lado, daba la sensación de que Edward tenía ahora una buena relación con su hijo. Era modesto, abierto y directo, lo cual a ella le encantaba y era bastante raro de ver. Morgan también tenía esas cualidades. Una especie de honestidad moral aderezada con dudas sobre la vida que ella también compartía. Faith reconocía humildemente sus defectos y Edward también.

Como estaban a doce manzanas de la casa de Faith, decidieron pasear en esa cálida noche de agosto.

—Gracias por la cena. La mía estaba deliciosa. Y la charla ha sido muy agradable. Hay tanta falsedad en el mundo y tantas gilipolleces. Me encanta hablar sin tapujos con gente sincera. Creo que eso es lo que adoro de Morgan y Alex. Odio a los farsantes. Veo a muchos en mi negocio; gente que quiere presumir con una boda lujosa, pero a la que no le importa ni el matrimonio ni las cosas que de verdad cuentan —comentó Faith mientras caminaban.

—Pero tú eres capaz de organizar una boda preciosa —la halagó, y ella sonrió—. Nunca me lo había pasado tan bien como en la boda de mi hermano.

—Me esfuerzo más con la gente a la que realmente quiero, como tu hermano y Alex, que como personas son geniales. Tuvimos un par de situaciones muy complicadas este verano, pero las superamos.

Estaba pensando en Phoebe cuando dijo esto. Se estaban aproximando a la puerta de su casa cuando algo cruzó volando cerca de su cabeza. Edward tiró de ella hacia sí, mientras una piedra de gran tamaño pasaba zumbando junto a ella y se estrellaba contra una de las ventanas de la planta baja. Faith se giró para ver quién la había lanzado, todavía en estado de shock. Douglas Kirk salió de detrás de un coche y corrió hacia ella, gritando:

—¡Zorra! He visto tu nombre en la lista de testigos de esa puta con la que estuve casado. Eres tan mala como ella.

Intentó acercarse a Faith como una exhalación, pero Edward lo detuvo con un brazo firme y exclamó con voz potente:

—¡Eh, para ya! ¡Atrás o vas a acabar contando lo que ha pasado desde la cárcel!

Lo tenía firmemente agarrado del brazo con una fuerza tremenda, pero como Doug aún tenía el otro brazo libre, intentó pegarle. En menos de un minuto, Edward lo inmovilizó en el suelo y le ordenó a Faith con un tono sereno y firme que llamara al 911. Como Edward, que era más alto y fuerte que él, lo estaba aplastando con su gran peso, Doug no podía moverse, pero eso no le impedía gritarles a ambos.

—¿Quién cojones te crees que eres? —le espetó a Edward.

—Soy un agente de la ley —contestó este con calma.

Eso sorprendió a Faith, quien llamó a la policía y les dijo que los estaba atacando un hombre en plena calle y que acudieran de inmediato. Cinco minutos después, llegó un coche patrulla y dos agentes bajaron rápidamente de él. Agarraron a Doug, lo levantaron del suelo y lo metieron a empujones en la parte de atrás del coche patrulla. Todavía estaba llamando «zorra» y «puta» a Faith a voz en grito. Ella les explicó a los policías las razones por las que había sufrido ese ataque, y Edward también se enteró de toda la historia.

Después de que la policía se marchara con Doug y de que ella entrara con Edward a casa, lo miró y le preguntó:

—¿Eres un agente de la ley?

Él sonrió de oreja a oreja.

—Fui miembro voluntario de la patrulla de seguridad del campus de estudiantes durante mi último año en Northwestern —respondió—. Con eso basta para serlo, ¿no?

—Eso parece. Jo, lo has reducido perfectamente. Gracias. La pobre chica con la que se casó ha sufrido mucho por su culpa. Intentamos advertírselo, pero no nos hizo caso. Ese tipejo es incluso peor de lo que pensábamos.

Faith aún tenía el susto en el cuerpo, pero ya estaba menos nerviosa gracias a que se sentía protegida por Edward.

—Esto no le va a ayudar ante el juez cuando estudie su caso —afirmó Edward, quien había mantenido la calma durante todo el ataque e incluso mientras Doug los insultaba. Estaba claro que una podía contar con él en una situación complicada. Junto a él, se sentía totalmente segura.

—Has estado impresionante, me refiero a la hora de detenerlo.

—Soy más grande que él —dijo, quitándole importancia a lo que había hecho—. No iba a dejar que se acercara a ti.

—Ya lo he visto, ya… —Había tenido mucha suerte de que la estuviera acompañando justo en ese momento, y ser consciente de eso la hacía sentir reconfortada—. ¿Quieres una copa de vino?

Él asintió. Así ya tenía una excusa para seguir gozando de esta velada con ella. Desde donde estaban, podían ver la ventana delantera que había hecho añicos la piedra. Faith cogió una botella de vino, dos copas y un sacacorchos; Edward la abrió y llenó las dos copas mientras se sentaban en la sala de estar.

—Nunca pensé que organizar bodas pudiera ser tan peligroso. —Edward sonrió con cierta amargura—. Salvo para los novios.

—Normalmente no lo es. —Faith le sonrió, agradecida—. Menos mal que estabas ahí.

Él asintió, con gesto serio. Le gustaba lo valiente que era Faith, quien había actuado con calma y rapidez, pero ni ella se había sentido tan tranquila como había aparentado, ni él tampoco. Edward era como una roca en la que podías apoyarte, subirte y esconderte si era necesario. Sonriendo, se inclinó hacia ella y la besó, mientras le acariciaba con ternura la cara. Faith se sintió irresistiblemente atraída por él mientras la besaba, como si una fuerza más poderosa que ellos dos los estuviera uniendo. La besó de nuevo y la abrazó con pasión. Se sintió segura entre sus brazos.

—Nunca voy a permitir que nadie te haga daño, Faith —susurró.

Él había decidido que iba a ser su protector, y ella no podía dejar de besarlo ni quería hacerlo, y él sentía lo mismo. Las llamas de la pasión se avivaron en ambos de una forma que habían olvidado hace mucho y que habían dicho que ya no querían sentir, y ahora ese fuego los envolvía y los unía con más intensidad que cualquier otra fuerza que Faith hubiera sentido jamás. Edward se apartó de ella un instante y la miró.

—¿Estás bien? —preguntó él en voz baja—. ¿Esto te parece bien?

—Muy bien —susurró ella.

—A mí también —contestó musitando y siguió besándola.

Se habían olvidado del vino. De alguna manera, el ataque de Doug los había unido y había roto las cadenas del pasado. Más tarde, Faith no podría recordar exactamente ni cuándo ni cómo, en medio del éxtasis de unos besos apasionados, él había subido por las escaleras para seguirla hasta el dormitorio, donde sus ropas acabaron amontonadas en el suelo, tras despojarse de ellas, y donde habían hecho el amor desenfrenadamente hasta que salió el sol. Él la miró sonriente y susurró, ya que tenía la voz ronca tras haber estado toda la noche haciendo el amor.

—Creo que el barco acaba de regresar al muelle. No creo que lo hayamos perdido.

Ella sonrió y se estiró, logrando así que sus cuerpos se rozaran. Cuando él la estaba abrazando y estaba a punto de decirle que la amaba, ambos se quedaron dormidos.

El abogado de Douglas Kirk contactó con Charles Allbright inmediatamente al día siguiente de que este hiciera añicos la ventana de la casa de Faith, la agrediera verbalmente y lo arrestaran. Su abogado afirmó que el médico deseaba reparar el daño causado y pagar por los destrozos que había sufrido la casa de la señorita Ferguson, al mismo tiempo que excusaba su comportamiento al alegar que se hallaba bajo una gran tensión emocional por culpa del divorcio y de la «actitud agresiva» que había adoptado la señorita Kirk al presentar una demanda civil. En otras palabras, Doug estaba aterrado y su abogado debía haberle echado una buena bronca por haber perdido la cabeza, haber atacado a un futuro testigo de la demandante en el caso civil y haber dañado la vivienda de la señorita Ferguson mediante un acto vandálico. Charles supuso que le había aconsejado a su cliente que llegara a un acuerdo lo antes posible, ya que, con un comportamiento como ese en su historial, seguramente iba a perder el caso. Ningún jurado se pondría de su parte. Claramente estaba trastornado y, con sus actos, no cabía duda de que era un sociópata. Ahora, más que nunca, Faith estaba convencida de eso, y un jurado también lo vería así.

Dos días después, el abogado de Doug le presentó una propuesta de acuerdo a Charles, en la que ofrecía cien mil dólares. Charles lo consultó con su cliente y, tras asesorarla, rechazó la oferta.

La siguiente propuesta llegó dos días después, y la cifra ya había ascendido a doscientos cincuenta mil dólares, pero Phoebe también la rechazó siguiendo el consejo del abogado. La joven sintió vértigo al rechazar esa cantidad de dinero, que le habría venido muy bien.

Charles informó al abogado de Doug de que se reafirmaban en su decisión de ir a juicio por la vía civil y de que querían recibir la cantidad total que se exigía en la demanda: un millón de dólares.

Una semana después de que Doug hubiera roto la ventana de la casa de Faith, su abogado ofreció a Phoebe la cantidad de quinientos mil dólares, y tanto Charles como ella la aceptaron de buen grado, aunque la orden de alejamiento se mantuvo en pie. Por el maltrato y el tormento que había sufrido a manos de Doug, Phoebe había ganado medio millón de dólares. Eso no hacía que el calvario que había sufrido fuera más llevadero ni menos doloroso, pero sí que se sintió como si la hubieran vengado; además, el dinero le iba a proporcionar cierta independencia y seguridad. Envió algo de dinero a su madre y a su hermana, y Faith la ayudó a abrir una cuenta de inversión con el resto, para que así sus ahorros crecieran. La batalla legal había sido tan breve que Charles Allbright solo le cobró doce mil dólares. Toda la estrategia legal había sido extremadamente eficaz. Lo más importante de todo, aparte del dinero que había obtenido, fue que Doug se vio obligado a ponerse en contacto con todas las agencias de trabajo que operaban en el sector de la enfermería para decirles que se había producido un enorme malentendido y que cuando había evaluado las habilidades y el comportamiento de Phoebe Smith, su enfermera de quirófano, había cometido un grave error; además, se disculpó por cualquier sombra de duda que hubiera podido arrojar sobre su reputación de una manera involuntaria. Como ya había limpiado su nombre, podía volver a trabajar como enfermera cuando quisiera, pero se lo estaba pasando tan bien trabajando para Faith que le aseguró a esta que se quedaría todo el tiempo que le había prometido, hasta marzo, cuando Violet volvería a trabajar después de tener a los gemelos. Faith se sintió muy aliviada al oír eso y se alegró de que hubiera bastado con amenazar con demandar a Doug para que todo acabara tan bien.

Los últimos días de agosto fueron mágicos para Edward y Faith. Decidieron no contarle a nadie lo que había ocurrido entre ellos, ni siquiera a Morgan ni, por una vez, a Hope. Querían guardar su relación como un preciado secreto. Querían protegerla del aire y de la luz, como si fuera un niño que aún no ha nacido, así como de los comentarios, las opiniones y las habladurías de la gente. Se llamaban y enviaban mensajes de texto varias veces al día y pasaban juntos las noches. Él se marchaba antes de que Violet apareciera por la mañana y llegaba cuando Faith estaba sola por las noches. Después de hacer el amor durante horas, dormían abrazados. Siempre estaba ansioso por que se acercara la hora de volver a estar con ella en su casa por la noche y se sentía como un adolescente enamorado. Se hacían reír mutuamente, cocinaban juntos, veían la televisión juntos, iban al cine y daban largos paseos por el parque los fines de semana. Faith quería que conociera a Hope, a su madre y a Jean-Pierre, pero aún no era el momento adecuado. Quería que su relación fuera cosa solo de ellos durante todo el tiempo posible. Después de eso, estarían bajo la mirada escrutadora del resto del mundo, serían envidiados y despertarían ciertos temores y recelos.

En septiembre, Edward todavía se estaba instalando en la sucursal de Nueva York, y Faith recibió una avalancha de clientes nuevos. A pesar de que ahora contaba con dos ayudantes, a Violet y Phoebe les costó mucho llevarlo todo al día. Phoebe estaba cogiéndole el tranquillo al trabajo de una forma sorprendentemente rápida y, sin duda, resultaba de gran ayuda. Violet aguantaba como podía, mientras iba engordando día tras día, pero se sentía bien.

Aunque en esas fechas solo estaba de cuatro meses, daba la impresión de que estaba creciendo y expandiéndose a un ritmo muy veloz. Si se hubiera tratado de un embarazo normal, habría estado enorme, pero como estaba embarazada de gemelos, tampoco era para tanto. Poco a poco, se iba haciendo a la idea, aunque aún no estaba ni muy entusiasmada ni muy feliz, pero tampoco tan tremendamente deprimida como antes.

Tras llegar los resultados del análisis de sangre, les dijeron que iban a ser niñas, y como por la ecografía sabían que estaban en un mismo saco amniótico, no cabía duda de que eran gemelas idénticas. Tanto Faith como Hope pensaron que era fantástico que fuera a tener gemelas, pero Violet todavía era incapaz de alegrarse por ello. En lo único en que podía pensar era en las desventajas, y en su opinión había muchas. Trató de no pensar en ello para nada y centrarse en su trabajo. Faith trató de encargarle todas las tareas que pudiera llevar a cabo sentada; como el trabajo administrativo, investigar y hacer llamadas telefónicas. Le pasó a Phoebe los trabajos más activos, los que requerían un esfuerzo físico. Violet quería asumir más cosas, pero Phoebe y Faith no la dejaban. A veces se iba a casa por las noches sintiéndose frustrada, pero se alegraba de estar activa y de poder seguir yendo a trabajar todos los días. La aterrorizaba la idea de que le ordenaran guardar cama y no pudiera levantarse de ahí en varios meses. Si la obligaban a permanecer encamada por culpa de las gemelas, se enfadaría aún más de lo que ya estaba con ellas, pero todos eran conscientes de que eso podría suceder.

Después del Día del Trabajo, Faith recibió una avalancha de clientes nuevos. Ya estaba trabajando en la gran boda de diciembre que tenía programada desde hacía meses. Estaban instalando una pista de patinaje entera en los terrenos que la familia poseía en Long Island para la cena de ensayo. Iba a haber un espectáculo de patinaje sobre hielo con patinadores profesionales y patines para todo el mundo. La decoración evocaría el París de principios del siglo XX. Y la boda en sí se inspiraría en el palacio imperial ruso de San Petersburgo; sería una celebración digna de un zar y una zarina. La novia llevaría un vestido de terciopelo blanco con unas estrellitas estampadas y un ribeteado de marta cibelina blanca; además, al llegar, se adornaría con una capa de marta cibelina blanca, de las que llegan hasta el suelo, que se quitaría para la ceremonia. Faith había contratado a unos escenógrafos de Broadway que la habían ayudado a construir la decoración, la cual ya estaban pintando. Habría esculturas de hielo por todos lados y puestos de caviar cada pocos pasos. El padre de la novia era un ruso con un pasado oscuro; y su madre, una belleza polaca. La novia era hermosísima y se iba a casar con un joven ruso muy apuesto que trabajaba para su padre. La boda se iba a celebrar dos días antes de Navidad e iba a tener quinientos invitados. Tenían programada para Nochevieja otra boda tradicional igual de gigantesca, en la que se casaba la hija de un senador y para la que se acababan de enviar las invitaciones. Y también tenían que organizar la boda más modesta, la que se iba a celebrar en un yate alquilado.

Aparte, estaban previstas también todas las bodas de tamaño normal, en las que contraían matrimonio unas jóvenes parejas estadounidenses con padres ansiosos, madres exigentes, novias problemáticas y hermanas envidiosas. Los dos enlaces grandes por sí solos podrían haberla tenido ocupada durante todo el año siguiente, pero además de eso tenía todas las demás.

Los periodistas querían cubrir la boda que se iba a celebrar antes de Navidad, pero el padre de la novia no los quería ver ni en pintura. Daba la sensación de que una ligera aura de peligro rodeaba a la familia de la novia. Pero el precio que estaba dispuesto a pagar aquel ruso lo compensaba todo. No había nada ilegal en la boda ni Faith iba a cometer ningún delito; simplemente, era obvio que el padre de la novia se relacionaba con gente muy peculiar e interesante. Cuando como wedding planner había visitado el lugar de la ceremonia, había visto guardias de seguridad armados con ametralladoras por todas partes. No eran, desde luego, sus clientes típicos, y el vestido de terciopelo con capa de marta cibelina lo estaba confeccionando Chanel por un millón de dólares. La novia era una niña muy dulce, y el novio, un joven muy agradable, pero Faith estaba convencida de que el padre de la novia estaba metido en ciertos negocios sobre los que no quería saber nada.

Faith solía contarle cosas a Edward sobre algunas de las bodas y algunos de los clientes más interesantes, pero siempre sin violar ningún acuerdo de confidencialidad.

—Tu trabajo es mucho más interesante que Wall Street —había comentado Edward, quien se había quedado estupefacto al saber lo que Faith podía cobrar como comisión por una boda. Era un negocio muy lucrativo y siempre lo había sido; sí, era un negocio que la hacía feliz, aunque también era estresante. Faith era lo bastante hábil como para no posicionarse nunca en las peleas entre madres e hijas. Daba igual a quién apoyaras, tenías todas las de perder porque no formabas parte de la familia, y no quería acabar en una posición tan incómoda. Siempre recurría a la diplomacia más refinada para evitarlo.

Durante varias semanas, Edward y Faith lograron que ningún fisgón ni ningún chismoso se enterara de que eran pareja, a pesar de que irradiaban alegría de un modo muy evidente. Violet no paraba de decirle que se la veía muy bien y muy descansada, lo cual le hacía gracia porque apenas dormían, pero ambos eran muy felices. Faith no recordaba haber sido nunca tan feliz, y Edward sabía que él jamás lo había sido. Durante años, se había sentido satisfecho llevando una vida monótona donde lo más importante era el trabajo, pero gracias a Faith, ahora se sentía mucho más satisfecho y tenía una vida más plena. Ella llenaba esos vacíos de los que no se había preocupado en mucho tiempo. Él, a su vez, le abría unos horizontes nuevos, le mostraba unos paisajes del alma tan hermosos como el cielo azul de un día estival.

Una semana después del Día del Trabajo, Morgan y Alex volvieron de su luna de miel, justo a tiempo para que Morgan pudiera trabajar en la Semana de la Moda. Esos días a bordo de un velero gigante habían sido como un sueño, en el que los miembros de la tripulación, que estaban muy bien formados y eran tremendamente eficientes, los habían atendido día y noche; en el que había hecho un tiempo perfecto en el Mediterráneo y habían estado pescando y nadando; además, habían atracado en algunos pequeños puertos pintorescos a lo largo de su travesía, o habían echado el ancla en algunas calitas serenas. Habían pasado su último fin de semana en el Hotel du Cap-Eden-Roc, donde su barco los había dejado. Después, habían cogido un avión en Niza para volver a casa.

Ya allí, se llevaron una gran alegría al ver que Blake había crecido y seguía sano y fuerte. Había cumplido los dos meses y siempre estaba sonriente. Tenía unas piernitas rollizas y una buena papadita; sí, parecía un bebé de anuncio, y balbuceaba y hacía unos ruiditos muy tiernos en todo momento.

Helen lo había cuidado de un modo impecable y afirmaba que era muy listo. Alex nunca iba a poder olvidarse de la cara que había puesto su madre al despedirse de él, pero Morgan ya lo había superado. Ahora ese bebé era suyo. Él nunca pensaba en el pasado, sino que vivía en el presente. Esa era una de las cosas que los diferenciaba. Morgan era optimista y positivo, siempre abrazaba el futuro sin miedo. Alex se ponía nostálgico de vez en cuando y tendía más a la introspección. Pero se complementaban.

Tenían muchas ganas de ver a Faith y Edward e ignoraban por completo lo que había surgido entre ambos, no sabían que el amor había florecido como unos girasoles gigantes mientras ellos estaban ausentes. Los invitaron a cenar, y a los dos les pareció bien la idea. La noche anterior, Faith se preguntó si era lo más inteligente si querían guardar su secreto. Pensaba que Morgan se iba a dar cuenta al instante de lo que estaba pasando.

—¿Y qué más da? —preguntó Edward, quien se encogió de hombros mientras estaban tumbados desnudos en la cama y admiraba el cuerpo de su amada.

Gracias a las clases de ballet que recibía por Skype casi todos los días, Faith estaba en un excelente estado de forma. Edward iba al gimnasio siempre que podía, cuando tenía tiempo, pero no era tan persistente. Le impresionaba lo disciplinada que era Faith. Si decía que iba a hacer algo, lo hacía.

—Simplemente no quiero que todo el mundo hable de nosotros y nos diga lo que piensa, o meta las narices donde no le llaman —contestó Faith.

—¿De qué tienes miedo? —le preguntó con dulzura. Él siempre iba al grano, obligándola así a explicar con claridad qué le preocupaba.

—No sé…, a lo mejor te dicen que no deberías conformarte conmigo, o que deberías salir con alguien más joven que yo, o que soy una tía rara porque nunca me he casado.

Tal vez lo sea —respondió, mientras lo miraba con ternura y los ojos muy abiertos—, pero te amo. No quiero que nadie estropee lo nuestro.

—No pueden estropearlo. Lo que tenemos es nuestro y de nadie más. Lo que digan o hagan no nos puede afectar. Y no quiero salir con nadie ni más joven ni más vieja. —Él tenía dos años más que Faith, así que su relación estaba equilibrada en ese aspecto—. Es a ti a quien deseo. Nunca he amado a nadie como te amo a ti, y nada va a cambiar eso. No quiero cambiarte, y tú me amas tal y como soy. Y me importa un carajo lo que piensen los demás, me da igual que les parezca bien o no —afirmó con rotundidad.

—Pero todos nos presionarán para que nos casemos, y eso lo fastidiará todo —dijo una preocupada Faith.

—¿Por qué va a «fastidiarlo todo»? —preguntó—. ¿Por qué? No me importaría casarme contigo. Sí, creo que hasta me gustaría. —Había estado pensando en eso últimamente y se preguntaba si deberían casarse en algún momento, puesto que ya sabía que quería estar con ella para siempre—. Pero si lo prefieres, podemos quedarnos así y seré muy feliz.

—Me da miedo casarme. El matrimonio lo arruina todo. Lo joroba todo.

Edward se rio.

—¿Y eso lo dice la mejor organizadora de bodas del mundo?

—Sí, cada vez que mi madre se casaba, su relación se iba a pique. El matrimonio mataba el amor. Y la mitad de las personas cuyas bodas organizo se acaban divorciando. Algunas de ellas me han encargado su segunda boda e incluso su tercera.

—¿Qué te hace pensar que la relación habría durado más si no se hubieran casado? Quizá esas relaciones estaban condenadas desde el principio. No creo que la nuestra lo esté.

—Yo tampoco. Sigamos así y seamos amantes por toda la eternidad —contestó, y entonces lo besó.

—Vale, pero que sepas que si te casas con otro y paso a ser tu amante secreto, eso no me haría ninguna gracia.

Él la besó en el cuello y eso hizo que a Faith un escalofrío le recorriera la espalda. Ninguno de los dos se lo había pasado nunca tan bien en la cama, era algo mágico, pero también se amaban de una manera sencilla y pura. A veces se reían como niños. Resultaba interesante lo mucho que ella temía casarse, lo en contra que estaba del matrimonio. Él también había estado siempre en contra del matrimonio, pero no le daba miedo casarse con Faith y estaba dispuesto a hacer lo que ella quisiera, incluso ocultarle su relación a su hermano, pero conociendo a Morgan, estaba seguro de que acabaría descubriéndolo más pronto que tarde. Calaba enseguida a la gente y conocía muy bien a Edward, quien nunca había sido tan feliz en su vida. Eso era difícil de ocultar. Además, ¿por qué debería ocultarlo? Lo hacía únicamente por ella, para contentarla.

Dos días después de haber vuelto de la luna de miel, Alex y Morgan los invitaron a cenar en su casa. Morgan llamó a su hermano, y Alex llamó a Faith. Iba a ser una cena sencilla en la que estarían únicamente los cuatro e iban a comer pasta en la cocina, lo cual siempre garantizaba la diversión.

Llegaron a la hora acordada por separado; Edward, cinco minutos más tarde que Faith. Actuaron como si se hubieran llevado una sorpresa al coincidir ahí y se alegraran de verse. Alex y Morgan, que aún seguían entusiasmados con su viaje, les mostraron unas fotografías muy bonitas de todas las paradas que habían hecho y todos los pueblecitos que habían visitado. Habían navegado hasta Cerdeña y, a la vuelta, se habían detenido en Córcega, donde habían pasado el tiempo pescando y nadando. Como navegaban mucho de noche, habían sacado el máximo partido del día. Daba la impresión de que habían hecho un viaje fantástico.

Durante la cena, Morgan le preguntó a su hermano qué había estado haciendo, y Edward contestó que aún estaba aterrizando en la sucursal y que el proceso de adaptación siempre era complicado cuando un nuevo socio principal asumía el cargo. Habló con mucho detalle sobre su trabajo para matarlo de aburrimiento mientras ponía cara de no haber roto un plato en su vida. Entretanto, Faith le había estado hablando a Alex de algunas de las nuevas bodas que tenían programadas, sobre todo de las más desmesuradas.

Edward estaba tan tranquilo comiendo su pasta a la carbonara, que habían preparado porque sabían que era su favorita, cuando Morgan entornó los ojos y lo miró fijamente.

—¡Me estás mintiendo! —exclamó.

—No digas chorradas —replicó Edward, riéndose—. ¿En qué te he mentido? Te acabo de decir que esta pasta está deliciosa, y lo está, es la pura verdad.

No se atrevió a mirar a Faith, quien también se estaba riendo. Morgan poseía un don inquietante. Podía intuir que alguien le ocultaba un secreto antes que cualquier otra persona; además, conocía a Edward demasiado bien.

—Te has tocado la oreja. Siempre te tocas la oreja izquierda cuando mientes. Siempre has tenido ese tic, desde que yo era crío. Me estás mintiendo —afirmó, acusando así a su hermano mayor mientras lo miraba como si fuera el mismísimo Sherlock Holmes, ya que estaba decidido a averiguar qué le escondía.

—A ver, ¿en qué te podría estar mintiendo? ¿En que el trabajo es un poco aburrido ahora mismo? No, eso no es mentira. Desgraciadamente, es verdad… Por cierto, la cena de esta noche está excelente, eres tan buen cocinero… Eso sí que no es mentira…

—¿Qué has estado haciendo últimamente? —preguntó Morgan, con el fin de distraerlo.

—No mucho. Como aún no tengo buenos amigos aquí,

salvo vosotros dos, no he salido ninguna noche. Me he quedado en casa.

Mientras decía esto, se tocó la oreja izquierda, y Faith estuvo a punto de atragantarse con la comida. Morgan tenía razón. Tenía un tic del que no era consciente. Morgan gritó y lo señaló.

—¡Te pillé! Estás mintiendo. Has estado saliendo a echar un polvo todas las noches. ¿Con quién?

—En primer lugar, no ha sido un simple «polvo» y, en segundo lugar —respondió Edward, sonriendo—, no es asunto tuyo.

—¡Entonces tengo razón! —Todos se estaban riendo—. ¿Estás enamorado?

A Morgan le encantaba saber todos los chismorreos, todos los secretos de todo el mundo. Ambos sabían que él era así.

—No —contestó Edward con rotundidad, mientras negaba con la cabeza.

Entonces se tocó la oreja derecha, y Morgan gritó aún más fuerte:

—Te acabas de tocar la oreja derecha. Eso solo lo haces cuando cuentas unas trolas GIGANTESCAS... ¡Estás enamorado! Dime de quién.

Edward hacía todo lo posible para seguir mostrándose muy serio, y Faith se estaba descacharrando de risa. La sorprendió que Morgan se pusiera en plan inquisidor. Pensaba que se comportaría como un entrometido, no como un poseso.

—No estoy enamorado —insistió, a la vez que alzaba ambas manos para no tocarse las orejas.

Mientras hacía esto, miró de reojo a Faith con cara de culpable. Morgan se levantó de un salto y le clavó la mirada.

—Los hombres de mi edad no se enamoran —aseveró Edward con rotundidad.

Morgan puso cara de no poder creerse lo que estaba oyendo.

—Deberías tocarte las dos orejas por la trola que acabas de soltar. Esa es la mentira más grande que has contado. Solo me sacas diez años. Eso no es nada. —Clavó la mirada primero en Faith y luego en Edward. Después entornó los ojos, se sentó otra vez y se quedó mirándolos fijamente—. Ay, Dios..., ¿qué habéis estado haciendo mientras nosotros estábamos de viaje?

—Nada —contestaron a la vez.

Morgan los miró aún más fijamente. Los cuatro se echaron a reír de nuevo.

—Ay, Dios. Ay, Dios. ¡Ay, Dios! ¿Estáis saliendo o solo os acostáis? ¿Cuál de las dos? Os habéis liado. Sí, lo sé.

Edward y Faith se miraron. Mientras ella extendía el brazo y lo agarraba de la mano, dio la impresión de que ambos se sentían felizmente culpables.

—Muy bien, Sherlock. Tú ganas. Estoy enamorada de tu hermano. Hale, ya lo he dicho. ¿Estás contento?

—Me MUERO de contento. —Morgan les sonrió, y Alex se quedó anonadado al ver que su marido tenía razón—. ¿Cuándo os vais a casar?

—Nunca —respondió con firmeza—. Amo a tu hermano y nunca me casaré con él, porque lo amo. Y eso no es mentira, te lo juro.

—¿Por qué no? —Morgan parecía sentirse decepcionado.

—Porque no creo en el matrimonio —contestó Faith.

—Dios mío, no me lo puedo creer... Eres como esos camellos que venden droga, pero no la consumen. Así que organizas las bodas más divinas del planeta y no crees en el matrimonio, ¿eh?

—Sí, así es.

—Estás fatal de lo tuyo. Eres tan... cruel. Que estás hablando de mi hermano, de un hombre respetable que proviene de una familia honorable. ¿Te lo tiras y no piensas casarte con él? Pero ¿de qué vas, mujerzuela? ¿No te tomas en serio lo vuestro? ¿Solo lo quieres para que te dé placer? Estoy alucinando.

—Has dado en el clavo. —Faith sonrió ampliamente a su amigo. Edward, que estaba disfrutando del momento, la miraba sonriendo de oreja a oreja. Morgan se había topado con la horma de su zapato—. Es mi esclavo sexual.

—Por lo que veo, eres una mujer de moral distraída. Si hubiera sabido que simplemente estabas jugando con mi hermano, no te habría preparado mi mejor pasta a la carbonara. Te habría servido unas hamburguesas o comida para perros. —Entonces, rodeó la mesa y los abrazó a los dos—. Os quiero. Para mí, sois las dos personas que más adoro en este mundo. Por favor, casaos y tened bebés, así podremos ir todos juntos al parque.

—Nada de bebés —dijeron a la vez de nuevo.

—Vale, pero, de todas formas, podréis acompañarnos al parque. Por cierto, estamos buscando una casa en Connecticut, ya que estamos pensando en mudarnos. Vamos a dejar la casa de los Hamptons, aunque la echaremos de menos —comentó, cambiando de tema—. No me va a hacer ninguna gracia tener que ir y venir continuamente, pero creo que sería bueno para los niños.

Alex asintió, mostrándose de acuerdo con Morgan.

—Más te vale casarte, ¿eh? Si no, tus clientes pensarán que eres una zorra —le aconsejó Morgan a Faith.

—Solo si tú se lo cuentas —respondió ella con una amplia sonrisa.

Los volvió a abrazar a los dos cuando ya se iban y les comentó que se alegraba mucho de que sus vidas se hubieran cruzado. Alex dijo lo mismo.

Cuando volvía a casa en taxi, Faith se volvió hacia Edward.

—¿Ves lo que quería decir? Ahora todo el mundo va a insistir en que nos casemos. Vaya lata nos van a dar.

—No, solo nos la dará Morgan. Está un poco loco en ese aspecto. Desde que era niño, siempre ha querido casarse y tener sus propios hijos. Me alegro de que se haya cumplido su sueño. Ahora se siente realizado.

Faith miró a Edward y susurró:

—Yo sí que estoy loca… por ti.

Él la besó y, en cuanto volvieron a casa de Faith, subió corriendo con ella las escaleras hasta llegar al dormitorio, se desvistió y le hizo el amor. Después, volvieron a acordarse de Morgan y se rieron otra vez.

—En treinta y cuatro años, nunca me había dicho que tengo un tic cuando miento. Espero que nadie se haya dado cuenta de eso en mi trabajo.

Faith se giró otra vez y lo besó.

—Me gusta ser la mujer de moral distraída de tu vida.

—Sí, ya me he dado cuenta.

Edward sonrió de oreja a oreja. Se lo habían pasado muy bien. Morgan y Alex ya sabían que estaban liados. Sí, era inevitable que se acabara descubriendo el pastel tarde o temprano. Hope también sabía que su hermana estaba enamorada de él, pero su madre no. Faith creía que aún no debía contárselo porque sabía que también querría que se casaran.

Alex y Morgan bautizaron a Blake en septiembre. Para Faith y Edward fue un honor ser sus padrinos; además, ahora que estaban juntos era lo más apropiado. Tanto Alex como Morgan se portaron y les guardaron el secreto. Blake estaba precioso con un vestido de bautizo de encaje largo que había heredado de la familia de Morgan. Habían invitado a unos cuantos amigos, con los que se fueron a comer a un restaurante cercano, y Helen se llevó al bebé a casa para que se echara la siesta. Blake había disfrutado de una gran mañana y se había portado muy bien. Durante el bautizo, había estado dormido porque Helen le había dado antes de comer.

Marianne y Jean-Pierre se iban de crucero a finales de septiembre, y Faith cenó con ellos la noche anterior a su marcha. Hope también había venido a la ciudad. Para entonces, ya estaba de seis meses y se la veía más voluminosa. Sus bebés siempre nacían grandes y sanos. Faith le reconoció a su madre que se estaba «viendo» con alguien, pero no que fuera el amor de su vida. Le parecía que aún no estaba lista para compartir eso con ella; además, no quería que nadie se inmiscuyera en su relación.

Marianne la interrogó al respecto, pero tras unos minutos, cambió de tema. Pudo convencerla de que no era nada serio, lo cual no había logrado con Morgan en su momento. Faith no quería que su madre le diera la tabarra de ahora en adelante con que debía casarse.

Jean-Pierre parecía estar en buena forma. Se le veía sano y descansado y tenía el corazón bien. Se iban de crucero por Sudamérica durante un mes. Allí era primavera y estaban entusiasmados con el viaje.

Tras despedirse de ellos después de la cena y desearles un buen viaje, todos se abrazaron. Y cuando Jean-Pierre abrazó a Faith, le susurró:

—No sé quién es, pero se te ve tan feliz… Sigue con él… No lo dejes escapar.

Mientras se iban, Jean-Pierre miró hacia atrás y le sonrió otra vez. Faith se preguntó cómo lo sabía. Era como si tuviera un don para calar a la gente.

16

En otoño, Faith estuvo atareada con unas cuantas bodas más modestas. Todas eran muy tradicionales y elegantes. Algunas de las parejas eran de una edad avanzada; otras, más jóvenes; y si bien ninguna quería celebrar un gran bodorrio, sí que querían tener una celebración hermosa. A veces, las bodas más pequeñas daban casi el mismo trabajo que las grandes.

Faith estaba concentrada en las dos más grandes que tenían en diciembre, mientras Violet y Phoebe se ocupaban de las más modestas. Violet se encargaba del trabajo de oficina; y Phoebe, del trabajo de campo; y todo estaba yendo bien. La exenfermera todavía se divertía haciendo este trabajo.

Con cada día que pasaba, Violet estaba más grande. El médico le había dicho que las dos gemelas estaban sanas, y ella ya había aceptado que esto era lo que había. A Jordan lo entusiasmaba la idea de tener dos niñitas idénticas y tenía previsto estar presente en el parto. Como había estado leyendo algunas cosas al respecto, sabía qué podía esperar. Su mujer no quería pensar en ello, y le reconoció a Phoebe que tenía miedo, pero al menos aún estaba trabajando.

Septiembre y octubre pasaron en un visto y no visto. Cuando su madre y Jean-Pierre volvieron un mes después, a finales de octubre, tuvo la sensación de que se acababan de ir solo unos días antes. Habían disfrutado de un viaje fabuloso y habían conocido a unas personas muy simpáticas en el crucero. Tanto a Jean-Pierre como a Marianne se les veía descansados y bien de salud.

Hope los había invitado a celebrar el Día de Acción de Gracias en su casa en noviembre. Faith iba a hacer lo mismo en Nochebuena. Como Hope salía de cuentas el día de Navidad, era imposible saber si al final podría acudir o no. Iba a dar a luz en la ciudad, tal y como había hecho con sus otros hijos, así que si se ponía de parto durante la cena de Nochebuena, no tendría que irse muy lejos.

La celebración del Día de Acción de Gracias vino acompañada de una gran noticia: Faith había invitado a Edward, así que iba a conocer a su familia. Tanto ella como él estaban muy nerviosos por ese motivo. Edward había oído tantas historias sobre su familia que no sabía qué esperar. Si todo salía bien, Faith quería que Edward fuera a cenar en Nochebuena a su casa. A esas alturas, Hope no podría encargarse ya de preparar nada, y a su madre no le gustaba ocuparse de cenas ni cocinar, aunque Jean-Pierre se había ofrecido a hacer una pierna de cordero con mucho ajo, al estilo francés; el plato se llamaba *gigot* con *haricots verts*. Pero Faith se iba a limitar únicamente a encargarle una cena tradicional de Navidad a su proveedor de catering habitual.

El día de Navidad, como el hijo de Edward iba a estar con su madre en Aspen, Faith iba a cenar con él en casa de Morgan y Alex. Wesley nunca pasaba las fiestas con su padre. Eso era así desde siempre y no parecía que fuera a cambiar. Edward se alegraba de poder pasar las fiestas con Faith y seguir las costumbres navideñas de ella. Como no se había casado, no seguía ninguna en especial, ya que no recibía la visita de ningún familiar en esas fechas; además, tanto a su madre como a Morgan se les daba de maravilla cocinar. Sus padres no iban a venir a Nueva York, ya que se iban a quedar en Chicago para pasar las fiestas con un grupo de amigos. Pero los dos hermanos sí que iban a celebrar la Navidad juntos, acompañados de Alex, Faith y Blake. La madre subrogada estaba perfectamente y no tendría a la niña hasta marzo. No había habido ningún problema hasta entonces y no esperaban que surgiera ninguno. Era una mujer joven y sana, y este era su quinto embarazo. Según ella, de momento, estaba siendo igual que los anteriores. Le mandaban un cheque todos los meses, y ella les enviaba a su vez todas las ecografías e informes médicos. El embarazo seguía su curso plácidamente.

Los detalles de las dos grandes bodas de diciembre tenían muy atareada a Faith, mientras Phoebe y Violet se ocupaban del resto bajo su supervisión. Tenían una a principios de noviembre, de la que se encargaba Violet. A Phoebe cada vez se le daba mejor rematar los detalles. Y Faith estaba supervisando la que se iba a celebrar en el barco alquilado.

Por la mañana, fueron juntas a revisar el montaje de la boda de noviembre. A primera hora de la tarde, ya estaba terminado. Faith echó un vistazo para asegurarse de que todo estaba como se suponía que debía estar y no habían olvidado nada. Les dio las gracias a las dos por el buen trabajo que habían hecho, y cuando ya se estaba marchando, advirtió que Violet hacía una mueca y se encogía de dolor. La observó durante unos minutos y vio que volvía a hacer lo mismo. Violet se sentó e intentó actuar como si no pasara nada. Tras haber estado fijándose en ella unos minutos más, Faith entró en la habitación para hablar con ella.

—¿Qué te pasa?

—Nada, estoy bien.

Violet le sonrió, pero volvió a hacer una mueca de dolor. Había estado de pie todo el día, durante demasiado tiempo, y los bebés ya tenían un buen peso. Estaba de seis meses, y todavía era demasiado pronto como para que sobrevivieran si tenía un parto prematuro, sobre todo porque eran gemelas y serían pequeñas. Aunque su peso sumado era impresionante, serían muy chiquitinas y no estarían lo suficientemente desarrolladas como para poder vivir fuera del útero.

—Violet, dime la verdad —le pidió Faith, quien seguía observándola—. ¿Qué te pasa?

—Que tengo contracciones —contestó, presa del pánico—. Pensé que pararían, pero no ha sido así.

—¿Desde cuándo las tienes? —le preguntó Faith.

—Desde hace unas pocas horas —admitió Violet con una voz débil—. Pero tenemos mucho lío.

—Oh, Dios. Se acabó, Vi. No vas a trabajar más.

Se fue a buscar a Phoebe y le contó lo que estaba ocurriendo.

—Eso significa que te quedas sola. ¿Podrás con ello?

A Phoebe se la veía asustada, pero quería demostrarle a Faith que sería capaz de hacerlo. Estaba bastante segura de que lo conseguiría. No quería decepcionar ni a Faith ni a Violet.

—Podré —afirmó.

—¿Quieres que vuelva luego?

Phoebe negó con la cabeza a la vez que sonreía de oreja a oreja.

—Si tengo que llamarte, lo haré.

Este trabajo le había venido muy bien, ya que había reforzado su confianza en sí misma después de que Doug hubiera estado a punto de minársela para siempre.

—Llámame si hace falta —le recordó Faith.

Le pidió al encargado del catering de la boda, que se celebraba en un club muy exclusivo, que llamara a un taxi. Después ayudó a Violet a salir de ahí. La pobre parecía aterrorizada, y Faith también. Como ocurriera algo en el taxi, no sabría qué hacer.

—¿Quieres que llame a una ambulancia?

—No, simplemente llévame al hospital; estaré bien.

Desde el taxi, llamaron a Jordan y al médico de Violet, y le prometieron al taxista que le darían una propina enorme si las llevaba al hospital a toda velocidad; dicho y hecho. Cuando llegaron allí, estaban esperando a Violet en la entrada de urgencias. De inmediato, la llevaron a la planta de arriba, y Faith la siguió a todo correr. La metieron en una cama y le colocaron una vía para suministrarle unos medicamentos que detendrían su parto prematuro. Los médicos y las enfermeras, que iban y venían, la examinaron varias veces. Jordan y ella estaban llorando por culpa de la tensión. Las contracciones se detuvieron en una hora. Por suerte, no había roto aguas, pero el médico fue muy claro: tendría que guardar cama desde ese momento hasta el parto. Se iba a quedar ingresada en el hospital una semana y luego guardaría reposo en casa, donde tendría que estar acostada boca arriba y usar una cuña. En cuanto el médico le dijo esto, rompió a llorar, y Jordan la apremió a que se cuidase desde ya, de lo contrario, perderían a las gemelas. Iba a estar encamada hasta que le quedasen dos semanas para salir de cuentas; entonces tal vez le hicieran una cesárea.

Ahora la cosa iba en serio. Llevaba seis meses esquivando el problema, pero ya no podía seguir engañándose. Faith le dio un abrazo, y cuando se marchó, vio que todavía estaba llorando con Jordan. Le prometió que vendría a visitarla y que Phoebe también lo haría en cuanto estuviera libre. Ahora Violet tenía que limitarse a hacer lo que le habían recomendado, ya que si no perdería a las gemelas, o podrían nacer prematuramente y sobrevivir con graves secuelas, lo cual casi sería peor. Las niñas debían estar en su útero otro mes al menos. También pasaría las Navidades tumbada en la cama y seguiría así hasta mediados de enero, o hasta cuando saliera de cuentas a principios de febrero.

Cuando salió del hospital, Faith sintió lástima por ella. Llamó a Phoebe al club para ver si necesitaba ayuda, pero esta le dijo que todo iba bien. Faith se sintió culpable por haber permitido que Violet trabajara tanto como lo había hecho, pero no había podido prescindir de ella; además, Violet no había querido quedarse en casa ni tomárselo con calma. Pero ahora no quería perder a sus bebés. Para ella, tener que guardar cama durante tres meses era como estar en la cárcel. Iba a tener que hacer un gran sacrificio por sus niñas. En su día, la madre de Faith había hecho lo mismo por las suyas.

Dos semanas después, justo antes del Día de Acción de Gracias, Annabelle Albert llamó para contar que ya había dado a luz. El bebé había pesado cuatro kilos y medio y lo había tenido por cesárea. Estaba eufórica. Comentó que se parecía a Jeremy y que sus padres estaban como locos con él. Señaló que sus padres seguían juntos; su madre tenía a su padre atado muy en corto y, de momento, él se estaba portando. Annabelle se alegraba de haber tenido al bebé, de que estuviera sano y de que sus padres siguieran casados. Faith le pidió a Phoebe que le enviara unas flores al hospital. Su boda había pasado a la historia de su carrera profesional como una de las más espectaculares que habían organizado jamás. Pero la que estaba preparando para las Navidades no se iba a quedar corta, e incluso era todavía más cara. Daba la impresión de que las bodas de un millón de dólares o más se estaban volviendo algo normal entre los ultrarricos y los sectores de la población que se lo podían permitir. No se celebraban muchas así, pero no eran tan raras de ver como tiempo atrás. Y como se llevaba una comisión del cuarenta por ciento del presupuesto para ella en las bodas importantes y del veinticinco al treinta por ciento en las modestas, estaba amasando una fortuna considerable, que estaba tratando de invertir de un modo responsable. Tenía un asesor financiero en quien confiaba y de vez en cuando hablaba sobre inversiones con Edward, quien también sabía del tema. Aunque él desconocía exactamente cuánto ganaba Faith con una boda, se podía imaginar que era una gran cantidad de dinero, dado lo ricos que eran sus clientes. Era un negocio muy lucrativo; y ella, la organizadora de bodas más cotizada de Nueva York.

Llamaban a Violet todos los días; por su tono de voz, parecía estar deprimida por no poder abandonar aún el hospital. Estuvo ingresada dos semanas y luego le dieron el alta para que siguiera guardando cama en casa. Comentó que si se levantaba simplemente para ir al baño, tenía contracciones de nuevo, por lo cual ahora debía estar acostada boca arriba todo el tiempo. El mero hecho de poder incorporarse y estar sentada en la cama un rato era todo un logro para ella. Phoebe había ido a visitarla, y Faith también había ido una vez, pero estaba muy ocupada lidiando con todas las bodas de las Navidades; además, sin Vi, ahora andaban cortas de personal.

Lo tuvo difícil hasta para tomarse un descanso el Día de Acción de Gracias. Aunque tenían una boda bastante grande dos días después, Faith logró librar en Acción de Gracias; sobre todo porque nadie más estaba trabajando y tenía previsto volver al tajo al día siguiente.

Por la mañana, Edward y ella fueron en coche a Connecticut, a la granja de Hope. Faith le iba a presentar a su familia y temía lo que pudiera pensar sobre ella, pero como siempre esta no la decepcionó. Angus y él congeniaron al instante. Edward adoró a Hope, sobre todo porque era la melliza de Faith y sabía lo fuerte que era el vínculo entre ellas. Y Hope también lo adoró a él. Cuando Angus estaba trinchando el pavo, Faith fue a ayudar a Hope a la cocina, y esta le susurró:

—Cásate con él. Es fantástico. Lo queremos.

—Yo también lo quiero, pero no me voy a casar. No nos hace falta. No deseamos tener niños. Él ya tiene un hijo, y yo soy demasiado mayor.

—No, no lo eres —objetó Hope—. Somos de la misma edad, y yo voy a tener uno.

—Para ti, va a ser el cuarto. Yo tendría mi primer crío a los cuarenta y tres, como pronto. No, yo no quiero eso, ni él tampoco. Nos amamos, así que ¿por qué casarnos?

—Para retenerlo —dijo Hope con sencillez.

—Pues ya viste de qué sirvió eso con papá. Abandonó a mamá, que tuvo que cargar con nosotras. Si me ama, se quedará, y si no me ama, se irá. No necesito ponerle una correa, ni tener un bebé con él para retenerlo. De todas formas, eso no funciona.

—Por cierto, ¿cómo está Violet? —le preguntó Hope.

—Está deprimida. Odia estar encamada. Ni siquiera puede levantarse para ir al baño. Lo tiene que estar pasando bastante mal. No sé cómo pudo soportarlo mamá cuando estaba embarazada de nosotras. Esto de tener un bebé es un asunto muy serio.

—A mí me lo vas a contar —dijo Hope, mientras se daba unas palmaditas en la enorme tripa—. Más me vale que sea una niña esta vez. Angus dice que si no lo es, querrá intentarlo de nuevo. Para él, eso es muy fácil de decir. —En ese instante, sonrió ampliamente a Faith—. Podríamos quedarnos embarazadas a la vez.

—Ni lo sueñes —replicó Faith burlonamente—. No me puedo creer que estés dispuesta a tener cinco hijos.

—Podría tenerlos. En realidad, Angus quiere tener seis. Siempre lo ha dicho. Si hay suerte y los siguientes son gemelos, se dará por satisfecho.

—Y si no, tendrás a tu último hijo a los cuarenta y cinco —le recordó Faith.

Eso le sonó horrible a Faith, pero a Hope no. Eran muy distintas, a pesar de ser mellizas.

Edward se lo pasó muy bien hablando con Jean-Pierre y la madre de Faith. Pensaba que Jean-Pierre era muy interesante y Angus, un gran tipo. Los niños se sentaron a la mesa con ellos. La comida de Acción de Gracias estuvo deliciosa, y el ambiente que se respiraba en la mesa era alegre y afable. Edward comentó que se lo había pasado muy bien y que no creía que su familia estuviera tan loca como ella decía.

—Con los que no son de la familia se portan mejor. —Faith le sonrió—. Todos te adoran. Piensan que deberíamos casarnos, por supuesto. Y Hope quiere que tengamos un bebé. Angus pretende tener uno o dos más. No sé cómo mi hermana puede sobrellevarlo. No se me ocurre nada peor que tener un bebé a los cuarenta y cinco, pero a ella no le importa.

—Parecen felices —comentó Edward, mientras volvían en coche a la ciudad.

—Lo son —confirmó Faith—. Le agradezco mucho que se ofreciera a prepararnos esta comida hoy. Le encanta su vida en el campo, adora ser esposa y madre. A veces me cuesta recordar que era una gran modelo con una vida bastante glamurosa. Renunció a todo ese mundo por Angus y nunca se ha arrepentido de ello. De todas formas, ahora es demasiado mayor para dedicarse a eso.

—Es preciosa, y tú también. —Edward le sonrió—. Me alegro de haberlos conocido a todos al fin. Ahora sé de quién estás hablando cuando me hablas de sus cosas.

Faith le sonrió, se inclinó y lo besó. Se acostaron pronto, y al día siguiente, se levantó para recibir su clase de ballet a las seis de la mañana. Después se dirigió a la oficina. Tenían una boda al día siguiente y debía ocuparse de todos los preparativos con la ayuda de Phoebe. Las dos extrañaban a Violet, quien ya no podía echarles una mano. Pero lograron arreglárselas sin ella; además, Faith había contratado a dos ayudantes más para la celebración que debían seguir las instrucciones de Phoebe. Faith no se separó de su lado, pero se quedó impresionada con lo eficiente que era. El sábado, el día de la boda, Faith llegó a casa a las dos de la madrugada y literalmente cayó rendida en la cama al lado de Edward. Cuando se metió en ella, lo despertó, y él se dio la vuelta, abrió un ojo y le sonrió.

—¿Ha ido todo bien?

—Sí, salvo porque el niño que debía llevar los anillos, que tenía seis años, no podía encontrarlos. Al final dimos con ellos. Se los había dejado en el baño. Su madre lo había obligado a ir ahí antes de la ceremonia, así que los dejó olvidados. Era el sobrino de la novia.

—No me extraña que odies las bodas —afirmó—, yo también las odiaría si fuera a una o dos por semana y tuviera que aguantar hasta el final.

—Sin embargo, siempre es algo muy tierno. Da igual lo a menudo que vivas algo así, siempre hay algún momento que te conmueve y consigue que dé la sensación de que todo merece la pena; la mirada del novio en un momento dado, la forma especial en que se sonríen los contrayentes, una lágrima en la mejilla de la novia cuando dice sus votos, la manera en que una madre mira a su hija, las lágrimas del padre cuando la deja en el altar.

—Me alegro de que todavía seas capaz de sentirte así —dijo Edward, sonriéndole.

—A lo mejor dejo de sentirme así dentro de tres semanas,

después del gran bodorrio ruso. Esos eventos son los más complicados, ya que hay que estar al tanto de un millón de detalles, y luego a algún idiota se le olvida traer el ramo y nadie se da cuenta.

—Si alguna vez nos casamos, deberíamos hacerlo en la Capilla Elvis de Las Vegas, así no tendrás que organizarla de cabo a rabo —comentó, sonriendo.

—Me gusta mi trabajo —respondió con un tono somnoliento—. El trabajo es lo mejor de todo, porque gracias a él, todo sale perfecto. En su día, organicé la boda de Hope y Angus. Él llevaba una falda escocesa, con el tartán de su familia. Estaba estupendo. Realmente lo adoro.

En ese instante, besó a Edward. Le encantaba saber que ahora, cuando volvía a casa, podía encontrárselo en su cama. Al día siguiente, iban a ir a ver el árbol de Navidad que solían poner en Rockefeller Center. Aún no lo habían encendido, pero ya le habían colocado toda la decoración, y a Faith siempre le encantaba verlo. Edward quería ir ahí para patinar en la pista de hielo. Gracias a él, su vida ya no consistía únicamente en trabajar. De algún modo, lograban armonizar las distintas facetas de sus existencias, y gracias a eso, sus vidas eran más plenas.

Se quedó dormida, acurrucada junto a Edward. Era estupendo saber que él estaría ahí por la mañana. En cierto modo, era un poco como Angus; un tipo grandote y tranquilo, tan protector como un oso cuando hacía falta y fiero como un león cuando era necesario. El resto del tiempo era un oso de peluche al que achuchar mientras dormías.

Al fin de semana siguiente, tuvieron otra boda modesta, y Faith dejó que Phoebe se encargara de todo. En esta ocasión, en vez de montar unos ornamentos florales, tenían que instalar un gran espectáculo de luces muy complejo. Phoebe les estaba indicando a los operarios dónde instalarlo todo, mientras estos le explicaban que eso era imposible, ya que no había tomas de corriente donde ella quería qué montaran las luces. Al final, resolvieron el problema con unos cuantos alargadores. Antes de que comenzara la ceremonia, el ingeniero principal se acercó a ella para darle las gracias por su ayuda. Era pelirrojo y pecoso, y tenía un corazón rojo tatuado en el brazo.

—Para eso estoy aquí —dijo Phoebe amablemente.

Pensó que era mono y seguramente también joven. Después de haber dejado a Doug, ni se había planteado siquiera salir con alguien. No había tenido una cita desde que había conocido a su ex y tenía la sensación de que ni siquiera sabría cómo comportarse; además, no le apetecía. El calvario que había pasado por su culpa había sido tan traumático que no le apetecía volver a correr ese riesgo. Faith le había dicho que lo superaría, pero Phoebe no lo tenía tan claro. Esa experiencia tan mala había dejado una profunda huella en ella, y sus heridas aún no se habían cerrado del todo.

—¿Eres electricista? —le preguntó.

Él sonrió.

—En realidad, soy ingeniero. Fui al MIT, pero como en estos momentos no tengo trabajo, hago estos montajes en fiestas para ganarme la vida. Es un negocio bastante lucrativo. Me llamo Henrik —dijo, y le tendió la mano—. Mi padre es holandés y me puso este nombre.

—Pues estoy más o menos en tu misma situación. Yo soy enfermera de quirófano especializada en cirugía plástica, pero como me quedé sin trabajo, voy a estar haciendo esto temporalmente hasta marzo.

—A veces es bueno aprender algo nuevo. Pero me gusta mi profesión, así que sigo buscando.

—Yo también —dijo Phoebe.

—¿Te apetece ir a tomar una copa después de la boda?

—le preguntó—. He de quedarme hasta el final del convite, pero podríamos quedar después.

Era simpático y resultaba fácil hablar con él.

—Tengo que quedarme hasta que acaben de desmontarlo todo, hasta que carguen los camiones. Así que no estaré libre hasta las cuatro o cinco de la madrugada —le explicó.

—¿En otra ocasión, entonces?

Él la miró esperanzado, y ella le sonrió. Sí que quería tomarse una copa con él, pero sencillamente no podía esa noche. Le dio su número con la esperanza de que la llamara. Era un chico majo y sin dobleces; además, si había ido al MIT, tenía que ser inteligente sin duda. Eso la había dejado impresionada.

Cuando ya se iba tras acabar el convite, se acercó a Phoebe para despedirse.

—Siento que tengas que quedarte. Te llamaré esta misma semana. A lo mejor podemos vernos para comer.

A ella le gustó la idea, y él parecía ser un chico muy dulce. Después de que se fuera, Phoebe sonrió. Daba igual que la llamara o no, lo importante era que quizá ya estaba lista para salir con alguien. Tal vez Faith tuviera razón y el ser humano era más fuerte y más resistente de lo que creíamos. Faith repetía eso mucho y lo creía firmemente.

Una semana después, Violet llamó a la oficina para hablar con Faith. La habían vuelto a ingresar en el hospital. Se había puesto de parto de nuevo, a pesar de que no había hecho nada para provocarlo. Y esta vez sí que había roto aguas, por lo cual tenía que dar a luz dentro de las siguientes veinticuatro horas o podría sufrir una infección horrible. Todavía estaba en las primeras fases del parto. Las contracciones eran fuertes y estaba muy preocupada por los bebés. Como estaba de siete meses, serían unas niñas prematuras, pero podría alumbrarlas sin que corrieran peligro sus vidas. El médico le había dicho que como eran pequeñas, iban a intentar que el parto fuera vaginal, al menos con una de ellas, y que después le harían una cesárea si era necesario para que naciera la segunda gemela. Le habían inyectado algo que haría que los pulmones de los bebés madurasen, ya que eran prematuros.

A lo largo del día, Faith la llamó varias veces para saber cómo estaba. Aún no había pasado nada, pero ya no había vuelta atrás. Si no había dado a luz definitivamente a las veinticuatro horas de haber roto aguas, le harían una cesárea. La última vez que Faith la llamó, solo quedaban unas pocas horas para superar ese plazo. Entonces Phoebe la llamó una vez más, y fue una enfermera la que cogió el teléfono y dijo que, como iba a dar a luz en breve, la habían trasladado a la sala de partos, por si acaso tenían que realizarle una cesárea. Phoebe se lo comentó a Faith, y las dos se quedaron muy preocupadas. Había llegado la hora de la verdad para Violet.

Jordan estaba con ella. Acababan de ponerle la epidural, así que se suponía que sus dolores se mitigarían enseguida. Unos minutos después de que empezara a hacer efecto, el médico le dijo que comenzara a empujar. Fue lo más difícil que había hecho en toda su vida; además, ya estaba agotada por las contracciones que había sufrido durante todo el día. Estaba cansada, sufría y estaba tremendamente preocupada por sus bebés. Ahora se arrepentía de todas las veces que se había quejado con amargura de que sus niñas la habían obligado a guardar cama el último mes. ¿Y si una o las dos morían? Quizá sabían que ella no las quería, y ellas a su vez tampoco la querían.

Estaba sollozando mientras le insistían en que empujara. Después de un rato, simplemente no pudo más. Le habían dicho que los bebés eran pequeños, pero seguían sin salir. Una de las enfermeras logró que algo cambiara de posición dentro de ella y entonces notó una presión tremenda. Con los siguientes empujones, el primer bebé inició su descenso. Le pusieron una máscara de oxígeno y se sintió mareada. Entonces escuchó un débil llanto en la habitación. La primera gemela ya había nacido. Había dos tocólogos y dos pediatras en la sala y seis enfermeras. Llevaron al bebé a la Unidad de Cuidados Intensivos Neonatal en una incubadora. Violet ni siquiera pudo ver a la niña. Ya estaba totalmente concentrada en empujar de nuevo, mientras todos le gritaban que lo intentara con más fuerza. Entre una contracción y otra, tenía la sensación de que se estaba ahogando, como si estuviera bajo el agua y no la dejaran salir a la superficie. Entonces escuchó algo acerca de que la niña estaba en posición transversal, y alguien le dijo que le iban a hacer una cesárea para sacar al segundo bebé. Quería preguntar si la niña estaba bien, si seguía viva, pero le dijeron que contara hacia atrás empezando por el número nueve; no llegó a decir el ocho porque ya estaba inconsciente.

Le habían dicho a Jordan que abandonara la sala, y este salió de ahí llorando. A Violet le extrajeron el segundo bebé lo antes posible, y Jordan vio cómo iban corriendo con la incubadora hacia la UCIN. No sabía cómo estaba ninguna de sus hijas, ni su esposa, y no había nadie ahí que pudiera informarle al respecto. Todos estaban muy atareados. Se preguntó si Violet se iba a morir. Le habían hecho una transfusión de sangre. Se suponía que esto no iba a ser así. Se suponía que iba a ser algo fácil, bonito y muy emotivo. Sin embargo, era aterrador. ¿Y si perdía a las tres? Fue a la sala de espera y se quedó ahí, aguardando a que alguien viniera y le explicara qué estaba pasando. Al final, se acercó al mostrador de las enfermeras y le preguntó a la enfermera de guardia si su esposa e hijas estaban vivas. La enfermera sintió lástima por él. Se habían olvidado totalmente del padre de las criaturas.

—Claro que sí. Su esposa está en la sala de reanimación.

Aún está sedada. Estará dormida unas horas y luego la llevaremos a una habitación. Y sus hijas están en la UCIN en observación. Comparten la misma incubadora porque han sido prematuras y preferimos que los gemelos estén juntos. Pero tienen un tamaño bastante bueno. Cada una ha pesado un kilo ochocientos. ¿Le gustaría verlas?

Jordan asintió; estaba exhausto, no le quedaba ni una pizca de energía. Siguió a la enfermera hasta la UCIN. Como todavía llevaba el pijama quirúrgico con el que había estado en la sala de partos, la enfermera le puso una bata encima y se la ató por detrás, como si fuera un cirujano. En cuanto entraron, le dio unos guantes de goma. Entonces las vio. Estaban en una incubadora, tal y como le había dicho la enfermera. Cada una llevaba puesto un pañal minúsculo, que parecía confeccionado para una muñeca, y nada más. Estaban bajo unas luces que les proporcionaban calor. Eran minúsculas, pero tenían todo en su sitio y eran idénticas. Las dos estaban dormidas, y una de ellas se estaba chupando el pulgar. Estaban vivas y eran muy bonitas. Mientras las miraba, no podía parar de llorar. Quería tocarlas, pero le daba miedo hacerlo. Quería ver a Vi para decirle lo hermosas que eran.

—¿Están bien? —le preguntó a la enfermera, que se había quedado ahí con él.

La mujer asintió.

—Son pequeñas, pero están sanas. Aún tienen que crecer más, ya que han nacido ocho semanas antes de lo que deberían, pero se encuentran bien.

La enfermera le sonrió. Parecía que le había pasado un camión por encima, y era así como se sentía. Pero sus hijas estaban vivas. Ahora quería ver a Violet para asegurarse de que también seguía viva.

Cuando la llevaron a una habitación tres horas después, todavía tenía sueño. Jordan la besó, y Violet se despertó a medias. Mientras hablaba con él, se iba adormeciendo.

—¿Están bien?

—Perfectamente. Son muy guapas.

Violet asintió, sonrió y se volvió a dormir, mientras Jordan permaneció sentado junto a ella, contemplándola. No quería apartarse de su lado. ¿Y si se moría durante la noche?, ¿y si se desangraba o se ahogaba? Ahora eran padres, y él la necesitaba. No podría hacer esto sin ella. En la sala de partos, Jordan había llegado a pensar que se estaba muriendo, y ella también.

Se quedó dormido en la silla, a su lado. Todo estaba siendo mucho más difícil de lo que les habían dicho que sería, de lo que cualquiera les había advertido el día que se casaron e hicieron sus votos. Entonces todo había parecido tan fácil, pero no lo era. Este era el siguiente paso. Uno de los más grandes que iban a dar. Tal vez el más gigantesco, ya que dejaban su antigua vida atrás y pasaban a ser padres. Mientras se dormía, aún podía ver sus caritas. Eran como unas muñequitas. Y se dio cuenta de que, gracias a sus hijas y a su esposa, por fin sabía qué era el amor. Esto era lo que había querido decir realmente cuando prometió que iba a amarla para siempre. Ahora sabía lo que significaba de verdad amar, honrar y cuidar a alguien… gracias a Violet y sus bebés.

17

Las Navidades fueron especialmente agobiantes este año, sobre todo porque Violet, con quien Faith siempre había contado, no podía trabajar. Pero Phoebe también trabajaba bien. Y había aprendido mucho desde el verano.

Faith había ido al hospital a visitar a Violet, a quien vio bastante destrozada. Le habían hecho tres transfusiones de sangre, y había tenido un parto normal y una cesárea. Pero los bebés estaban estables. Sus pulmones estaban respondiendo y eran de un buen tamaño para ser de unas niñas prematuras. Iban a estar ocho semanas ingresadas en el hospital, hasta que llegara la fecha en que Violet hubiera salido de cuentas, y podía quedarse en el hospital con ellas todo el día para alimentarlas. Iba a intentar darles el pecho. Aunque parecía aliviada, aún no estaba contenta. Las niñas tenían un aspecto muy frágil, pero su madre le había asegurado que los bebés eran más resistentes de lo que aparentan. Faith no se podía creer que fueran tan minúsculas.

—La pobre Vi está fatal. No sé cómo las mujeres pueden soportar algo así. Sois increíblemente valientes —afirmó Faith cuando habló con Hope.

—A veces no es para tanto. Vi lo ha pasado especialmente mal, pero se recuperará. Es joven, volverá a estar en pie en un santiamén. Y, gracias a Dios, los bebés nacieron sanos.

A Hope también le quedaba poco. Salía de cuentas en diez días, el día de Navidad, y decía que se sentía bien. Pero ella llevaba una vida saludable y no había tenido ningún problema en ninguno de sus partos. Al parecer, dar a luz era fácil para ella, si es que eso era posible. Faith habría preferido enfrentarse a una manada de rinocerontes que cargaran directamente contra ella antes que sentir cómo un bebé salía de su cuerpo. No podía imaginarse nada peor. Y Violet era el ejemplo perfecto de que realmente no lo había. Faith pensaba que, si se la comparaba con su hermana, era una cobarde. Y Hope preferiría morirse o dar a luz diez veces antes que organizar una boda. Cada una era valiente a su manera.

En estos momentos, Faith veía muy poco a Edward, ya que estaba muy ocupada con su gran boda rusa. Acababan de dar con la nieve artificial perfecta. Tenía el mismo aspecto y el mismo tacto que la real, pero no era fría, y hasta crujía cuando alguien andaba sobre ella. Sí, lo habían comprobado. Habían logrado rematar ese detalle, que era lo único que les quedaba pendiente.

La boda iba a celebrarse el día veintitrés, y ya estaba todo preparado. La cena de ensayo sería el veintidós. Después Faith celebraría la Navidad con su familia en Nochebuena e igual también descansaría al día siguiente. Luego tenían la gran boda de la hija del senador de Nochevieja y la boda en el barco. Y, por último, se iba a ir dos semanas de vacaciones con Edward a algún lugar donde hiciera calorcito.

Edward estaba organizando el viaje solo, sin ayuda de Faith, quien le había dicho que la sorprendiera. Después, en enero, una nueva hornada de novias visitaría la oficina porque quería contratarla para que organizara unas bodas que se celebrarían en verano. Era un ciclo interminable en el que se dedicaba a generar felicidad, a hacer realidad la boda con la que habían soñado desde que eran niñas; en la que irían ataviadas con unos vestidos bonitos y elegantes con largas colas y velos de encaje, o con unos sensuales vestidos lenceros con abertura hasta el muslo, en la que habría una majestuosa tarta nupcial y un príncipe azul esperándolas en el altar. Incluso en una ocasión, la novia había llegado a la ceremonia a lomos de un caballo blanco desprovisto de silla de montar, como una reina medieval.

Faith era la guardiana de los sueños, el hada madrina que otorgaba deseos, la maga que hacía que todo ocurriera. Algunos días, esa era una cruz muy pesada de llevar, pero después, mientras se alejaban cabalgando con su sueño cumplido y desaparecían entre la niebla, pensaba por un instante que todo había merecido la pena.

Ahora quería cumplir sus propios sueños, hacerlos realidad, aunque solo fuera un poco. Había esperado mucho para vivir esto. Edward le recordaba bastante al príncipe azul de sus propias fantasías. Él era su salvador, la media naranja con la que había soñado y un hombre de verdad; alguien con quien podía recorrer el sendero de la vida y sentirse a gusto cuando no había nada que decir o con quien hablar en la oscuridad de la noche. Encarnaba prácticamente todo lo que había deseado y nunca había encontrado, hasta ahora. No necesitaba encadenarlo, ni atarlo ni retenerlo de ninguna manera. Sabía que él siempre estaría a su lado, porque quería estar con ella, al igual que ella quería estar con él. Ese vínculo era lo bastante robusto, no hacía falta nada más. Los lazos sentimentales que los unían eran muy sólidos.

La cena de ensayo, que contaba con la pista de patinaje como gran atracción, fue tan mágica como Faith había esperado que fuera. Los invitados se deslizaron sobre el hielo con la ayuda de unos patinadores profesionales. La extraordinaria nieve artificial, de la que habían traído dos camiones enteros, contribuyó mucho a crear esa magia. La noche de la boda, logró hacer otra fantasía realidad con el palacio de la zarina, donde había ángeles de hielo por todas partes, así como unas esculturas de leones, tigres y corceles encabritados, hechas también de hielo. También había «puestos de comida» rusos, en los que servían generosas raciones de caviar sobre unos blinis y unas tostaditas triangulares. Habían recreado los últimos días de grandeza de los zares para esa boda. Como era un espectáculo digno de una película, el padre de la novia había encargado que lo filmaran todo para inmortalizarlo. Cada invitado se marchó con una lata de caviar en lugar de un trozo de tarta nupcial de ensueño. Faith se había superado. Algunas personas tenían bebés, ella tenía bodas. Hacía realidad las fantasías de unas mujeres jóvenes para que estas tuvieran unos recuerdos imborrables a los que aferrarse cuando llegaran los tiempos difíciles. Se acordaba de todas esas novias. De esas chicas tatuadas que acudían a ella vestidas con ropa de yoga y se marchaban como unas princesas de cuento de hadas para protagonizar sus propias fantasías. Las dos últimas grandes bodas del año iban a ser las más extraordinarias hasta la fecha, aunque la boda de los Albert, que se había celebrado en julio, había sido casi tan desmesurada como estas.

Faith durmió hasta el mediodía del día siguiente. Era Nochebuena, y Edward la despertó con delicadeza, para que no estuviera durmiendo el día entero.

Los del catering habían llegado con la cena. Su madre y Jean-Pierre, así como Angus y Hope y los tres niños, iban a venir a cenar a su casa, y Edward también iba a estar ahí. Al día siguiente celebrarían la cena de Navidad en casa de Morgan y Alex.

En Nochebuena, se puso un vestido de terciopelo negro con unos zapatos de tacón alto a juego y unos sencillos pendientes de diamantes; además, optó por llevar el pelo recogido en un moño. Cuando ya estuvo lista, se la veía muy elegante. En cuanto la vio, Edward sonrió. Junto a él, que vestía una chaqueta de sport de terciopelo negro y unos pantalones negros, hacía una pareja muy hermosa mientras saludaban a su madre y Jean-Pierre y un camarero les servía champán. Angus llevaba la misma falda escocesa con la que se había casado, así como su maravillosa chaqueta tradicional, y Hope vestía una blusa roja enorme y los únicos pantalones de premamá que aún podía ponerse, que eran de color negro. Los tres niños iban vestidos con unos pantalones de terciopelo negro y unos suéteres rojos. Antes de que salieran de Connecticut, su hermana había logrado vestirlos a todos con unos abriguitos rojos y luego había conseguido meterlos en el coche. Formaban un grupo alegre y animado bajo la luz del árbol de Navidad que Edward había comprado, decorado e iluminado, ya que Faith no había tenido tiempo para ello, a pesar de que había habido setenta y seis árboles ornamentados en la cena de ensayo de la boda con la que tanto éxito había tenido. Edward se había ocupado de preparar todo lo de la casa, ya que había comprendido que eso era lo que Faith necesitaba. Cuando había visto las fotografías de las bodas que había organizado, lo había entendido todo. Era una maga, que hacía magia para personas con una gran imaginación y grandes cantidades de dinero o viceversa, cuyas exigencias eran ilimitadas. Ella era el hada madrina que hacía realidad los deseos de sus hijas. Le otorgaban una especie de confianza sagrada para que organizara el día más mágico de sus vidas. Depositaban todas sus esperanzas en Faith, quien no podía decepcionarlas. Otras personas las habían dado a luz, y ella entraba en sus vidas durante un día especial, como el hada madrina de Cenicienta.

Pasaron una Nochebuena muy agradable. Hope se levantó y dio unas vueltas por el comedor unas cuantas veces. Ahora era incapaz de permanecer sentada durante una comida entera. El bebé se movía todo el rato y se colocaba en unas posiciones que le resultaban muy incómodas a su madre. Metieron a los niños a dormir en la cama de tamaño extragrande del cuarto de invitados de Faith y los taparon con una manta. Mientras dormían, los adultos abrieron los regalos, bebieron vino y se rieron. Jean-Pierre parecía estar como una rosa, y se iba con su mujer de crucero otra vez en enero. Ahora ir a lugares exóticos durante un mes o dos, conocer gente nueva, y gozar de las atenciones y de los servicios que les dispensaban para luego volver a casa fugazmente y marcharse de nuevo a vivir otra aventura se había convertido en su forma de vida, en lo que más les apetecía hacer. Y entre un crucero y otro, se iban a París a ver a la madre de Jean-Pierre.

Violet y Jordan estaban pasando la Nochebuena con sus bebés, a las que habían llamado Lily y Rose. Henrik había invitado a Phoebe a cenar, ya que él tampoco tenía familia en Nueva York, y después iban a ir a la misa del gallo. Annabelle Albert estaba en México con Jeremy y su bebé, así como con sus padres, su hermana y el bebé de esta.

Desde el otro lado de la mesa, un embelesado Edward sonrió a Faith, y ella le sonrió a su vez. Estaba muy guapo con su chaqueta de sport de terciopelo. Cuando Hope se levantó de la mesa por cuarta vez, su hermana la siguió hasta la cocina, donde los del catering ya estaban limpiando tras haber servido la tarta del postre, un tronco navideño.

—¿Estás bien? —le preguntó Faith, quien tenía un mal presentimiento. Era como si pudiera sentir lo que sucedía en el cuerpo de Hope mejor que ella. Esta clase de intuiciones formaban parte de la vida de unas mellizas.

—Creo que sí. Me duele la espalda, siempre me pasa lo mismo al final. Eres incapaz de sentirte cómoda en ningún lado.

—Te agradezco mucho que hayas venido a cenar esta noche.

Sí, el viaje en coche que tenía que hacer para ir a la ciudad y volver a casa era largo. Su médico le había aconsejado que, a esas alturas del embarazo, se quedara ya en la ciudad, pero Hope quería regresar para pasar las Navidades en casa con Angus y los niños, en su granja, y ya irían a la ciudad cuando se pusiera de parto.

Durante un minuto, Faith le masajeó los hombros a Hope, quien sonrió, pero de repente hizo una mueca y se encogió de dolor. Entonces se enderezó y miró a Faith.

—Tengo una sensación rara en la espalda y noto una gran presión —le explicó a su hermana.

—¿Podrías estar ya de parto?

—No, no es la misma sensación. Cuando estás de parto, el dolor es más agudo. Empieza poco a poco y se va volviendo más intenso, es como si una espada te atravesara.

—Qué agradable debe de ser eso —dijo Faith.

—Pero esto es como si un elefante intentara salir de dentro de mí y tuviera una pata apoyada en mi espalda.

—Me da muy mala espina lo que me estás contando. ¿Tienes contracciones?

—Ahora las tengo todo el rato. Eso solo quiere decir que te estás preparando para dar a luz. Será pronto, quizá mañana o pasado mañana.

—Deberías quedarte en la ciudad esta noche —le sugirió Faith.

—Los niños se llevarían una gran decepción. Todos sus regalos están en casa. Volvamos a la mesa. Estoy bien.

Como lo dijo con mucha convicción, volvieron a la mesa. Mientras los hombres estaban bebiendo vino y Marianne le susurraba algo a Jean-Pierre, las mellizas se sentaron. Faith se dio cuenta de que Hope estaba muy callada y que había hecho varias muecas de sufrimiento, pero luego pareció recuperar la normalidad. No le quitó el ojo de encima y, cuando los demás salieron del comedor, se encogió otra vez de dolor.

—Creo que estás de parto —le dijo Faith.

—No lo estoy, no se siente esto para nada.

—A lo mejor esta vez va a ser diferente.

—He parido tres veces, lo sé mejor que nadie —le espetó a su melliza.

De repente entró en pánico y se fue corriendo al baño más cercano a vomitar. Faith no se apartó de su lado.

—Creo que me ha sentado mal algo que he comido —dijo—. Lo siento.

Mientras decía esto, una oleada colosal de dolor la atravesó y perdió el equilibrio. Faith la agarró, bajó la tapa del inodoro y la sentó en él para que no se cayera.

—Creo que el elefante quiere salir —comentó Hope.

—Sí, creo que es el bebé —señaló Faith.

Hope asintió.

—Me da que tienes razón.

Otra oleada de dolor la atravesó, impidiéndole hablar. Faith asomó la cabeza por la puerta del baño y le pidió a un camarero que avisara al hombre de la falda escocesa. Un minuto después, Angus apareció por la puerta y miró a su mujer sorprendido. Durante la cena, había dado la impresión de que estaba perfectamente, pero ahora tenía la mirada vidriosa y se agarraba con fuerza al brazo de su hermana.

—¿Qué te pasa? ¿Estás bien?

—No lo sé. Creo que me ha sentado mal algo que he comido, o a lo mejor es el bebé.

Mientras la observaban, sufrió dos oleadas más de dolor. Angus y Faith se miraron.

—Creo que deberíamos irnos —dijo su marido.

Faith fue corriendo a por el abrigo de su hermana. No sabía qué estaba ocurriendo, pero tenía la sensación de que, fuera lo que fuese, iba a ocurrir enseguida. En solo unos minutos, Hope se había puesto malísima. Parecía estar aturdida y desorientada. No discutió mientras le ponían su abrigo y tuvo que apoyarse en Angus, quien la iba a llevar hasta el coche que estaba aparcado en la calle. Faith entró como una exhalación en la sala de estar para decirles que se iban al hospital a toda prisa. Edward le preguntó si debería acompañarlos.

—Ven si quieres. Aunque a lo mejor no la ingresan y tenemos que volver a casa.

—¿Cuidarás de los críos? —le preguntó Hope a su madre.

—Claro que sí. Se las arreglará bien sin nosotros —la tranquilizó Faith.

—Yo cuidaré del vino —bromeó Jean-Pierre, y todos se rieron.

Edward y Faith fueron corriendo hasta el coche. Cuando Angus arrancó y salió disparado, Hope se estaba agarrando al salpicadero mientras hacía gestos de dolor. El hospital estaba a solo unas cuantas manzanas de la casa de Faith. Y en cuanto aparcaron en el camino de la entrada, Hope se puso a gritar.

—Oh, Dios…, Angus…, no sé qué me está pasando.

El bebé la estaba partiendo por la mitad. Faith bajó del coche y entró corriendo en la sala de urgencias. Volvió con una enfermera a toda velocidad.

—Creo que mi hermana va a tener un bebé ya. Es su cuarto parto, pero dice que esta vez es diferente. Sufre un dolor horrible por culpa de una enorme presión que siente por dentro.

—Gracias —dijo la enfermera. Al instante, le pidió a un guardia de seguridad que trajera una silla de ruedas rápidamente. Se volvió hacia Faith, que estaba quieta junto al coche, del que Edward también se había bajado. Angus estaba con Hope, que permanecía agachada, con la cabeza apoyada en el salpicadero, y gemía sin parar.

—¿Cómo se llama? —le preguntó la enfermera a Faith.

—Hope.

Ninguno de ellos sabía si algo iba terriblemente mal o si

esto era normal. Pero Angus nunca la había visto así, ni Hope se había sentido jamás así.

—Hola, Hope, vamos a sacarte de aquí, ¿vale? Estás muy encajonada y no se te ve nada cómoda.

Angus apretó un botón y el asiento se movió hacia atrás. Después la enfermera y él tuvieron que agarrar a Hope y tirar de ella para levantarla. Al final lograron llevarla hasta la silla de ruedas. Daba la impresión de que Hope era incapaz de cooperar en nada.

—Oh, Dios mío, no puedo sentarme, algo me está atravesando por dentro, algo que quiere salir de mí.

La enfermera podía adivinar qué era. La llevó en la silla de ruedas hasta la consulta de exploración a toda velocidad, mientras Angus las seguía vestido con su falda escocesa de cuadros rojos. Juntos, la colocaron sobre una camilla, mientras Hope gritaba de dolor. La enfermera le bajó los pantalones lo más rápido posible, la tapó con una sábana y la examinó.

Mientras hacía esto, le dijo a Angus:

—¿Puede ir rápidamente a recepción y decirles que necesito una enfermera y un tocólogo ahora mismo? Dígales que tengo una presentación transversal con una dilatación de más de diez.

Angus no entendió qué quería decir, pero tampoco le pidió que se lo explicase. Una de las enfermeras repitió el mensaje tal cual, y otra fue corriendo hacia la consulta de exploración, mientras la enfermera de recepción pedía que viniera un tocólogo «urgentemente». Angus volvió a la consulta de exploración, sin saber aún qué estaba ocurriendo. La enfermera que había estado con ellos desde que habían llegado le estaba explicando a Hope qué era lo que estaba notando.

—Voy a tratar de mover al bebé, Hope. Está colocado horizontalmente en el útero e intenta salir. Es necesario que el bebé se mueva hasta que quede con la cabeza hacia abajo. Por eso sientes esa presión en la espalda.

Miró a la otra enfermera y asintió, mientras su supervisora accedía al cuerpo de Hope e intentaba mover al bebé con todas sus fuerzas. Al principio no se desplazó, y Hope chilló mientras intentaban aplicar la presión suficiente tanto externa como internamente para modificar la postura del nonato. El médico entró como una exhalación en la habitación, vio lo que estaban haciendo y esperó.

—Es una presentación transversal —le informó la supervisora.

—Eso ya lo veo. ¿Se ha movido? —preguntó el médico.

Justo cuando la enfermera iba a responder que no, el vientre entero de Hope cambió de forma súbitamente; fue como si un elefante hubiera cambiado de posición.

—Ya casi está —le dijo al médico. Acto seguido, le indicó a Hope que no empujara.

Volvieron a darle un enorme empujón al bebé por dentro y por fuera, mientras Hope miraba a Angus y chillaba. Su marido se sintió totalmente impotente mientras observaba. La supervisora retrocedió y asintió, mirando al doctor, quien se acercó a Hope para hablar con ella. Le hizo una episiotomía con los instrumentos que le dieron y le pidió que empujara. Hope imploraba que le dieran algo para aliviarle el dolor y que hicieran algo para sacarle al bebé, decía que la estaba matando, y nada más decir esto, apareció la cabeza del bebé, se oyó un llanto, y en cuestión de segundos, el bebé estaba fuera, con cara de enfado, y Hope estaba sollozando. Había sido traumático y rápido. El bebé estaba bien. El médico le cortó el cordón umbilical, y el bebé dejó de llorar y miró a su alrededor, mientras una de las enfermeras la envolvía en una manta y se la daba a Angus. La niña miró a su padre, que estaba llorando. A continuación, este se agachó para que Hope pudiera ver a su hija.

—¿Qué ha pasado? —preguntó una Hope aún alterada.

El médico le explicó que cuando el bebé había intentado

salir con las contracciones, estaba colocado horizontalmente en el útero. Si Hope hubiera empujado, le habría roto la clavícula y el hombro al bebé y probablemente también el brazo; aun así, tampoco habría podido salir sin que las enfermeras giraran a la criatura y sin la episiotomía. Si eso no hubiera funcionado, le habrían hecho una cesárea de urgencia. Sus otros partos habían sido fáciles, pero este había sido rápido, aterrador; atroz. Faith había tenido razón, se había puesto de parto y no se había dado cuenta.

Taparon a Hope con una sábana y algunas mantas, se llevaron al bebé para pesarlo, y Angus se agachó hacia su esposa para decirle lo valiente que era. Faith interrumpió su conversación por un instante para asegurarse de que Hope estuviera bien y vio que estaba sonriendo.

—Cuatro kilos, seiscientos gramos —anunció la enfermera que la estaba pesando, y todos se rieron.

—Tenías razón —dijo la enfermera—, tenías un elefante dentro de ti que intentaba salir. Por eso nos ha costado tanto moverla. En unos minutos, vamos a llevar a su esposa y al bebé a la planta de arriba para instalarlas en una habitación —le dijo a Angus—. Si quiere, podrá subir ahí en un ratito.

Angus asintió, todavía conmocionado. Faith se acercó a su hermana y la besó.

—Me alegro de que no hayas dado a luz en casa. No habríamos sabido qué hacer.

Hope estaba sonriendo. La crisis había concluido, el drama había sido breve y ya tenían la niña que tanto habían deseado. Cuando llevaron a Hope a la planta de arriba, Faith fue adonde estaba Edward y le explicó lo que había sucedido. Angus se sumó a ellos un minuto después.

—Dios mío, ha sido horroroso. Pobre Hope. Han tenido que girar al bebé mientras todavía estaba dentro de ella para poder sacárselo. Es una niña enorme. Pobre Hope.

—Me alegro de haber venido al hospital. Si hubiera dado

a luz en casa, eso sí que habría sido una pesadilla —afirmó Faith. Hope había tenido al bebé veintidós minutos después de que hubieran salido de allí.

—Me voy a casa contigo —dijo Angus—. Quiero quitarme esta falda. No puedo estar con estas pintas en un hospital. ¿Podrás cuidar de los críos? Quiero cambiarme y volver.

—Por supuesto que sí —contestó Faith.

Regresaron a casa en coche, comentando lo que había sucedido. Angus se cambió de ropa. Marianne y Jean-Pierre se marcharon, sintiendo un gran alivio al saber que al final todo había salido bien, y Angus regresó al hospital cinco minutos más tarde. Entonces Edward y Faith se miraron.

—Ha sido emocionante —dijo él.

—Y aterrador de narices. Nosotros no vamos a tener ningún bebé —contestó ella, y él la tomó en sus brazos.

—Te prometo que no vamos a tener ningún bebé. Solo seremos dos. Te amo, Faith. Me moriría si te pasara algo.

Daba la impresión de que hablaba muy en serio.

—No, no te morirías y acabarías conociendo a otra mejor que yo. Con suerte, una más joven.

—Lo único que quiero es amarte.

—Yo también —dijo suavemente, mientras él la abrazaba.

Pensó en su melliza y en el calvario que acababa de sufrir y se alegró de que todo hubiera salido bien, a pesar de que había sido muy traumático.

La noche del día de Navidad, Edward y Faith fueron a casa de Morgan y Alex. Helen estaba ahí, sosteniendo a Blake en brazos, que ya era un niño de cinco meses robusto y sano. El árbol de Navidad estaba encendido y unos villancicos sonaban de fondo. Ahí se respiraba paz y felicidad. Edward y Faith les contaron lo que le había ocurrido a Hope la noche anterior, y ellos también se quedaron impactados. Lo de tener un bebé no siempre era tan fácil como se daba por sentado.

Edward y Faith habían ido a visitar a Hope esa tarde, y parecía estar bien. Le estaban dando algo para el dolor, pero se la veía feliz y relajada. Les había comentado que estaba dolorida, pero eufórica por haber tenido ya a su hija. A duras penas hizo alguna referencia a la agonía que había sufrido la noche anterior. Era casi como si ya la hubiera olvidado, como si la llegada del bebé hubiera borrado ese calvario. A Angus todavía se le veía conmocionado. Hope se iba a ir a casa a la mañana del día siguiente, ya que el bebé estaba sano y tenía un buen tamaño. Esa misma mañana, su niñera había venido de Connecticut para llevarse a los niños a casa, e iban a abrir los regalos de Navidad al día siguiente cuando estuvieran todos juntos en el hogar. Solo iban a abrirlos con un día de retraso. Angus les había contado que Santa Claus se había quedado atrapado en una tormenta de nieve y que vendría esa noche.

—Ha sido emocionante, sin duda —dijo una Faith que todavía se sentía sorprendida, aunque también aliviada, tras lo que había sucedido la noche anterior. Hope lo había superado todo con valor y determinación y ya se estaba recuperando. Había nacido para tener bebés.

Pasaron una noche tranquila con Morgan y Alex y disfrutaron de una cena deliciosa. Faith ya formaba parte de la familia, y en esa casa tan acogedora reinaba la paz.

Su niña iba a nacer en un par de meses, y se percibía una sensación de expectación en el aire. Se acababan de comprar una casa en Purchase, Nueva York, a la que se iban a mudar en abril y dejaban de vivir en el piso de la ciudad. Por el momento, iban a quedarse con la casa de los Hamptons y se estaban planteando la posibilidad de pasar los veranos ahí. La casa en Purchase estaba a menos de una hora de la ciudad, por lo cual podrían ir y volver del trabajo a casa y de casa al trabajo fácilmente. A Morgan lo entusiasmaba la idea de poder decorarla. Todos estaban esperando algo con ilusión. Nuevos bebés, nuevas aventuras, nuevas casas. Edward y Faith se tenían el uno al otro, y eso era lo único que necesitaban y deseaban. Además, ella tenía por delante un nuevo año repleto de bodas y de novias a las que aún no había conocido.

Había mucho que hacer, decir y descubrir. Deseaban compartir su tiempo con las personas que querían. Después de cenar, se sentaron a conversar en el sofá durante un buen rato, disfrutando del cálido abrazo de su amor y amistad. Fue un final perfecto para la Navidad, ya que un bebé había nacido el día anterior y otro iba a llegar pronto a la vida de Alex y Morgan; sí, le iban a dar una hermanita a Blake. Ahora sabían que habían hecho lo correcto cuando lo adoptaron. Lo amaban con toda su alma.

Cuando Edward y Faith se iban a marchar, se desearon una feliz Navidad mutuamente. Edward le rodeó con un brazo la cintura y levantó la mano para llamar a un taxi. Se fueron a la casa que compartían. Edward iba a dejar su piso. Nunca más viviría en él.

Tenían todo lo que jamás habían deseado y podrían disfrutar de ello tanto en Navidad como todos los días del año.

18

En un día espléndido y soleado de mayo, con un cielo azul claro perfecto, Faith los reunió a todos. Tenían mucho que celebrar con las personas que ella más amaba y apreciaba. Con Hope, sus tres niños y su nuevo bebé, Daphne, que tenía cuatro meses, así como con Angus, el mejor cuñado del mundo, que una vez más era un padre orgulloso. Era el primer aniversario de Jordan y Violet, el cual iban a celebrar con Lily y Rose, que tenían cuatro meses y medio. Violet había vuelto a trabajar en la oficina dos meses atrás. Phoebe había venido acompañada de Henrik. Aún estaba trabajando para Faith y ahora no tenía claro si quería quedarse o volver a ejercer como enfermera, y no tenía ninguna prisa por tomar una decisión. Acababan de volver de San Diego, de hacer una visita a la madre y la hermana de Phoebe.

Marianne y Jean-Pierre acababan de regresar de otro crucero y ya tenían previsto hacer otro más ese verano. Annabelle y Jeremy estaban ahí con Dylan, su hijo de cinco meses. Dentro de dos meses, celebrarían su aniversario. Morgan y Alex todavía disfrutaban de los gratos recuerdos de su boda, cuyo aniversario se iba a celebrar dentro de tres meses; además, Blake, que tenía diez meses, y Alexia, que tenía dos, seguían creciendo sanos y fuertes. Para entonces, Faith ya había conocido a Wesley y había estado varias veces con él, quien también se encontraba ahora ahí. Se alegraba de que su padre al fin hubiera conocido a una mujer a la que quería y que estaba locamente enamorada de él.

A lo largo del último año, había conocido a mucha gente y muchos sueños se habían hecho realidad, habían nacido muchos niños, se habían celebrado muchas bodas y se habían vivido muchas historias de amor. Algunos vínculos antiguos se habían roto y se habían forjado otros nuevos. Faith quería celebrarlo todo. Le parecía que era el momento perfecto para hacerlo, ya que todos iban a estar muy ocupados el resto del verano, y ella también con sus nuevas novias.

—¿Tenéis algo que decirnos? —preguntó Morgan. Flotaba una sensación de anticipación en el aire, de que algunas cosas buenas estaban a punto de suceder y de que tenían por delante muchos buenos momentos, de que se enfrentarían al futuro con valentía y aprenderían las lecciones que este les daría.

—Sí, así es. —Faith sonrió a Edward, quien se encontraba a su lado, sintiéndose orgulloso—. Todos queréis que nos casemos. Pero las bodas son mi trabajo, no mi sueño. Son lo que deseo para los demás, no para mí. Y os preguntaréis: ¿nos vamos a casar? No, no vamos a casarnos y con suerte jamás lo haremos. Me paso el día viendo novias. No necesito ser una de ellas. Ese no era mi sueño cuando era una niña; mi sueño era Edward. —Lo miró con ternura—. Así que hemos decidido ir directamente a la parte divertida. Vamos a saltarnos lo de organizar la boda, no vamos a sufrir estrés ni a preocuparnos de si la tarta será bonita, o de si el vestido quedará bien, o de si las flores se marchitarán si hace mucho calor. No necesitamos ni una carpa ni un grupo de música para celebrar esto con vosotros. Nos vamos a ir de luna de miel. ¿Nos casaremos algún día? Tal vez. Pero todavía no. O quizá nunca lo hagamos. No entendemos por qué tenemos que hacerlo. Pero nos vamos a ir de luna de miel. Ese es nuestro sueño.

Nos vamos a París, Portofino y Venecia la semana que viene. Estaremos fuera tres semanas. Violet y Phoebe podrán encargarse de todo mientras estemos ausentes. Así que feliz aniversario y feliz cumpleaños a todos estos pequeñines. Volveremos para que pueda seguir organizando muchas más bodas…, pero no la mía. Todavía. Os queremos.

Faith miró con una sonrisa deslumbrante a todas las personas que había reunido en su jardín en ese día perfecto.

—Nos amamos, tal como somos —dijo, y besó a Edward, quien la atrajo hacia sí, y ella lo abrazó, más radiante, más feliz y más enamorada que cualquier novia. Aquello era más que suficiente para ellos. Por ahora, y con suerte para siempre. Su vida real había acabado siendo mejor que cualquier sueño.